古典文獻研究輯刊

十九編

曾永義 主編

第6冊

湯顯祖及其文藝觀之研究（下）

洪慧敏 著

國家圖書館出版品預行編目資料

湯顯祖及其文藝觀之研究(下)／洪慧敏 著 — 初版 — 新北市：
花木蘭文化事業有限公司，2019〔民 108〕
目 6+160 面；19×26 公分
（古典文學研究輯刊 十九編；第 6 冊）
ISBN 978-986-485-641-1（精裝）
1.（明）湯顯祖 2. 學術思想 3. 文藝評論
820.8   108000765

ISBN-978-986-485-641-1

9 789864 856411

古典文學研究輯刊
十九編　第 六 冊   ISBN：978-986-485-641-1

湯顯祖及其文藝觀之研究（下）

作　　者　洪慧敏
主　　編　曾永義
總 編 輯　杜潔祥
副總編輯　楊嘉樂
編　　輯　許郁翎、王筑　美術編輯　陳逸婷
出　　版　花木蘭文化事業有限公司
發 行 人　高小娟
聯絡地址　235 新北市中和區中安街七二號十三樓
　　　　　電話：02-2923-1455 ／傳真：02-2923-1452
網　　址　http://www.huamulan.tw 信箱 hml810518@gmail.com
印　　刷　普羅文化出版廣告事業
初　　版　2019 年 3 月
全書字數　454800 字
定　　價　十九編 33 冊（精裝）新台幣 64,000 元

湯顯祖及其文藝觀之研究（下）

洪慧敏　著

目次

下篇──以「道」、「智」、「情」爲核心的文藝觀

　　自明代中葉以後，論「夢」、思「夢」、辨「夢」之風氣極盛，不但是當時文壇所關注的重要課題，亦是禪僧與文人之間往來思辨主題。〔註1〕這個現象所透顯出的意義說明了「儒」與「禪」已互爲影響，產生了學術上的轉思軌跡。從叢林發展的歷史來看，晚明唯識學正好處在復興的階段，在文化領域上已產生不容小覷的影響，代表著晚明的文藝理論已與禪學產生互動性的影響。不過，究竟唯識學以何種方式滲透文藝的創作？而文人又從唯識學中獲得何種養分？對於豐富當時的創作與理論的建構是否有決定性的影響？這種種相關的複雜問題，皆有待後之學者戮力釐清，致力研究。

　　不過，可以肯定的是：湯顯祖「臨川四夢」的創作，除了可從個人「身世寄情」的角度探之外，亦可從個人「辨思禪法」的角度視之，而這與達觀禪師絕對脫離不了關係。「臨川四夢」除了《紫釵記》外，其餘三夢完成的時間正是湯氏從遂昌棄官後的這四年，在這四年間，他完成《牡丹亭》（1598）、《南柯記》（1600）、《邯鄲記》（1601）；而這四年，也正是湯氏與達觀禪師道

〔註1〕　廖肇亨：〈欲識玄玄公案，黃粱未熟以前從《谷響集》看明季滇僧徹庸周理的思想淵源與精神境界〉：「明代中葉以後，談夢論夢爲知識階層一時風尚之所趨，佛教叢林於此深有建樹，雲南禪僧徹庸周理《雲山夢語》更是箇中翹楚，在佛教夢論的基礎上，兼收儒道，勝義紛陳。除《雲山夢語》外，徹庸周理尚有詩文集《谷響集》一書，同樣大量運用夢覺話語藉以闡明其佛學主張與思想立場，當可視爲《雲山夢語》表裏之作。」《法鼓佛學學報》第14期，（新北市：法鼓佛教學院，103年），頁163～201。

　　情益深的關鍵時期。換言之，以「夢」爲創作主題的核心，與唯識學的滲透脫離不了關係。

　　此外，三劇以「夢」作爲引子，成爲戲劇思想穿針引線的核心，而以「覺」作爲戲劇主角在「入夢」與「夢醒」歷程中必須發生的「關鍵」：即是「心」與「精神」的「覺醒」。當「覺心」一啓動，「覺行」便也開始行動。自然就能揚棄「舊的自我」，而後從「舊的自我」轉化到「新的自我」。是故，「夢」的安排，是爲了促成「覺」的發生，如果「覺」無法啓動，這個揚棄舊我，重生新我的轉化就無法發生。是故，《南柯記》、《邯鄲記》、《牡丹亭》三夢，相當程度反映了當時湯氏對於自我性命的回顧與反省。

　　究竟三夢蘊藏著湯氏對於生命的何種思辨？而思辯的重點又何在？所思辯的歷程又形構了何種文藝觀？此外，關於「二夢」的創作機緣，在鄒元江〈「臨川四夢」的文化書寫與湯顯祖文人形象的虛擬塑造〉一文提及徐朔方將《南柯記》說成是「《四夢》中的平庸之作」〔註2〕，然岩城秀夫則反駁此論。其歧異當然是源於評價的出發點不同，發現的「證據」〔註3〕不同，根據的資料便不同，便有了不同的評論結果。而這個研究現象也代表著《南柯記》的創作機緣還有深究的研究空間。

　　另外，湯顯祖之文藝創作的核心可真以「主情」爲主？筆者以爲與其以

〔註2〕　鄒元江以爲：「徐朔方是從思想傾向出發的，即由於湯顯祖「從抽象的理論思維出發」，「因急於表達他的禪悟而走上了歧路。」鄒元江：〈「臨川四夢」的文化書寫與湯顯祖文人形象的虛擬塑造〉，《戲劇研究》，第九期，2012 年 1 月，頁 3。

〔註3〕　岩城秀夫注意到湯顯祖的一通〈答羅匡湖〉書簡，湯顯祖這封信大約寫於「二夢已完」（《南柯記》作於萬曆二十八年，《邯鄲記》作於萬曆二十九年）之後的萬曆三十年（1602）前後。岩城秀夫通過對信中「息念聽之於聲元」、「秋波一轉」、「五百年前業冤」這幾個關鍵字語的分析認爲，湯顯祖在寫《南柯記》（「五百年前業冤」指《南柯記》）時幡然醒悟（「一轉」指悟道）而開始追求本色語（「聽之於聲元」指回歸本色），由此，他得出結論認爲：「在這封信中可以看到的是戲劇創作技法上的問題，採取了回應羅匡湖批評的形式。至少文脈看不出由於人生觀的變化所造成的消極傾向，倒毋寧說它顯示了劇作家積極地轉向本色。」，鄒元江以爲岩城秀夫對這封信幾個關鍵字語的分析都有過度詮釋之嫌。但岩城秀夫通過這封信注意到湯顯祖的後「二夢」「至少文脈看不出由於人生觀的變化所造成的消極傾向」這個判斷無疑是獨具隻眼的，即他注意到湯顯祖這封信的核旨其實是關於前「二夢」「過耽綺語」，而後「二夢」「綺語都盡」的「創作技法上的問題」。無疑，這個視角更接近於湯顯祖的時代文人創作、品鑒曲詞的趣味視域。

「主情」論之，或以「辨情」概括更爲適切。關於「主情」一說，僅能說是那個時代的「共性」，並不能侷限成湯氏的專一發明，「主情」僅能說是他文藝精神的一部份，並不能以此概括全部。若僅是聚焦在「主情」的方向論其文藝思想，反而成了研究上的設限。湯氏重視「情」之眞、「情」之深的文藝思想不可否認，然而隨著時間推移與歷練變化是否也產生內涵上的質變，這點倒是可以討論的。還有，王思任論「臨川四夢」之立言神旨時，曾以「佛」概括《南柯記》，以「仙」概括《邯鄲記》，以「情」概括《牡丹亭》，〔註4〕此論之精確性値得進一步探究。

　　是故，本論文以湯氏「三夢」作爲研究焦點，特以「情覺觀」探析《南柯記》，從「夢覺觀」闡釋《邯鄲記》，由「空間觀」析論《牡丹亭》。此外，亦從「轉化」之觀念論述盧生與淳于棼兩人入夢之歷程，以探析湯氏所謂「情了爲覺，夢了爲佛」之思想，「緣境起情，因情作境」之戲夢觀。透過「三夢」中的探析，以呈現他思想上的內涵特色，以及「辨情」歷程中所開展的文藝觀，則爲下篇探討之重點。

〔註4〕〔明〕王思任：〈批點玉茗堂牡丹亭敘〉：「其立言神旨：《邯鄲》，仙也；《南柯》，佛也；《紫釵》，俠也；《牡丹亭》，情也。」毛效同：《湯顯祖資料彙編》（上海：上海古籍出版社，1986年），下冊，頁857。

第一章　《南柯記》之「情覺」觀

　　夢是溫床，大部分的象徵都是從夢中生長而出，而夢境的各種影像多以象徵來運作，且在不同層面產生關連。所有的夢不僅與夢者的各個生命階段有關，它們具備的象徵力量也是心理巨大網絡的顯影。整體而言，它們似乎都遵循著某種順序或模式，發展成各種形式啟蒙人類往更深層的心理探掘。湯顯祖以「夢」作為一種啟蒙、闡發生命的媒介，展現他對於存在意義的思辨及隱喻，其隱喻背後的象徵意義更是理解他文藝思想的重要途徑。

　　情論思維本是晚明文化的一大特色，對於認識當時思想、文藝乃是重要的關鍵，而晚明情論與佛教思維兩者交涉密切，湯顯祖與達觀禪師之間的思想傳承便是一例。〔註1〕然而，佛法對於湯氏產生了何種轉化意義？從「螻蟻」與「人」並無分別的觀點來看，湯氏有著「有情無情，豁破兩邊」之因緣觀。此外，他也透過淳于棼的入夢歷程表述身而為人必當「歷情」而「覺情」的階段：故從「執情生夢」之「著情」歷程——「情轉夢了」之「情了」歷程——「知夢了情」之「覺情」歷程等三個歷程論述「夢了為情，情了為佛」〔註2〕

〔註 1〕　廖肇亨：《中邊・詩禪・夢戲——明末清初佛教文化論述的呈現與開展》：「晚明文人與佛教之間的關係十分複雜，有時不單是學理上的依據而已，幾乎在每個領域都可以看到佛教滲入的光彩。在晚明，崇信佛教本身有時即代表著某種特定的政治立場。」（臺北：允晨文化實業股份有限公司，2008 年 9 月），頁 366～367。

〔註 2〕　〔明〕湯顯祖：〈南柯夢記題詞〉：「客曰：「所云情攝，微見本傳語中。不得有生天成佛之事。」予曰：「謂蟻不當上天耶，經云，天中有兩足多足等蟲。世傳活萬蟻可得及第，何得度多蟻生天而不作佛。夢了為覺，情了為佛。境有廣狹，力有強劣而已。」徐朔方箋校：《湯顯祖全集》（北京：北京古籍出版社，1999 年），頁 1156～1157。

的境界意義。據此，即可窺見湯顯祖「夢覺」思想的蛛絲馬跡，亦可對其建構「夢覺」思想有所助益。此外，亦可明白湯氏「以夢模道，以戲顯道」之戲夢觀其實是薪傳佛法，恩報達觀的一種體現，也是另一種「覺民行道」的大人表現。

　　透過上述的論述，便可釐清王思任：「其立言神旨：《邯鄲》，仙也；《南柯》，佛也；《紫釵》，俠也；《牡丹亭》，情也。」〔註 3〕之論有其商榷之處，亦可證明以「主情」標誌湯顯祖之說，可以再有討論的空間。

第一節　「有情無情，豁破兩邊」之因緣觀

　　有情的生死流轉，即在「十二支」：的發展過程中推移。這十二支，約可分爲三類：一、愛、取、有、生、老死五支，側重於「逐物流轉」的緣起觀。二、識、名色、六處、觸、受五支，是在逐物流轉的緣起觀中，進求他的因緣，達到「觸境繫心」的緣起。三、從識到受，說明現實身心的活動過程。〔註 4〕據此「緣起法」論析《南柯記》，以下分從：一、觀世間萬物，悟緣生緣滅；二、明造化之理，覺物化之情等兩方面論述之。

一、觀世間萬物，悟緣生緣滅

　　世間萬物因緣而生，緣聚則物在，緣散則物滅。萬法緣生，皆係緣分。有緣則有前世因，以下分從：（一）一切萬物，轉瞬變現；（二）一切世間，皆從因生等兩方面論述之。

（一）一切萬物，轉瞬變現

　　〈南柯夢記題詞〉寓含著齊物之思想，一開始，便揭示出有無同一，大小共貫，無所差異之理：

> 天下忽然而有唐，有淮南郡。槐之中忽然而有國，有南柯。此何異
> 天下之中有魏，魏之中有王也。李肇贊云：「貴極祿位，權傾國都。
> 達人視此，蟻聚何殊！」〔註5〕

〔註 3〕　〔明〕王思任：〈批點玉茗堂牡丹亭敍〉，毛效同：《湯顯祖資料彙編》（上海：上海古籍出版社，1986 年），下冊，頁 857。

〔註 4〕　釋印順：《印順法師佛學著作集》，（臺北：印順文教基金會，1999 年），頁 145～146。

〔註 5〕　〔明〕湯顯祖：〈南柯夢記題詞〉，徐朔方箋校：《湯顯祖全集》（北京：北京古籍出版社，1999 年），頁 1156。

一切的生成，都是「忽然而有」又「倏然而去」的，有無都在轉瞬即刻間，而這便是「無常」。人世妄以的眞實其實是虛幻，以爲虛幻的又其實是眞實的，然而無論係何者，皆會在忽然而有之後也倏然而去。只是人總妄爲，它們會永恆存在。故在眞實現世所擁有的貴祿權勢，將也如在虛幻的槐國中擁有貴祿權勢，倏然而去。而是否能體證此理，在其「觀」，即正確的觀察緣起性空。是故，「忽」字成了在「夢」與「覺」的過渡橋梁，正也揭示「夢」與「覺」正在轉瞬頃刻的一念間。

　　在〈樹國〉一齣，大槐安國整體規劃、景象結構，皆是以幻似眞，以無爲有的變現，亦是以眞似幻，以有爲無的棒喝：

> 【海棠春】〔蟻王引眾上〕江山是處堪成立，有精細出乎其類。萬户繞星宸，一道通槐里。……【清平樂】〔王〕綠槐風下，日影明窗蘟。寶界嚴城宮殿灑，一粒土花金價。千年動物生神，端然氣象君臣。眞是國中有國，誰言人下無人。自家大槐安國主是也。本爲螻蟻，別號蚍蜉。行磨周天，頗合星辰之度；存身大地，似蟄龍蛇之居。一生二，二生三，生之者眾；萬取千，千取百，眾即成王。臭腐轉爲神奇，眞乃是明則動，動則變，變則化；太山之於丘垤，故所謂均無貧，和無寡，安無傾。一年成聚，二年成邑，到三年而成都，寡人有些羶行；夏后以松，殷人以柏，及周人而以栗，敝國寄在槐安。〔註6〕

而契玄老禪師的「螻蟻因果」亦是發生在「一瞬」之「忽然」：

> 老僧一夕捧執蓮花燈，上於七層塔上，忽然傾瀉蓮燈，熱油注於蟻穴之内。〔註7〕

一般俗世人看見眼前境物，認定這些變化之相是實在的，故以爲是眞實的。然而，此刻眞實，轉瞬之間，又成虛幻。只是，世俗凡人只執眼前所見之物，卻忘了變化之眞實，故落入執相爲眞的虛妄裡。淳于棼亦爲世俗凡人，仍是落入執相爲眞的虛妄裡。他能成爲國王貴壻，乃攀緣而得，此榮貴之相，是忽然而有，而如今隨著公主亡逝，：「凡所有相，皆是虛妄」。緣已滅，故昔

〔註6〕　〔明〕湯顯祖：《南柯記·樹國》，徐朔方箋校：《湯顯祖全集》（北京：北京古籍出版社，1999年），頁2290。

〔註7〕　〔明〕湯顯祖：《南柯記·禪請》，徐朔方箋校：《湯顯祖全集》（北京：北京古籍出版社，1999年），頁2294。

日榮華尊貴當也倏然而失：

> 自家淳于棼，久爲國王貴壻，近因公主銷亡，辭郡而歸，同朝甚喜。
> 不知半月之內，忽動天威，禁俺私室之中，絕其朝請。天呵，公主
> 生天幾日，俺淳于入地無門。若止如此，已自憂能傷人，再有其他，
> 咳，眞個生爲寄客。天呵！淳于棼有何罪過也？〔註8〕

一切有爲法，皆是因緣合和，緣起時起，緣盡還無，不外如是。諸法從緣生，
諸法從緣滅，《南柯記》所論不外如是。既然一切諸法都是虛妄而生，虛妄而
滅，還有什麼可破可立？能破能立皆是虛妄，諸法空相一瞬間，因緣生滅一
瞬間。入夢的目的，正是明白在那些一個個的瞬間，對於作夢者發生了甚麼
意義。而這每一瞬間，所揭示的正是每一刻的瞬間，都是覺醒的契機。

（二）一切世間，皆從因生

佛言：「一切世間，皆從因生」，凡是有因皆有果，有果自有因，普世因
緣皆從貪嗔癡起：

> 〔淨〕蟻子爲何而來？〔貼〕爲五百年因果而來。〔註9〕

一切相逢，必有因緣，一切業債，皆有所因，一切所因，隨境變現，即便是
在佛門的契玄老禪師，仍逃不過業力流轉，他的「螻蟻因果」便道盡此理：

> 自幼出家修行，今年九十一歲。參承佛祖，證取綱宗。從世尊法演
> 於西天，到達摩心傳於東土。無影樹下，弄月嘲風；沒縫塔中，安
> 身立命。可以浮漚復水，明月歸天。只爲五百年前有一業債，梁天
> 監年中，前身爲比丘，跟隨達摩祖師渡江。比揚州有七佛以來毗婆
> 寶塔，老僧一夕捧執蓮花燈，上於七層塔上，忽然傾瀉蓮燈，熱油
> 注於蟻穴之內。彼時不知，當有守塔小沙彌，顏色不快，問他敢是
> 費他掃塔之勞？那小沙彌説道：不爲別的，以前聖僧天眼算過，此
> 穴中流傳有八萬四千户螻蟻。但是燃燈念佛之時，他便出來行走瞻
> 聽。小沙彌到彼時分，施散盞飯，與他爲戲。今日熱油下注，壞了
> 多生。〔註10〕

〔註8〕　〔明〕湯顯祖：《南柯記·疑懼》，徐朔方箋校：《湯顯祖全集》（北京：北京
　　　　古籍出版社，1999年），頁2412。

〔註9〕　〔明〕湯顯祖：《南柯記·情著》，徐朔方箋校：《湯顯祖全集》（北京：北京
　　　　古籍出版社，1999年），頁2308。

〔註10〕　〔明〕湯顯祖：《南柯記·禪請》，徐朔方箋校：《湯顯祖全集》（北京：北京
　　　　古籍出版社，1999年），頁2294。

要知前世因，今生受者是。要知後世因，今生作者是。宇宙萬有從種種因緣生，從種種因緣滅，生滅皆有種種因緣。「有因有緣生世間，有因有緣世間生；有因有緣滅世間，有因有緣世間滅。」《南柯記》藉人蟻之情應和佛教「因緣生法、因緣滅法」的中心思想，而更在此中反諷了無知的世人：

> 嗟夫，人之視蟻，細碎營營，去不知所爲，行不知所往，意之皆爲居食事耳。見其怒而酣鬪，豈不呿然而笑曰：「何爲者耶！」天上有人焉，其視下而笑也，亦若是而已矣。〔註11〕

在他呿然而笑螻蟻「細碎營營，去不知所爲，行不知所往」，整天只爲食居之事而忙錄時，何嘗不也投射出在長安道上汲汲營營的儒生。換言之，湯顯祖以螻蟻的形象勾勒出長安道上的儒生的形象。

（三）有知與無知，捨一切成見

「非有非無」乃爲《中論》有無觀的總綱領。此一主張，乃在於因應眾生「若有若無」之計執，因此以「離有離無」、「非有非無」作戡破，使不復生有無二見。〈情著〉一齣可謂是湯顯祖的「僧侶想像」闡述了「宗教引渡」的力量之思辨：

> 〔首座〕如何空即是色？〔淨〕東沼初陽疑未吐，南山曉翠若浮來。
> 〔首座〕如何色即是空？〔淨〕細雨濕衣看不見，閒花落地聽無聲。
> 〔首座〕如何非色非空？〔淨〕歸去豈知還向月，夢來何處更爲雲。
> 〔首座〕多謝我失，今日且歸林下，來日問禪。〔末下〕〔淨〕大眾，若有那門居士，禪苑高僧，參學未明，法有疑礙，今日少伸問答。有麼？〔外扮老僧上〕有，有，有，敢問我師如何是佛？〔淨〕人間玉嶺青霄月，天上銀河白晝風。〔外〕如何是法？〔淨〕綠簑衣下攜詩卷，黃篾樓中掛酒蒭。〔外〕如何是僧？〔淨〕數莖白髮坐浮世，一盞寒燈和故人。〔外〕多謝我師，今日且歸林下，來日問禪。〔下〕
> 〔淨垂釣介〕釣絲常在手中拿，影得遊動晚霞。海月半天留不住，醒來依舊宿蘆花。大眾，還有精通居士，俊秀禪郎，未悟宗機，再伸問答。有也是無？〔註12〕

〔註11〕〔明〕湯顯祖：〈南柯夢記題詞〉，徐朔方箋校：《湯顯祖全集》（北京：北京古籍出版社，1999 年），頁 1156。

〔註12〕〔明〕湯顯祖：《南柯夢記・情著》，徐朔方箋校：《湯顯祖全集》（北京：北京古籍出版社，1999 年），頁 2307～2308。

老禪師向首座僧問禪，而首座僧對於老禪師的評價是「參學未明，法有疑礙」，這就說明對於佛理之學仍懵懂不知，對於佛法的理解領悟是不通透的。而老僧又向「參學未明，法有疑礙」的老禪師問禪，而這個老禪師對於老僧的評價是「未悟宗機，再伸問答。有也是無」，表示他覺得回答也是白答的想法。從「問禪」的情節來看，這豈不是一種諷刺，揭示出僧侶的素質參差不齊的問題，那麼對於參學未明，法有疑礙，未悟宗機的僧侶又如何能正確地引渡？正確地以解說佛法？

不過，這個「未悟宗機」的老僧，竟也接受問禪，而且從「外相」看中淳于棼有立地成佛之相：

> 小生淳于棼，來此參禪。想起來落花無聊，終朝煩惱，有何禪機問對？
> 就把煩惱因果，動問禪師。〔見介〕小生淳于棼稽首，特來問禪。如
> 何是根本煩惱？〔淨〕秋槐落盡空宮裏，凝碧池邊奏管絃。〔生〕如
> 何是隨緣煩惱？〔淨〕雙翅一開千萬里，止因棲隱戀喬柯。〔生〕如
> 何破除這煩惱，〔淨〕惟有夢魂南去日，故鄉山水路依稀。〔生沉吟〕
> 〔淨背介〕老僧以慧眼觀看，此人外相雖癡，到可立地成佛。〔註13〕

世人在酒色財氣中滾不出，只能溺在其中，待人引渡。那麼出家的僧人難道都是定慧雙開，晝談義理，夜便思擇的開悟之人？顯然，湯顯祖透過〈情著〉一齣之內容中的「問禪」，提出對於「宗教引渡」的思辨。他從首座僧與老禪師言及「色空」關係之問答，以及老禪師與老僧之「佛法僧」三寶關係之問答切入，勾勒出禪師的形象時，藉僧侶之口透露出他對那種不學習經典，「正經罕讀」的禪師是「無知之叟」和「亂識之夫」的質疑，因為「寡學少知」的禪師即與煩惑相應，指出「禪有理焉」，認為禪智若相扶就如「目足相資」。禪法傳承的譜系在這一意義上，才能夠取得「徵信於人」的道統性。關於此，陳寅恪先生有深刻的洞見：

> 華夏學術最重傳授淵源，蓋非此不足以徵信於人，觀兩漢經學傳授
> 之記載，即可知也。南北朝之舊禪學已採用阿育王經傳等書，偽作
> 付法藏因緣傳，已證明其學說之傳授。至唐代之新禪宗，特標教外
> 別傳之旨，以自矜異，故尤不得不建立一新道統，證明其淵源之所

〔註13〕 〔明〕湯顯祖：《南柯夢記・情著》，徐朔方箋校：《湯顯祖全集》（北京：北京古籍出版社，1999年），頁2308。

來，以壓倒同時之舊學派，此點關係吾國之佛教史，……。〔註14〕
於是，禪宗譜系就逐漸成爲一種「傳達眞理的語言」（genealogy as a language of representing truth）。〔註15〕此外，這是有意識地消解掉僧傳系統中神化性的色彩。「佛不再是高遠的理想，而是直下可以體現的。聖人，從難思議的信仰中，成爲現實人間的，平常的聖人。」〔註16〕轉用到日常生活的每一具體事件中去肯定其平凡而單純的面貌，表現出一種從所有形上學中心的固著中，跳脫開來的無邊開放性。禪師的理想形象應是「隨機化導」、「觸物指明」，專向一切日常事物上面去作領會的平常禪師。〔註17〕禪師的理想是「同步性」（simultaneity）地於當下的事物和生命中去經驗的，日常生活成爲「善的生活的眞正核心」〔註18〕究極而言諸法實相不落入任何有無形式的認定，進而要捨離一切有無所成之見。

二、明造化之理，覺物化之情

莊子反復地講無己、虛己、無我、喪我、心齋、坐忘等。其目的都是要我們不可陷溺在所化之中，而要從所化中超拔出來，解放出來，而遊心於天地一氣之化。以下分從：（一）造化無窮，唯識情癡；（二）物化無盡，唯覺了情等兩方面論述之。

（一）造化無窮，唯識情癡

湯顯祖言道絕不講到，而以物講之，以物言道，則能從造化無窮之物中體物，進而識得情癡礙道，如此，則能體道。故云：

　　夫道，視不可見，聽不可聞，體物不可遺。講者不知是講體是講物。

〔註14〕　陳寅恪，〈論韓愈〉，《金明館叢稿初編》（北京：三聯書店，2001 年），頁 319。
〔註15〕　*Thomas A.Wilson, Genealogy of the Way: the Construction and Uses of the Confucian Tradition in Late Imperial China, Stanford: Stanford University Press,1995,p143.*龔雋：〈唐宋佛教史傳中的禪師想像—比較僧傳與燈錄有關禪師傳的書寫—〉，《佛學研究中心學報》，第十期，2005 年，頁 170。
〔註16〕　印順，《中國禪宗史：從印度禪到中華禪》（南昌：江西人民出版社，1990 年版），頁 317。
〔註17〕　印順：《中國禪宗史：從印度禪到中華禪》（南昌：江西人民出版社，1990 年版）頁 94。
〔註18〕　*Anne B.Thompson,Everyday Saints and the Art of Narrative in the South English Legendary, p18.*龔雋：〈唐宋佛教史傳中的禪師想像—比較僧傳與燈錄有關禪師傳的書寫—〉，《佛學研究中心學報》，第十期，2005 年，頁 175。

講物則不盡，講體則不能。〔註19〕

白舍人之詩曰：「蟻王乞食爲臣妾，螺母偷蟲作子孫。彼此假名非本物，其間何怨復何恩。」世人妄以眷屬富貴影像執爲吾想，不知虛空中一大穴也。倏來而去，有何家之可到哉？〔註20〕

唐代成玄英《莊子疏》是第一個釋「物化」爲「物理之變化」的注家，他說：

昔夢爲蝶甚有暢情，今作莊周亦言適志，是以覺夢既無的當，莊蝶豈辯眞虛者哉。……夫新新變化，物物遷流，譬彼窮指，方之交臂，是以周蝶覺夢，俄頃之間，後不知前，此不知彼，而何爲當生慮死，妄起憂悲，故知生死往來物理之變化也。〔註21〕

如夢幻泡影的世間，所有的人事物都是在不斷地流轉變化，此刻指稱的對象，在彼刻，已失之交臂，莊周夢蝶之事也是如此，雖然只是頃刻變化之事，淳于棼癡於己造之幻象，活在自己打造的夢境中，心中渴望的在夢境中實現，實現的夢易在夢境消失，直至夢醒，仍妄起憂悲，可見他仍在「醒時的夢」中，不知變化之道：

一身之變猶不自知，則物之化而異形，其能相知乎？物物不相知，則各歸其根，物物不相待，則莫得其偶，其有不齊者邪？〔註22〕

肉身之眼所見的種種形色，肉身之耳所聞之種種音聲，肉身之舌所嘗之種種味道，肉身之膚所觸之種種感受，在當下似眞，離開當下，到了彼刻，又將變異，成了虛幻。在眞與幻之間的那個「時空」裡，讓虛幻的成爲眞實，也讓眞實的成爲虛幻。究竟是眞，是幻？人的肉身有所侷限，既然肉身有所侷限，肉身中的六根仿如瞎子摸象，必然也落於一隅的限制，無以得其「全象」。正是有漏，故無以取眞，僅能得幻，若以幻爲眞，以六根所觸爲視角，視角一旦固定，必生偏狹，便生執著，當成障蔽，無以見樹成林。此乃肉身的局限，亦是身爲人的局限，作爲螻蟻的限制，而萬物各別的限制，能夠弭合之法便是萬物合一。

〔註19〕 〔明〕湯顯祖：〈答陳古池〉，徐朔方箋校：《湯顯祖全集》（北京：北京古籍出版社，1999 年），頁 1465。

〔註20〕 〔明〕湯顯祖：〈南柯夢記題詞〉，徐朔方箋校：《湯顯祖全集》（北京：北京古籍出版社，1999 年），頁 1156。

〔註21〕 〔唐〕成玄英：《南華眞經注疏》，嚴靈峰編：《無求備齋莊子集成初編》第 3 冊（臺北：藝文印書館，1972 年），頁 140～141。

〔註22〕 〔宋〕呂惠卿：《莊子義》，嚴靈峰編：《無求備齋莊子集成初編》第 5 冊（臺北：藝文印書館，1972 年），頁 37。

（二）物化無盡，唯覺了情

明代學者釋「物化」爲「物我之間的物理變化」，將夢覺、生死、莊蝶的物理變化，提升至物我的變化本源於道，所以無我之後則周可以爲蝶、蝶可以爲周，萬物爲我而我爲萬物，你我之別也都僅是物我之間，源於道的變化的不同而已。如，明朝朱得之《莊子通義》認爲莊子末句「此謂之物化」即指「萬物之生死變化往來」〔註23〕。釋性㵒《南華眞經發覆》將《莊子》「物化」的概念，直指莊周與蝴蝶雖然物我各異，本源於同體，從物化本源的角度，「無我」之後，則周可以爲蝶，蝶可以爲周，之中只是化他或化此化我的不同，〔註24〕這樣物我之間的物理變化，就是莊子「物化」的眞正意義。

昨日之夢化於今日，今日之生將化於明日之死，萬物的界線在「造化」中消失，萬物在「造化」之下變化，齊物只是一個在夢中才可以實現的理想」。是故，萬物造化之理是爲齊物的理想在夢與醒之間成爲一個弔詭的現象。而湯顯祖試圖以螻蟻變化成人傳達其「變形」的思想，「物化」所要表達的意涵在於物種與物種間可以相互出入變形，物（螻蟻），我（淳于棼）或眞（醒）假（夢）的界限所已被打破超越了，亦打破了傳統由感性及智性對物我（蝶與莊周）、眞假（覺夢）所框設的界限；覺知世間冤緣因何，無有起始，故無可分辨，道出「覺知」與「平等心」的關係。

第二節　「著情・了情・覺情」之轉情歷程

《南柯記》以次第漸進的方式鋪陳「情」之特性。從〈情著〉到〈轉情〉而至〈情盡〉，闡釋情在倏忽而生，情生而後愛染成執，在情執之途受盡苦果之後，便能退而回首來時路，思而有悔，悔而有悟，悟生而能化執轉情，一

〔註23〕　〔明〕朱得之《莊子通義》：「周夢爲蝶曰昔者，則非今日之夢矣，可以見平日無求無患之志。蝶夢爲周，此身或者原是蝶，今爲周之覺乃蝶之夢乎。末句萬物之生死變化往來，理無不然，嗟乎，有生之類影而已、夢而已，是非之辨達觀者其將謂之何。」嚴靈峰編：《無求備齋莊子集成續編》第3冊（台北：藝文印書館，1974年），頁115。

〔註24〕　〔明〕釋性㵒《南華發覆》：「可見此身形幻化不實，總之若夢也，在何處，誰爲蝴蝶、誰爲莊周。周是周、蝴蝶是蝴蝶，正見物我雖異，其體本同，但化他化此之異耳。既無有我，周亦可以爲蝴蝶，蝴蝶可以爲周，非物化而何」。嚴靈峰編：《無求備齋莊子集成續編》第5冊（台北：藝文印書館，1974），頁72～73。

且開始了轉化的契機，情之內涵必當新變，在新變之時，亦爲昨日之我的情滅之始。而淳于棼從何「轉化」？以下分從：一、「執情生夢」之「著情」歷程；二、「情轉夢了」之「情了」歷程；三、知夢了情之「覺情」歷程等三方面論述之。

一、「執情生夢」之「著情」歷程

「念起即夢，念滅即無」、「夢從想生，境由心異」、「夢是念起，不關形骸」主要關鍵在「念頭」。以下分從：（一）癡情妄起，念起即夢；（二）情癡礙智，愛染阻道等兩方面論述之。

（一）癡情妄起，念起即夢

吳梅（字瞿安，號霜厓，1884～1939）認爲「臨川有慨於不及情之人，而借至微至細之蟻，爲一切有情物說法。又有慨於溺情之人，而託喻乎沉醉落魄之淳于生，以寄其感喟。淳于未醒，無情而之有情也；淳于既醒，有情而之無情也。此臨川塡詞之旨也。」〔註25〕學界多以「主情」爲湯顯祖之標籤，然而，筆者以爲，事實上，言其「主情」並非恰當，情感有層次廣狹之分，又所主何情？這似乎還有待研究。不過，對於「情」之思考，這點倒是肯定的。他主張情的多面性、複雜性，深刻性，不當否認情的存在，壓抑人生而有情的天性，然而他要人看清楚的是，溺於情沼中與超拔情淖之中，人的可能性。是故，與其說湯顯祖「主情」，倒不如說他是「辨情」更爲適切。

在〈情著〉一齣中即點明世人之「情」的「執著」性。湯顯祖在此齣戲中他分別從「貪嗔癡」三毒中寫「情著」。徹庸周理：《夢語摘要》中云：「無明即識，識即欲，欲則凡情。」淳于棼因愛染生夢，契玄大師明觀因緣，知螻蟻爲女子，因此，當淳于棼問及奇哉女子從何而來時，契玄大師即道明女子乃爲螻蟻而化身，只是淳于棼一廂情願情繫於她，誤將螻蟻視爲娘子：

〔生〕大師，此女子從何而來？〔淨背介〕此生癡情妄起，倩觀音座前白鸚哥叫醒他。〔內作鸚哥叫〕蟻子轉身，蟻子轉身。〔淨〕淳于生可聽的麼？〔生〕道是女子轉身，女子轉身。〔淨笑介〕日中了，法眾住參，咱入定去來。大千界裏閒窺掌，不二門中二暗點頭。〔下〕
〔生〕禪師去了，到好絮那小娘子一會。敢問小娘子尊姓？〔小旦貼不應介〕〔生〕貴里？〔又不應介〕〔生〕敢便是前日禪智寺看舞

〔註25〕吳梅：《中國戲曲概論》（臺北：廣文書局，1980 年），頁 33～34。

　　　的小娘子麼？〔小旦貼笑介〕是也。〔註26〕

因事「未明」，則生「疑礙」。因「愚癡之情」而生一切「妄相」。因此，必須注意的是：契玄大師故意不點破，只是一笑帶過。其實在此之前，契玄大師已試圖叫醒他，只是因果既在，終將償還：「王門一閉深如海，從此蕭郎是路人。」〔註27〕世界如愚，眾生駃癡：

　　　〔生問介〕老爺兒罷了，螻蟻怎生變了人？〔淨〕他自有他的因果，
　　　這是改頭換面。〔生〕小生青天白日，被蟲蟻扯去作眷屬，卻是因何？
　　　〔淨〕彼諸有情，皆由一點情，暗增上駃癡受生邊處。先生情障，
　　　以致如斯。〔生〕幾曾與蟲蟻有情來？〔淨〕先生記得孝感寺聽法之
　　　時，我說先生爲何帶眷屬而來？當有二女持獻寶釵金盒，即其人也。
　　　〔註28〕

因駃愚之情而生業，業生果報，則當債償還：

　　　〔淨笑〕淳于生，你帶著眷屬來哩。〔生回介〕是好兩位女娘。〔背
　　　嘆介〕禪師，怎知我原無家室？〔貼見介〕大師稽首。〔淨〕蟻子爲
　　　何而來？〔貼〕爲五百年因果而來。〔淨背笑介〕是了，是了。叫侍
　　　者鋪單。〔註29〕

《大智度論》云：「有慧無多聞，是不知實相，譬如大暗中，有目無所見。」〔註30〕淳于棼問禪師：「小生青天白日，被蟲蟻扯去作的眷屬，卻是因何」？契玄答道：「彼諸有情，皆由一點情，暗增上駃癡受生邊處。先生情障，以致如斯。」然而人因情種而生，故情關難過，緣分都是累劫修習帶來這一世的。爲五百年因果而來，無論是還恩討債，何嘗不是生之現實？

（二）情癡礙智，愛染阻道

　　淳于棼以酒爲遁逃之物，在沉醉片時記在心有所繫，心有所待的情況下，

〔註26〕〔明〕湯顯祖：《南柯記·情著》，徐朔方箋校：《湯顯祖全集》（北京：北京古籍出版社，1999 年），頁 2310。

〔註27〕〔明〕湯顯祖：《南柯記·尋寤》，徐朔方箋校：《湯顯祖全集》（北京：北京古籍出版社，1999 年），頁 2418。

〔註28〕〔明〕湯顯祖：《南柯記·轉情》，徐朔方箋校：《湯顯祖全集》（北京：北京古籍出版社，1999 年），頁 2427。

〔註29〕〔明〕湯顯祖：《南柯記·情著》，徐朔方箋校：《湯顯祖全集》（北京：北京古籍出版社，1999 年），頁 2308。

〔註30〕《大智度論》，收入《大正新修大藏經》，第二十五冊，（臺北：新文豐出版公司），頁 101b。

識隨念頭起，念頭起處即夢之所生。故在酒酣昏沉之時，入睡而夢，正是「情所感處，夢便相投」〔註31〕。淳于棼回顧往昔，因「偶然使酒」之行，而得如今落魄，妄念若是「偶然使酒」僅是夢一場，如此精通武藝的自己便不會導致大錯而失主帥之心，也不需要棄官而去，懊悔難抑，生怨憤相：

> 【蝶戀花】秋到空庭槐一樹，葉葉秋聲，似訴流年去。便有龍泉君莫舞，一生在客飄吳楚。哪得胸懷長此住，但酒千杯，便是留人處。有個狂朋來共語，未來先自愁人去。……至於小生，精通武藝。不拘一節，累散千金。養江湖豪浪之徒，爲吳楚遊俠之士。曾補淮南軍禆將，要取河北路功名。偶然使酒，失主帥之心；因而棄官，成落魄之像。〔註32〕

休官後，失去了物質世界的支持後，生命無所重心，落魄成樣，賴酒消魂，總是無聊掛口：

> 〔生上〕【集唐】棄置復何道，悽悽吳楚間。相憶不相見，秋風生近關。我淳于棼，休官落魄，賴酒消魂。爭奈客散孟嘗之門，獨醉槐陰之市，想吾生直恁無聊也。〔註33〕

> 〔生〕呀，我淳于棼好是無聊。〔註34〕

雖說「風雲識破，破千金賢豪浪遊」〔註35〕，有著知心且知音的用途：「論知心英雄對愁，遇知音英雄散愁」〔註36〕，然實際上是以錢養友，而養友之目的則是爲了驅趕寂寞空虛；而此寂寞空虛之情緣於懷才不遇，招友飲樂，以酒尋樂，實則是以酒忘憂，以酒澆愁，其背後表徵的即是忘懷不了昔日的功名之途，且在功名之途上風光的自己。當困悶之情油然而生，此刻，酒便爲知交，寥落之情，如庭槐落葉。是故，「養江湖豪浪之徒，爲吳楚遊俠之士」，

〔註31〕 〔明〕徹庸周理：《夢語摘要》，《嘉興藏》，冊20，（：年），頁279。

〔註32〕 〔明〕湯顯祖：《南柯記‧俠概》，徐朔方箋校：《湯顯祖全集》（北京：北京古籍出版社，1999年），頁2287。

〔註33〕 〔明〕湯顯祖：《南柯記‧謾遣》，徐朔方箋校：《湯顯祖全集》（北京：北京古籍出版社，1999年），頁2301。

〔註34〕 〔明〕湯顯祖：《南柯記‧情著》，徐朔方箋校：《湯顯祖全集》（北京：北京古籍出版社，1999年），頁2311。

〔註35〕 〔明〕湯顯祖：《南柯記‧俠概》，徐朔方箋校：《湯顯祖全集》（北京：北京古籍出版社，1999年），頁2288。

〔註36〕 〔明〕湯顯祖：《南柯記‧俠概》，徐朔方箋校：《湯顯祖全集》（北京：北京古籍出版社，1999年），頁2288。

實則是一種逃避後的自我證明。

淳于棼以酒爲遁逃之物，在沉醉片時記在心有所繫，心有所待的情況下，識隨念頭起，念頭起處即夢之所生。故在酒酣昏沉之時，入睡而夢，正是情所感處，夢便相投。情著便生駿癡，駿癡之情，將誤生之貴，故在明白情著之駿執後，知其苦根，便知去情執，當有此念，即爲轉情之始。

二、「情轉夢了」之「了情」歷程

隨著「情義日深，榮華日盛」，各式各樣的生存欲望，具現萬物從來有一身，一身還有一乾坤。必當在乾坤兩者之間流轉過後，也才能眞正啓動「轉化」之機，達到「覺知」，以完成眞正的「夢覺之道」。是故，眞正的醒覺在於觀見內心與外境產生矛盾才眞正開始，在劫緣世纏中經歷緣起緣滅，緣起，以爲眞，緣滅，以爲幻，在這眞假交替的塵世，生滅的因緣中將情執著破開，則爲藉假以修眞。

以下分從：（一）以假修眞，照破執妄；（二）化執轉情，悟機之端等兩方面論述之。

（一）以假修眞，照破執妄

淳于棼因欲入夢，酒後遊歷槐安國，享受富貴溫柔之極，醒來才恍然原來是進了一群螞蟻窩。表現了一個人因某種機緣（夢）從這個世界（此岸）到了另外一個世界（彼岸）遊歷了一趟，再回到人間，夢醒得覺。湯顯祖在此布局「生死苦惱的此岸」與「涅槃安樂的彼岸」的概念，而「夢」作爲「引度」的媒介，故而有了「知情爲妄」與「辨情爲妄」此兩層意義。

首先，第一層「知情爲妄」意義則是透過「夢迷」與「夢醒」後的淳于棼表現出情之本質流轉不定的眞實上，凸顯人情之現實，以此爲夢覺之關鍵：

> 〔旦〕你前說要個表記兒，這觀音座下所供金鳳釵小犀盒兒，此非淳郎一見留情之物乎？〔生想介〕是也。〔旦稽首佛前，取金釵玉盒與生接介〕淳郎，淳郎，記取犀盒金釵，我去也。〔生接釵盒，扯旦跪，哭介〕……〔旦〕你還上不的天也，我的夫呵。〔生〕我定要跟你上天。〔生旦扯哭介〕〔淨猛持劍上，砍開，唱呀字後，旦急下〕
> 〔生駿，跌倒介〕……〔生醒起看介〕呀，金釵釋槐枝，小盒是槐笑子。啐，要他何用？〔擲棄釵盒介〕我淳于棼這纔醒了，人間

> 君臣眷屬，螻蟻何殊？一切苦樂興衰，南柯無二。等為夢境，何出
> 生天？小生一向癡迷也。〔註37〕

「人間君臣眷屬，螻蟻何殊？一切苦樂興衰，南柯無二。」這是癡迷而後醒的淳于棼的夢覺之語，然而實際上凸顯的是人情的現實，虛妄的本質。淳于棼方才還難分難捨，當他知道愛妻為螻蟻時，即將曾經的「留情之物」擲棄於地，這也證明情之流轉如此無常，上一刻愛的至死還不罷休，下一秒即唾棄如此，若還為此執情，則為癡妄。世人癡妄之根在於不明「情之本質」，而種下苦的根源。若能識破此癡妄，化執轉情也才為可能。淳于棼之醒，何嘗不是湯顯祖之「醒」：「這纔是醒了，人間君臣眷屬，螻蟻何殊？」從男女之情延伸至君臣之情，其幻情之本質不正是如此，這可謂是湯氏見證宦場如幻的伏筆。

其次，第二層「辨情為妄」的意義則為是透過「夢」作為引介，知覺到人性「以假為真」的偏執性：

> 〔生〕咳，小生全不知他是螻蟻，大師怎生不早道破也？〔淨〕我
> 分明叫白鸚鵡說來：蟻子轉身。你硬認得是女子轉身。〔生〕是小生
> 曾聽來。〔淨〕便是你問三聲煩惱，我將半偈暗藏春色：頭一句，秋
> 槐落盡空宮裡，可不是槐安國？第二句，只因棲隱戀喬柯，是你因
> 妻子得這南柯也；第三句，惟有夢魂南去日，故鄉山水路依稀。此
> 是夢醒時節，依然故鄉也。〔生〕小生是曾沉吟這話來。〔註38〕

其所謂「假」，就是我們尋常的「真」。世間一切皆為虛幻，然而世間之人卻執取虛妄為真，以虛妄為家，構築營建，為富貴，為五欲，五毒為此而生，六道輪迴於焉始。五毒之生從執取而來，故爭鬥由此而生，故云：「世人妄以眷屬富貴影像執為吾想，不知虛空中一大穴也。倏來而去，有何家之可到哉？」世人執幻為真，妄假為真，在無明之網流轉，乃至今世，生死不絕：

> 白舍人之詩曰：「蟻王乞食為臣妾，螺母偷蟲作子孫。彼此假名非本
> 物，其間何怨復何恩。」世人妄以眷屬富貴影像執為吾想，不知虛
> 空中一大穴也。倏來而去，有何家之可到哉？〔註39〕

〔註37〕 〔明〕湯顯祖：《南柯記・情盡》，徐朔方箋校：《湯顯祖全集》（北京：北京古籍出版社，1999年），頁2435。

〔註38〕 〔明〕湯顯祖：《南柯記・轉情》，徐朔方箋校：《湯顯祖全集》（北京：北京古籍出版社，1999年），頁2427。

〔註39〕 〔明〕湯顯祖：〈南柯夢記題詞〉，徐朔方箋校：《湯顯祖全集》（北京：北京古籍出版社，1999年），頁1156。

佛法大海，唯信能入，不信則無以入，淳于棼尙未醒覺，故契玄禪師再幻一
景警之，以破其情障：

> 〔淨背介〕便待指與他，諸色皆空，萬法惟識。他猶然未醒，怎能
> 信及？待再幻一個景兒，要他親疏眷屬生天之時，一一顯現，等他
> 再起一個情障，苦惱之際，我一劍分開。〔註40〕

智慧醒覺，來自於內心的反省與質疑，質疑未經求證與體悟之事，反省思辯
一切緣生與緣滅之眞理。契玄禪師再幻一個景，則是再一次使淳于棼痛徹心
扉，痛至深處，使其醒覺，爲的就是在重構舊有的思想習慣此時，痛苦扮演
一個傳遞者，才得醒覺，正是創造性的破壞。經歷這一段從破壞到突破的歷
程，情障才得以破除，使其靈根不執情醒覺，則是以假修眞，照破執取妄想
之癡騃，才得化執轉情之機。

（二）化執轉情，悟機之端

轉化的本質即是一段從破壞到突破而後重構的歷程。當轉化開始之際，
一切因緣都會進入「創造性的混沌」之中，那些過去存在的，都必須被改變，
先前可以運作的都無法再維持昔日的原貌，如果執意不想轉變，內外在便會
產生干擾而形成危機，而個體也必須被迫消化或接納一個劇烈的破壞力影
響，就算想要保有老舊的模式，或是慣性的思想，亦無以逐願。而這樣創造
性的破壞其目的皆是爲了建立一個新的秩序：新的思考，新的觀看。然而，
這樣重新建構的過程卻是一步步，無法一蹴可幾，正如癡迷眾生，口口聲聲
說已識破幻情，可化情執，但是實際上內心仍是無法眞正放下所執之情，從
淳于棼與瑤芳公主的對話便可顯化凡人之情的眞實以及情在昇華後對於欲望
的轉化：

> 〔生〕廿載南柯恩愛分。〔旦〕今夕相逢多少恨？〔合〕萬層心事一
> 層雲。〔生叩頭介〕公主，感恩不盡了。你去後我受多少磨折，你可
> 不知。〔旦〕都知道了。……〔生〕自公主去後，我好不長夜孤悽！
> 〔旦〕你孤悽麼？可知你一生奇遇，虧了那三女爭夫，我臨終數語
> 因誰？〔生〕知罪了！公主，也則是一時無奈，結個乾姊妹兒。〔旦〕
> 你則知道一霎時酒肉上朋情姊妹，蚤忘了二十載花頭下兒女夫妻。
> 〔生〕你如今做了天仙，想這些小事都也不在懷。則是我常想你

〔註40〕　〔明〕湯顯祖：《南柯記·轉情》，徐朔方箋校：《湯顯祖全集》（北京：北京
古籍出版社，1999年），頁2427～2428。

的恩情不盡，還要與你重做夫妻。……〔旦〕淳郎，你既有此心，我則在忉利天依舊等你爲夫，則要你加意修行。〔生〕天上夫妻交會，可似人間？〔旦〕忉利天夫妻就是人間，則是空來，並無雲雨。若到以上幾層天去，那夫妻都不交體了，情起之時，或是抱一抱兒，或笑一笑兒，或嗅一嗅兒。夫呵，此外便只是離恨天了。〔歎介〕天呵。〔註41〕

在這段曲文中，湯氏呈現了他「辨情」的思想脈絡。首先，從淳于棼的角度來看凡人之情。對於凡人而言，情，即是欲望。因此當瑤芳公主道明在忉利天的夫妻無法享受雲雨之歡時，淳于棼當下的反應是「天呵」，可見那是逆違了他身體欲求的本能，這也顯示了欲望的存在，必然遮蔽實相的事實，而沉浮在欲海中的大多數人貪戀色相、樂受，永無止盡的追求，無法停歇，而給出的理由都是「無奈」，而這句話的背後眞實即是，欲望總是主控者，而身處在欲望中的人僅能是被操控的傀儡，無法抗拒欲望激起的一切樂受。從淳于棼的言談舉止，裸裎了生而爲人需要欲望，然而欲望卻也成爲生存的挑戰，面臨各種欲望的衝突，正也是身而爲人存在的眞實。透過淳于棼表達出身體的欲望自是身而爲人無可避免的，若是刻意克制或強烈遏止欲望，倒不如深刻理解欲望。

其次，從瑤芳公主的角度來看情的內涵層次。情，乃是可轉化的。從瑤芳公主提到天上人間的差別正在於：已從肉體的交媾欲望轉變成精神的契合欲望，這從肉體的層次轉化成精神的層次，仍未離開「欲望」本身存在的必要，不同的是「修行」成了關鍵的重點。而這也是湯氏「辨情」的一個重要線索，因此淳于棼究竟是爲何而癡？也成了《南柯記》情旨之內涵，亦是湯氏透過淳于棼表現了世人之情在追求宗教之情的虛妄性。

生之意義在「覺」：以蟻喻人，更以蟻性道明人性，以爲人不過似蟻，皆是爲人生細碎之事汲汲營營，「去不知所爲，行不知所往」，所作所爲皆乏「覺知」，故「不知」。將生之意義全放在物質生活中，故云：「意之皆爲居食事耳。」以蟻爲喻，以夢爲導，照破人之執妄。當洞觀執妄，照破執妄後，由情轉智之機才可能產生，也才有可能從四大親故之網解脫，體悟此道，轉化之情才得以生。

〔註41〕〔明〕湯顯祖：《南柯記·情盡》，徐朔方箋校：《湯顯祖全集》（北京：北京古籍出版社，1999 年），頁 2433～2434。

三、「知夢了情」之「覺情」歷程

　　「夢」作爲道之載體，目的是爲「以夢入道」，經歷遊道──悟道──證道──得道，而後知夢而醒，醒後而覺的「夢覺」歷程。以下分從：（一）觀眞爲幻，夢了情滅；（二）破除分別，了夢覺情等兩方面論述之。

（一）觀真為幻，夢了情滅

　　我們所經驗的世界是受到界線與幻象的影響而失眞，而佛教的最終的目的便是經歷「幻象」，洞澈「外相」之變現之虛空，進而向內「覺醒」，明白無常乃世間之眞相：

> 中國佛教的一個共同主題就是超脱瑪亞（maya），瑪亞通常被解釋爲「幻象」，但它還有一個比較隱微的意思。瓦茲表示，在梵文裡這個字的根源與度量、分別有關。我們所經驗的世界受到界線與度量的影響而失了眞，這些智性理論的副產品投射出去的世界成了我們經驗的世界。如果我們見證的是這個投射的現實，我們就無法眞實體驗這個世界。所以，瓦茲説：「瑪亞學指出，第一、以語言和概念這種智性思維，去洞悉眞實的世界是不可能的。第二、思想試圖界定的形態其實隨時都在變化。⋯⋯覺悟到世界的無常，正是佛教的根本教義。」〔註42〕

若世間皆如夢幻泡影，那麼境爲假，又何以認境爲眞，駭癡著境？爲了讓淳于棼觀透這點，就必須了情，明白情之所因何：

> 〔生素服愁容上〕太行之路能摧車，若比君心是坦途。黃河之水能覆舟，若比君心是安流。君不見大槐淳于尚主時，連柯帶蔕作門楣。珊瑚葉上鴛鴦鳥，鳳凰窠裏鶒雛兒。葉碎柯殘坐消歇，寶鏡無光履聲絕。千歲紅顏何足論，一朝負讉辭丹闕。自家淳于棼，久爲國王貴壻，近因公主銷亡，辭郡而歸，同朝甚喜。不知半月之內，忽動天威，禁俺私室之中，絕其朝請。天呵，公主生天幾日，俺淳于入地無門。若止如此，已自憂能傷人，再有其他，咳，眞個生爲寄客。天呵！淳于棼有何罪過也？〔註43〕

〔註42〕　〔美〕麥基卓（Jock McKeen）、黃煥祥（Bennet Wong）著，傅馨芳譯：《存乎一心：東方與西方的心理學與思想》（臺北：張老師文化事業股份有限公司，2014年1月），頁303～304。

〔註43〕　〔明〕湯顯祖：《南柯記・疑懼》，徐朔方箋校：《湯顯祖全集》（北京：北京古籍出版社，1999年），頁2412。

淳于棼以爲天威忽動，其實不然，而是他並不了解他的身分瞬間動搖，淪落入地無門之境，乃在於他所攀之緣已滅，因與公主之緣而得榮貴功名，如今亦因公主緣了而失榮貴功名。只是淳于棼並不明白緣起緣滅中的生滅之理，仍在無明欲海中浮沉，不斷哀鳴爲何得此果？不知有何罪過差訛？陷入了無明流轉，超拔不出：

> 【勝如花】無明事可奈何？恰是今朝結果。不許俺侍從隨朝，又禁俺交遊宴賀，只教俺私家裏住坐。這其中紛然事多，這其間知他爲何？有甚差訛？一句分明道破，就裏好教人無那。莫非他疑俺在南柯？也並不曾壞了他的南柯。不要說人，便是這老槐樹枝，生意已盡。樹猶如此，人何以堪？今日要再到南柯，不可得矣。罷了，罷了，向公主靈位前，俺打覺一會兒。〔註44〕

「業」，是我們所做的行爲，而「力」則是暗中的力量，是一股如潛藏的激流具有強大的吸引力，然而卻看不見。通常「業力」的產生，都源自於是「癡」。愚癡而煩惱生，煩惱生則無明生，無明生則礙智慧，少智慧則造業。淳于棼不知這「紛然事多」不過都是「業將隨身」。只是他不知「業」從何處始？何處來？「生意已盡」的老槐樹枝，正如「情緣已盡」的瓊芳公主。當此情已滅，隨此情而生的，亦將隨處幻滅。故被驅逐，此因由此。淳于棼不知「業」與「緣」二者互爲聲息之關係。而觀業緣之因何，則由瓊芳公主代言釐清：

> 〔生泣介〕我兒，起來，起來。〔長相思〕有來由，沒來由。不許隨朝不許遊，要禁人白頭。〔貼〕好干休，惡干休。偷向椿庭暗淚流，亡萱相對愁。〔生〕兒，前日父子朝見，國王悲喜不勝。半月之間，便成此釁，卻是因何？〔貼〕天大是非，爹爹還不知？〔生〕你兄弟俱在宮中，俺親朋禁止來往，教俺何處打聽？〔貼〕爹呵，這等，細細聽兒報稟：……〔生〕〔生〕國王何從得知？〔貼〕有國人上書，說玄象謫見，國有大恐。都邑遷徙，宗廟崩壞。〔生〕這等凶，卻何干擾事？〔貼〕他書後明說着，釁生他族，變起蕭牆。〔生〕是那一個國人，這等膽大？便是他族，何知是俺？〔貼〕就中讒譖了，說虛危者，宗廟也；客星犯牛女者，宮闈事也。〔生〕牛女，只俺和你母親就是了。〔貼泣介〕他全不指着母親。〔生〕再有誰？〔貼〕說

〔註44〕〔明〕湯顯祖：《南柯記・疑懼》，徐朔方箋校：《湯顯祖全集》（北京：北京古籍出版社，1999年），頁2412。

> 瓊芝新寡，三杯後有甚麼風流話靶。〔生〕呀，段君何讒人至此！〔貼〕
> 國王甚惱，說駙馬弄權結黨，不可容矣。〔生〕國母怎生勸解，〔貼〕
> 說到蕭牆話，中宮怎勸他？〔生〕兒，不怨國人，不怨右相，則怨
> 天。天，你好好的要見那客星怎的？〔貼〕那星宿冤家，着甚胡纏
> 害我的爹？【前腔】流言亂加，君王明察。親兒駙馬，偏然客星是
> 他。總來被你母親看着了。他病危之時，叫俺回朝謹慎，怕人情不
> 同了。今日果中其言。〔註45〕

因人情不同，而有寄客之感的淳于棼，不禁可聯想到莊子所言之「人情」。在
莊子看來，所謂人，是指所化中的一物而言。凡陷溺於所化中的一物的心，
便是成心，陷溺於所化中的一物的情，便是人情。

（二）破除分別，了夢覺情

知夢之時，即爲了夢之機；破除分別，則爲知夢，了夢以後，故能覺天
下之情。當淳于棼一步步知道自己在夢中所見之眞，也正是一步步在破除識
幻爲眞的騃癡。因此，當他知道眷屬爲螻蟻時，亦爲斷情之始：

> 〔回介〕淳于生，當初留情，不知他是蟻子。如今知道了，還有情
> 於他麼？識破了又討甚情來？〔註46〕

再一次凸顯物我之別，因不知爲螻蟻妻，故留情於此，今知爲螻蟻，便一刀
兩斷，此斷情之舉，不過是面對新的結構、狀態的抗拒，事實上，在情感上，
淳于棼仍是有所眷戀，然而那個割捨不斷的眷戀之情，有一部分係爲了自己
無邊的功德：

> 〔生作指疼上〕哎呀！焚燒十指連心痛，圖得三生見面圓。小生雖
> 是將種，皮毛上着不得個砲火星兒。今爲無邊功德，燒了一個大指
> 頂，到度了檀蘿生天。如今老法師引我三十三天位下，又燒了這一
> 個大指頂，重上天壇，專候我爹爹公主生天也。……〔生喜介〕好
> 了，好了，分明說大槐安國軍民螻蟻五萬戶口生天，咱南柯百姓都
> 在了。則不見爹爹和公主的影響，苦了這功德也。〔註47〕

〔註45〕〔明〕湯顯祖：《南柯記·疑懼》，徐朔方箋校：《湯顯祖全集》（北京：北京
　　　　古籍出版社，1999 年），頁 2413。
〔註46〕〔明〕湯顯祖：《南柯記·轉情》，徐朔方箋校：《湯顯祖全集》（北京：北京
　　　　古籍出版社，1999 年），頁 2428。
〔註47〕〔明〕湯顯祖：《南柯記·情盡》，徐朔方箋校：《湯顯祖全集》（北京：北京
　　　　古籍出版社，1999 年），頁 2430。

除了凸顯世間最難斷捨離之情乃爲親情於此，湯顯祖從「斷捨離」之兩面情，進一步思考了「度脫」的眞實義，度脫本身所欲凸顯的不究竟，無非只是陷入了另個執著，執情於身後功德。酒色財氣，如今淳于棼醒了酒，尚有三者未醒者：

> 〔生跪哭介〕是我的爹。……〔生哭介〕爹爹那裏去？〔合〕喜超
> 生在天，〔生哭介〕親爹，你也下來，待兒子摩你一摩兒。【前腔】
> 痛親爹幾年，痛親爹幾年，夢魂長見，那些兒孝意頻追薦。〔外〕我
> 都鑒受了。我兒，你今後作何生活？〔生〕依然投軍拜將。〔外〕快
> 不要做他，犯了殺戒。再休題將權，再休題將權，我爲將玉皇邊，
> 還怕修羅有征戰。天程有限，我去也。〔註48〕

「舉心動念，無不是罪，無不是業」就像殺、盜、淫、妄，殺生會擔因果，定業難逃，：「假使百千劫，所做業不亡，因緣會遇時，果報還自受」「眾生『業力』甚大，大到『能敵須彌，能深巨海，能障聖道』」。都已經知道娘子爲螻蟻，那就表示所知見擁有的皆爲虛幻，然而淳于棼卻仍執迷其中。仍對夢中恩怨耿耿於懷，如何度脫？爲功德而起度脫他者之情，然而自己卻仍陷溺怨海之中，不知爲逐名所損，發心爲人度脫，亦求取功德之名，湯顯祖特以淳于棼之形象，凸顯出「度脫」的眞實義。度脫係爲度脫何人，度脫何事？度脫何心，「度脫」情節，反諷了度脫被誤解，變質的度脫眞相：

> 〔生哭介〕〔又相周田三人如前扮上〕淳于公請起，休得苦傷。〔生
> 起望介〕原來是段相國，周、田二君。〔眾〕是也。〔生〕右相一向
> 讒間小生，卻是爲何？〔右笑介〕淳于公，蟠龍岡風水在那裏？〔周〕
> 淳于公，我被你氣死也。〔生〕我廿載威名，都被你損哩。〔田〕則
> 我田子華，始終得老堂尊培植。〔右笑介〕這恩怨都罷了，如今則感
> 淳于公發這大願，我們生天。〔註49〕

冤家宜解不宜結，淳、段而人的恩怨情仇，因發願之力，得以超拔，實爲願力大於業力，因願解怨，道盡願力無窮的佛理。「業」有業的力量，「願」有願的力量，如果「業」沒有力量，不會帶著我們去；「願」若沒有力量，也不

〔註48〕〔明〕湯顯祖：《南柯記·情盡》，徐朔方箋校：《湯顯祖全集》（北京：北京古籍出版社，1999年），頁2430～2431。
〔註49〕〔明〕湯顯祖：《南柯記·情盡》，徐朔方箋校：《湯顯祖全集》（北京：北京古籍出版社，1999年），頁2431。

會帶著我們走，佛法是講求平等的，藉此又再次闡述了「平等」之義。此外，「發願」是不帶條件的，而且「發願」是用理智的心態去發願，用智慧去判斷，發願並不一定是等到有問題才發願。反觀淳于棼，充其量僅能說是「許願」，而非發願。他的「知夢」，究竟是否已「了夢」，答案是否定的。其因在於：無明業識，使人如在夢裡不知醒，世間紛擾，夢中尚有夢，以為夢醒，實則仍在夢中，此外，就算夢醒，是否能明夢後悟夢，還是大哉問，故淳于棼上隨無明業識漂流，尚未了夢。終究，淳于棼仍在劫中，尚在夢中，未醒。

第三節　「以夢模道，以戲顯道」之戲夢觀

　　佛教在經過明初的沉寂之後，因與陽明心學互為發明，依著陽明學說成為儒學主流之勢，在明末清初逐漸復甦興盛。復興佛教開始關懷當時的社會現象，與儒、道二教合流，積極走入民眾生活，扎根社會底層，發展出生活化、世俗化的佛教特色。此一走入民間的佛教，在出世／入世分際的拿捏間自然會遭遇種種矛盾與衝突，即晚明四大高僧蕅益智旭（1599-1655）所謂「佛法中行佛法，非難也；世法中行佛法，仍為難事。又佛法仍不壞世法，名難中之難。」這正是明末佛教急欲克服的難戲曲是當時流行最廣、影響最大的世俗文化之一，在面對此一常被衛道人士視為誨淫誨盜的聲色文化現象，佛門如何取捨、化用也成為當時佛教僧人、居士關注的重要議題。湯顯祖以「夢」來闡述人生實質的空性，借「夢」來闡發佛理與生命之切身關係，以下分從：一、以夢模道，引情覺執；二、以戲顯道，化執覺性等兩方面論述之。

一、以夢模道，引情覺執

　　戲曲流行之勢既然無法遏止，如何擅用此一文化現象，將觀戲行為導向修行正途，便是許多僧人或居士文人試圖努力的方向，於是「藉戲說法」便成為一條可行之道。唐宋時期就已頻繁地出現「以戲論禪」的現象，諸如「竿木隨身、逢場作戲」將禪師說法喻為作戲；「戲如人生、人生如戲」將人生虛幻喻為戲場。此一現象到了明末清初，更因佛教禪宗興盛而被頻繁地引用來闡發佛教義理，相關言論幾成氾濫，但在深度與廣度上仍有開展。〔註50〕「人

〔註50〕關於「以戲說禪」的源流、背景與內涵，廖肇亨有精闢的分析與論述，氏著：〈禪門說戲：一個佛教文化史觀點的嘗試〉，《中邊‧詩禪‧夢戲：明末清初佛教文化論述的呈現與開展》（臺北：允晨文化，2008 年 9 月），頁 342～363。

生如戲」、「諸緣皆假」等觀念並非新創，早在宋朝文人詩集中「人生如戲」
的觀念就被普遍運用，到了明朝，因爲佛教的復興，「人生如戲」更與佛教「諸
緣皆假」結合，用來闡述戲曲的教化意義。所以結合這兩種觀念談論戲曲的
教化作用，在晚明是一種普遍的論調。〔註51〕以下分從：（一）以夢爲引，修
觀生慧（二）以戲爲導，思情顯道等兩方面論述之。

（一）以夢為引，修觀生慧

　　屠隆以爲戲爲「假中之假」，最能凸顯「假」的景象，故最易使人體悟「諸
緣皆假」的道理。以此推之，「以戲度化」便是度人最佳方式，「戲場」便是
度百姓的最佳場域。由此，他甚至歸結出「如來豈能舍此戲場而度人作佛事
乎」〔註52〕的絕對論點，認爲捨去戲場，佛祖將無由度人，儼然已將戲場視
爲佛祖度人唯一最佳途徑。

　　在《南柯記》的第一齣中，湯顯祖以「提世」爲題，除了可理解爲提點
／醒世人之意外，亦可進一步詮解爲「有情世間之無情處」與「無情世間之
有情地」。而這正是「情理」思辨的開端，亦是「有無」之辨的起點，更是「豁
破兩端」的初始。所緣之事不同，所緣之境界不同，故有五種別境。《南柯記》
一開始，即以「提世」爲題，拋出「無情與有情」之辨：

　　　　【南柯子】〔末上〕玉茗新池雨，金椏小閣晴。有情歌酒莫教停，看
　　　　取無情蟲蟻，也關情。國土陰中起，風花眼角成。契玄還有講殘經。
　　　　爲問東風吹夢，幾時醒？
　　　　登寶位槐安國土。　　隨夫貴公主金枝。
　　　　有碑記南柯太守。　　無虛誑甘露禪師。〔註53〕

關於「夢的意義」，以下有幾點可供思考：第一、生命眞實的兩端：湯顯祖巧
妙地以「忽然……而有……有」之句式，揭示「人生一瞬」與「如夢幻泡影」
之了悟義。人總是活在兩端：在「出將入相」的「功名」中積極「入世」，卻
也在「神仙之道」的「仙遊」裡渴望「出世」，在「虛擬現實」與「存在現實」

〔註51〕關於「人生如戲」觀念在晚明的開展，廖肇亨從「禪」與「戲」的觀點切入，
　　　　說明此一觀念發展出「揭示人生繁華假象」和「積極發揮主體」的層面，另
　　　　也擴及到戲曲表演的層次。廖肇亨：〈禪門說戲：一個佛教文化史觀點的嘗
　　　　試〉，《漢學研究》，第二期，1999年12月，頁277～298。
〔註52〕〔明〕屠隆：《曇花記·序》，《全明傳奇》（臺北：天一出版社，1983年），頁2。
〔註53〕〔明〕湯顯祖：《南柯記·提世》，徐朔方箋校：《湯顯祖全集》（北京：北京
　　　　古籍出版社，1999年），頁2285。

之中想要取得平衡，但卻成了不可能的夢，故「夢」則成爲兩處平衡「轉接」最好的媒介。

　　《南柯記》以「情」作爲整齣戲的主軸，以「夢」作爲引導之形式，其目的在於啓人之「覺」：覺情理之難爲，覺有無之不易，覺世人之鬧，覺世人之黯，覺天下人於寵辱得喪死生夢覺之關打不破者，識不破也。此外，湯顯祖不以「警世」、「勸世」，而是以「提世」這個角度而觀，反映出他的「夢覺觀」乃是自證自悟的一種個體歷程，沒有一定的規範，每個人都有自己的了悟之途，不需要道破，更不需要勉強，又何需規定；況且，彼夢此夢，彼覺此覺，在同一個情境下，不同的個體，將會有不同的體會，如此理解，更可以明白〈牡丹亭記題詞〉之深旨：「嗟夫，人世之事，非人世所可盡。自非通人，恒以理相格耳。第云理之所必無，安知情之所必有邪？」〔註54〕是故，湯顯祖係如何透過《南柯記》表達「情有理無」、「理無情有」之執迷。

（二）以戲爲導，思情顯道

　　在〈復甘義麓〉尺牘中如是道「性」、「情」、「夢」之關係：

> 弟之愛宜伶學二《夢》，道學也。性無善無惡，情有之。因情生夢，因夢成戲。戲有極善極惡，總與伶無與。伶因錢學《夢》耳。弟以爲似道，憐之以付仁兄慧心者。〔註55〕

首先，湯顯祖闡明「道學」之深義。他以爲伶人因錢而學《夢》，而他因情而作《夢》，皆爲日常，此思想正符合「泰州學派」所提倡的「百姓日用即道」之論。關心的眼界從社會基層人物，而女伶則爲此基層之人物。戲因情而生，故有善有惡，從戲悟人生，女伶扮演著「以人度己」的角色，似乎肯定戲存在著「自渡渡人」的可能性。而這無非也闡述著「堯舜與途人一，聖人與凡人一」，「聖人不曾高，眾人不曾低」，「庶人非下，侯王非高」之理。戲劇本身大抵便關乎百姓、日用、生活的平民性格，亦有將高深難懂的學術通俗化的特性，因此，論學以百姓爲對象，講究日用，提倡樂學，平易通俗，良知現成等五個方向即爲泰州學派的基本特色。唐君毅道：「當說泰州之精神，在

〔註54〕　〔明〕湯顯祖：〈牡丹題記題詞〉，徐朔方箋校：《湯顯祖全集》（北京：北京古籍出版社，1999年），頁1153。

〔註55〕　〔明〕湯顯祖：〈復甘義麓〉，徐朔方箋校：《湯顯祖全集》（北京：北京古籍出版社，1999年），頁1464。

直面對吾人一身之生活生命之事中講學。」〔註56〕而王艮在詮釋〈悅樂〉此則中,強調愚夫愚婦能知能行為道,以平易躬身自省為教,戲劇的特質在其平易,將生活生命之極善極惡搬演成戲劇,亦是最能觸情啓性,而使之躬身自省。化情成性,無菑可如此推想,創作戲劇不僅是完成與達觀之佛緣——以戲作佛事;亦是延續與恩師羅汝芳之情——將平民學風發揮致。

其次,湯顯祖對於「性」、「情」之辨乃是透過「戲」之「夢」來詮釋闡述。他云:「性無善無惡,情有之。因情生夢,因夢成戲。戲有極善極惡,總與伶無與。」據此可推析:性為本,本是不變之中性,然而情如水,隨因緣而變,隨外境而動,正如佛法所言之「因成」——因附前境而生之妄心。而夢之虛實,表徵的正是世局人情之勢的變幻無端,正所謂人生如戲,戲如人生。夢的存在,乃是為了復性,乃是為了自覺人受情之左右牽制而落入「因成」之局。緣境生情,因情生妄,透過「夢」而「覺」,如此則能回復無善無惡之本性。此外,戲作為可以承載生命生活之日常中極善極惡,彷彿戲劇成了一個收容情緒與情感的博物館,等待伶人搬演而出。進了戲內,搬演因情而有善有惡之人世之情,出了戲外,脫卸戲劇角色,又回復到本來面目,與劇中人無涉。換言之,情有善惡,因善惡之情,而使人生如戲。情能使虛實之幻成真又似假,在虛實錯雜之下便成夢,夢之虛幻真實必須藉戲完成之,正是所謂的「戲夢人生」。

> 《中庸》極言道,而直窮天人之際焉。夫道之大原,未可形量也。洋洋優優,姑為摹其神如此。《中庸》意曰:吾今而知聖人之道也,亦嘗極天地之覆載,以及聖神之制作,幾於不可控端。今轉念之,而轉覺斯道之寔際也。大矣哉,人惟囿於道,故不知道之大,然未有一俯仰而道不在者。則何不就俯仰間一觀道,亦推習於道,故終不知道之大,然未有一日用而道不俱者。又何不從日用間一證道?故吾不能擬道為何狀,而第覺是道也,固宜渾淪其體,而磅礴其用乎,亦出於無端,游於無際乎。〔註57〕

以「夢」為之,「醒」之後「覺夢」,其意旨皆在於闡釋「天地之覆載」、「聖神之制作」所謂渾淪其體,出於無端無際的「道」。「道」大矣,然也「幻」

〔註56〕 唐君毅:《唐君毅全集・原道》(臺北:學生書局,1984年),頁384。

〔註57〕 〔明〕湯顯祖:〈洋洋乎發二節〉,徐朔方箋校:《湯顯祖全集》(北京:北京古籍出版社,1999年),頁1564。

矣。道者之大在其「無處不在」；道者之幻，在其「不可形量」，正因如此，湯顯祖以虛幻之夢，虛幻之戲，欲人體道之特色，因道是隨處變現，俯仰之間皆可見，然道又無有固形，在隱微處顯現，又在顯見處隱微，在有跡無跡之間，在實與幻之間，因此，道之象，不該囿之；道之存，無可名之，故「道」與「夢」之特質如此相似，故湯顯祖以「夢」模「道」，以「戲」顯「道」，以此打破人總囿於道的慣性思考與作爲。此外，湯顯祖亦提倡「道」在「日用」之間，故俯仰間不僅可觀道，亦可推習於道，正是君子總是努力在日常生活中尋找生命的終極意義而後體現生命的終極意義，故在觀道與推道之間，則明無法指道爲名，更不勝雕刻，深諳二元對立之弊，故不斷破除二元對立之態勢隨處可見。

二、以戲顯道，化執覺性

　　「人間君臣眷屬，螻蟻何殊？一切苦樂興衰，南柯無二。」此論即道出湯顯祖對於「眾生平等」的支持，而這藉由度脫的情節可知。此外，除了認同「眾生平等」之修行法門，亦闡述「物我合一」的齊物觀。以下分從：（一）「物我無別」的平等觀；（二）「物我融一」的齊物觀等兩方面論述之。

（一）「物我無別」的平等觀

　　從〈情著〉一齣，藉由提出「度脫」的執著性闡述「萬物平等」的觀點：

　　〔生〕謹參大師：小生曾居將帥，殺人飲酒，怕不能度脫也？〔淨〕
　　經明說着：應以天大將軍身度者，菩薩即現其身而度之。有甚分別？
　　〔貼問介〕稟參大師：婦女如何？〔淨笑介〕經明說：應以仁非人
　　等度者，即現其身而度之。〔貼驚，對小旦背介〕這大師神通廣大，
　　不說應以女身得度，到說個人非人。你再問他。〔小旦問介〕大師，
　　似我作道姑的，也可度爲弟子乎？〔淨〕你那道經中，已云道在螻
　　蟻。則看幾粒飯，散作小須彌。怎度不的？〔貼小旦跪介〕大師眞
　　個天眼通。有個妹子瑤芳，深閨嬌小，未克參承，附有金鳳釵一雙，
　　通犀小盒一枚，願施講筵，望大師哀愍。〔註58〕

要能夠達到萬物平等的境界，首先必須破除「以物限之」的慣性思維，其次，擇要弭去「我執分別」。以下分從這兩個方面論述之。

〔註58〕 〔明〕湯顯祖：《南柯記・情著》，徐朔方箋校：《湯顯祖全集》（北京：北京古籍出版社，1999年），頁2310。

　　〈南柯夢記題詞〉寓含著齊物之思想，一開始，便揭示出有無同一，大小共貫，無所差異之理：

> 天下忽然而有唐，有淮南郡。槐之中忽然而有國，有南柯。此何異
> 天下之中有魏，魏之中有王也。李肇贊云：「貴極祿位，權傾國都。
> 達人視此，蟻聚何殊！」〔註59〕

一切的生成，都是「忽然而有」的。無論是真實或是虛幻，皆在忽然而有之後也倏然而去的消失。故在真實現世所擁有的貴祿權勢，將也如在虛幻的槐國中擁有貴祿權勢，倏然而去。而是否能體證此理，在其「觀」中，即正確的觀察緣起性空。接著，又藉蟻國之相寫人類之無知之貌：

> 嗟夫，人之視蟻，細碎營營，去不知所為，行不知所往，意之皆為
> 居食事耳。見其怒而酣鬥，豈不哦然而笑曰：「何為者耶！」天上有
> 人焉，其視下而笑也，亦若是而已矣。〔註60〕

當人類看到蟻群去不知所為，行不知所往，匆匆忙忙為了食物奔勤不休，競相追逐時，自覺荒唐，發出竊笑，以為何苦如此，對此嗤鄙不已。然而，人蟻何殊？當人類嘲笑蟻群時，天人對於人類為財而忙，為食憂思愁苦，無有安時之態亦復如是。正如《佛說無量壽經》所言：「世人薄俗，共諍不急之事。於此劇惡極苦之中，勤身營務，以自給濟。無尊無卑，無貧無富，少長男女，共憂錢財，有無同然，憂思適等。屏營愁苦，累念積慮，為心走使，無有安時。」〔註61〕是故，湯顯祖以此嘲諷人類的自以為是，不自知此舉根本是五十步笑百步。人類為名利汲汲營營，庸庸碌碌過活又與蟻何異？於此突破「以物限之」的人生慣性。

　　世間萬物，各有所長，皆有所適，無所優劣，無所差等，若有分別差等，爭戰即起。湯顯祖在〈伏戎〉一齣，藉槐與檀蘿兩國勢不兩立之態，刻劃了世間因分別之心而生紛擾爭戰：

> 〔檀蘿王赤臉引隊眾上〕大地非常變化，成團占住檀蘿。黃頭赤腳
> 瘦接莎，牛鬥看成兩下。草昧成中國，城池隔外邊。豈無刀畫地，

〔註59〕　〔明〕湯顯祖：〈南柯夢記題詞〉，徐朔方箋校：《湯顯祖全集》（北京：北京
　　　　古籍出版社，1999年），頁1156。
〔註60〕　〔明〕湯顯祖：〈南柯夢記題詞〉，徐朔方箋校：《湯顯祖全集》（北京：北京
　　　　古籍出版社，1999年），頁1156。
〔註61〕　《佛說無量壽經》，收入《大正新脩大正藏經》（臺北：新文豐出版公司），冊
　　　　12，頁360。

仍有氣冲天。自家乃槐安國東檀蘿國主是也。我國東盡白檀，西連
紫邊。子孫分九溪八洞，門戶有百孔千窗。滕、薛同朝，山有木而
誰能爭長；槐檀一火，天有時而豈可鑽也。止因他是玄駒，咱形赤
駁，遂分中外，致有高低。恃他如赤象之雄，覷我如蜀米之細。近
日得他文書，于槐安國上加了一個「大」字，好不小視人也。〔註62〕

明明同爲螻蟻，但是槐安國卻以玄駒自喻，輕視檀蘿國，以爲優越，權分強
弱大小，惹得「子孫分九溪八洞，門戶有百孔千窗」的檀蘿國主怨聲連連：

同是蟻兒能大多？分土分兵等一窩。欺負俺國小空虛少糧食，不知
俺穿營蕘澗走如梭。〔註63〕

正因長期被輕視而埋下的怨憤，因此爲攻打南柯埋下伏筆：

隔江西畔有一郡南柯，他聚積的檀香可奈何？要那槐安安不的，俺
征西旗上也寫著個大檀蘿。〔註64〕

任何熟悉軍事策略的人都知道分界線就是邊境，同時邊境也常是戰線的開
端，發生戰爭的地方，當「自我意識」以「中外」、「高低」區別，即是引發
憤怒的開端，當備感侵犯，受辱之時，當下怒火沖頂，也即是戰爭的開始。
而我們的「自我意識」就是這樣劃分界線的：以「我」分出了界線內與界限
外。界線內的所有事物，我們將其定義「我自己的」，故以我爲優，以我爲強，
以我爲尊，以我爲貴；而非界線內的則非「我自己的」，便較我爲劣，較我爲
弱，較我爲卑，較我爲賤。我們的「自我意識」即成了分界線，區分了我與
非我，而這便是我執起的分別。而當我執一起分別，即是建立了邊界，在建
立邊界的同時，也就製造了邊界兩旁的對立，當對立一起，衝突的可能性便
加遽，當衝突一加遽，彼此的戰爭便開始：小至人我之爭，大至國與國之戰。
是故，湯顯祖藉〈伏戎〉一齣，暗喻著我們該降伏的是「野蠻的分別心」。而
到了〈轉情〉則見「化冤解業」之思想，先使冤仇先得度之情節：

〔內作奏樂報介〕忉利天門開。〔又報介〕檀蘿國螻蟻三萬四千戶生
天。〔淨作驚介〕是忉利天門報聲，蘿國螻蟻三萬四千戶生天。你看

〔註62〕〔明〕湯顯祖：《南柯記·伏戎》，徐朔方箋校：《湯顯祖全集》（北京：北京
　　　　古籍出版社，1999年），頁2328。
〔註63〕〔明〕湯顯祖：《南柯記·伏戎》，徐朔方箋校：《湯顯祖全集》（北京：北京
　　　　古籍出版社，1999年），頁2328。
〔註64〕〔明〕湯顯祖：《南柯記·伏戎》，徐朔方箋校：《湯顯祖全集》（北京：北京
　　　　古籍出版社，1999年），頁2328。

紛紛如雨上去了也。〔生〕哎，檀蘿國是我之冤仇，我這一壇功德，
顛倒替他生天，怎了？怎了，〔淨笑介〕【賺煞】則你有答裏冤，這
答裏緣，那蠢諸天他有何分辯？〔註65〕

平等觀世，即知萬物同一，無有分別，在塵海之眾生生來平等，無有優劣高
低之別。在此，湯顯祖所欲凸顯的正是在「夢了」之後，是否已生「覺知」
世間冤緣因何，無有起始，故無可分辨，道出「覺知」與「平等心」的關係。
平等心起於內觀其心是否能不執著高下，不分別同異的「覺知」，若在夢了之
後能夠覺知此理，自能「情了」不再執愛而生礙，如此便能達到佛法所謂的
「怨親平等」，成就菩薩道心，而為佛也。《大智度論》：「菩薩得是深心矣，
等心於一切眾生。眾生常情愛其所親，惡其所憎。菩薩得深心故，怨親平等，
視之無二。」〔註66〕一國的建立需要時間，一部經典的完成也需要時間，一
種文明文化的出現與成熟更是需要時間，何況是面對最最複雜微妙的人性？

　　是故，湯氏《南柯記》所欲強調夢了與情了，覺與佛，事實上兩者無分，
內涵其實是相同的，差別的就是「人的覺知」表現的「境之廣狹」、「力之強
劣」而已罷了。

〔註65〕　〔明〕湯顯祖：《南柯記・伏戎》，徐朔方箋校：《湯顯祖全集》（北京：北京
　　　　古籍出版社，1999年），頁2428。

〔註66〕　〔姚秦〕鳩摩羅什譯：《大智度論》，卷49，收錄於《大正新脩大藏經》（臺北：
　　　　宏願出版社，1992年），第25冊，頁411。

第二章　《邯鄲記》之「夢覺」觀

　　夢已經被肯定爲人類心靈的一部分，無論從腦生理的研究，或是精神心理的研究，都逐漸將夢的重要性放在前面。夢如何賦予心靈的意義，又如何透過象徵展現其「另有所指」？而「黃粱一夢」所具備的象徵脈絡又爲何？則成爲一個值得析辨的焦點。

　　〈邯鄲夢記題詞〉末尾言及：「第概云如夢，則醒復何存？所知者，知夢遊醒，必非枕孔中所能辯耳。」〔註1〕其「知夢遊醒」所代表的思想意義究竟爲何？是否「知夢遊醒」乃是《邯鄲記》創作的思想核心？除此，盧生「遊仙」的目的何在？而「知夢」的目的又何在？是否《邯鄲記》所欲建構的思想路徑正是湯氏「辨情」的內涵？然而其思想路徑又爲何？

　　是故，由《邯鄲記》探析夢之歷程中的象徵意義，以及建構盧生「個體化歷程」所展現的轉化意義，不僅能探析《邯鄲記》中「知夢遊醒」在轉化歷程中承載的意義，更能釐清「知夢遊醒」的結構內涵與「夢覺觀」的關係。據此，從《邯鄲記》推論出湯氏的「夢覺觀」之內涵，則成爲本章論述的重點。

第一節　《邯鄲記》之創作心理

　　文學作品所以能生生不息，就是因爲每一位創作者的心靈猶如一座活火山，在不同的時空裡，噴射出驚人的火焰。然而作者創作劇本時，應如何運

〔註1〕〔明〕湯顯祖：〈邯鄲夢記題詞〉，徐朔方箋校：《湯顯祖全集》（北京：北京古籍出版社，1999年），頁1155。

用客觀的材料？〔註2〕究竟是「再現」原有的元素？抑或是根據原有的元素以另一種方式加以「創造表現」？根據〈邯鄲夢記題詞〉所言：「《邯鄲夢》記盧生遇仙旅舍，授枕而得婦遇主，因入以開元時人物事勢，通漕於陝，拓地於番，讒搆而流，讒亡而相。於中寵辱得喪生死之情甚具。大率推廣焦湖祝枕事為之耳。」〔註3〕《邯鄲記》當屬後者。湯顯祖湯氏以《枕中記》為底本，對其創作旨趣進行「補充」或「反作」之意甚濃。究竟蘊藏何種創作動機以及創作旨趣？其次，擅長以「情」、「理」、「勢」揆觀時勢與世情之湯氏，特擇以開元之際人物事勢，以凸顯寵辱得喪生死之情，其目的又為何？

是故，對於湯氏創作《邯鄲記》展開內向性挖掘，不僅有機會擴展對於「知夢遊醒」的理解，以及深入其創作心理，對於「夢覺觀」的內涵建構更是裨益匪淺。以下分從：一、貧病相交迫，思生之為何；二、為德以俟命，觀夢之官場等兩方面論述之。

一、貧病相交迫，思生之為何

萬曆廿四年（1596）秋，湯顯祖正式罷官，在罷官前，《牡丹亭》已完成。〔註4〕根據〈答張夢澤〉一文可知，《邯鄲記》是完成時間最晚，而當時面對的狀況正是貧病交連之際：

> 謹以玉茗編《紫釵記》操縵以前，餘若《牡丹魂》、《南柯夢》，繕寫而上。問黃粱其未熟，寫盧生於正眠。蓋唯貧病交連，故亦嘯歌難續。〔註5〕

在病苦的折磨下，在貧困的逼迫下，身心承受的巨大壓力可想而知。當一個人在肉體上遭受病痛，在精神上承受壓力，人的意志其實是脆弱至極的，長嘯而歌，便是一種痛苦的宣洩。此外，當心靈脆弱至極之時，便更容易陷入過往的傷痛。對於湯顯祖過往的傷痛為何？概是不遇明主，忠心未鑒：

> 至如不佞，偏州浪士，盛世遺民，可為大夫，枉登高而作賦；又聞君子，曾過庭而學《詩》。子雲之心尚玄，世皆譏其寂寞；萇弘之血

〔註2〕 李惠綿：〈明清戲劇批評中的虛實論〉，《臺大中文學報》，第九期，1997 年 6 月，頁 150。

〔註3〕 〔明〕湯顯祖：〈邯鄲夢記題詞〉，徐朔方箋校：《湯顯祖全集》（北京：北京古籍出版社，1999 年），頁 1155。

〔註4〕 當時稱《牡丹亭還魂記》已完成，接續完成《南柯記》、《邯鄲記》。

〔註5〕 〔明〕湯顯祖：〈答張夢澤〉，徐朔方箋校：《湯顯祖全集》（北京：北京古籍出版社，1999 年），頁 1450～1451。

未碧，天不鑒其精誠。自分地阻人偏，殘叢二酉之蠹簡；何悟天發
吾覆，快覩三辰之龍旗，跫然足音，燦其物色。大臣之度，休休若
自其口；吉人之詞，藹藹如見其心。既愛我甘，敢自愧其雕飾；言
采其苦，必無棄於菶菲。……空垂愛日，感瓶冰以測寒；願借長風，
獻指節而知短。未展登龍一念，乃凡良馬三之。〔註6〕

湯氏以「偏州浪士」、「盛世遺民」自比，孤落鬱沉，不言可喻。不過，從空
間的角度看待他貶謫一事，正因處在「地阻人偏」的「邊陲」地帶，故也蘊
養出「另一雙眼睛」，不同以往的「視界」自此而生，能「通極器界之外」。
此外，孵育出的「另一顆心」在感受力與想像力的變化上，更較往昔敏銳，
故能有「最微而妙」〔註7〕的體會。其目所觸，其心所感之豐富層次，便能臻
至「守篤以環其中」〔註8〕之境界，這對於創作者的藝術生命而言，當是轉禍
爲福。

　　其次，尺牘中所云：「子雲之心尙玄，世皆譏其寂寞；萇弘之血未碧，天
不鑒其精誠。」乃是反面而說，乃有湯氏的投射心情。據此可知，身在險阻
宦途中，出處進退，絕對是常思及的問題，而他所經歷的過程，必當也影響
著他的見地與理解。換言之，他將眼光聚焦在兩人的「生命歷程」與「出處
進退」之間，據此思考「忠臣」與「君信」的關係，以及「大時代之勢」又
如何影響「個人之情」，進而建立其出處進退的思想脈絡，成其「爲政之理」。

　　以下，分從：（一）時勢所逼，何者當守；（二）碧血丹心，有情天下等
兩方面論述之論述之。

（一）時勢所逼，何者當守

　　首先，揚雄最具爭議之處，即是他與王莽的關係。從儒家的角度來看，
西漢揚雄王莽當政，拉攏揚雄，任他爲中散大夫，而且也寫過〈劇秦美新〉
美化王莽，是否美化？此外，對於揚雄寫就〈劇秦美新〉一文以爲他的動機

〔註6〕　〔明〕湯顯祖：〈答張夢澤〉，徐朔方箋校：《湯顯祖全集》（北京：北京古籍
　　　　出版社，1999 年），頁 1450～1451。

〔註7〕　〔明〕湯顯祖：〈與劉沖倩〉：「古稱臭味二字，最微而妙。其中通極器界之外。」
　　　　徐朔方箋校：《湯顯祖全集》（北京：北京古籍出版社，1999 年），頁 1449。

〔註8〕　〔明〕湯顯祖：〈答鄒賓川〉：「弟一生疎脫。然幼得於明德師，壯得於可上人，
　　　　時一在念，未能守篤以環其中。來去幾何，尚悠悠如是，時自悲怛。屢敗良
　　　　規，愧勉無量。」徐朔方箋校：《湯顯祖全集》（北京：北京古籍出版社，1999
　　　　年），頁 1449。

有二：或以為是投靠之文之說，或有避禍之文之論，目前尚有爭論。不過，若是從湯顯祖「情不可以論理，死不足以盡情」的角度，便可跳脫從道德的角度來看待此事。而是從大歷程之「時代背景」與「學術思潮」與小歷程之「個人氣性」與「個人思想」之關係，探究其「出處進退」的抉擇。

湯顯祖以「尚玄」形容揚雄，即表示他著重其「思想趨向」來看待他的「寂寞與否」，並以揚雄之際遇，作為他「理之建構」與「情之重構」的內涵。

從時代背景來看，西漢末年，外戚逐漸執掌政權，權力傾軋激烈，致使政局動盪、朝政腐敗、社會不安，漢帝國之危機日益深重，繼而也讓學術思潮有了變化。在這種情況下，有識之士，特別是知識份子，憤世嫉俗之餘，但感無可奈何。於是，他們從《老子》中尋找精神寄託，以發揮《老子》義理為手段，表達對現實之看法，抒發一己之人生情懷。〔註9〕道家思想在漢代獨尊儒術的文化政策下，成為具有影響力的學術暗流，與儒家思想並峙，可謂是儒道兩家思想互絀互化的階段，〔註10〕是故，揚雄徘徊在「儒」與「道」之間，自然也就是必然的了。〔註11〕

若從這個角度思考他寫就〈劇秦美新〉的動機，無論是說他投靠也好，避禍也好，真正的背後思想係為「保其身」以「成其事」，班固評論揚雄乃是從不遇之時，退而處之，虛而待之的角度論之：「君子得時則大行，不得時則龍蛇，遇不遇命也，何必湛身哉！」因此，無論是避世或逃世，並不能立即

〔註 9〕 張鴻愷〈嚴遵《道德指歸》思想述評〉指出：「道家思想在漢代獨尊儒術的文化政策下，一直有著旺盛的活力，成為一股強勁的學術暗流，與儒家思想並峙，研習《老子》者不在少數。」收入於《第四屆文學與資訊學術研討會會前論文集》，2008 年 10 月，頁 280。

〔註10〕 張鴻愷〈嚴遵《道德指歸》思想述評〉指出：「就整個漢代思想界的格局而言，儒道二家的互絀互化，塑造出漢代思想的基本面貌。以囊括天地人的宇宙論著稱的漢代哲學，正是儒道兩家思想高度綜合的結果，亦造就了其後燦爛精采的魏晉玄學。」收入於《第四屆文學與資訊學術研討會會前論文集》，2008 年 10 月，頁 280。

〔註11〕 張鴻愷〈嚴遵《道德指歸》思想述評〉指出：「道家思想在漢代獨尊儒術的文化政策下，一直有著旺盛的活力，成為一股強勁的學術暗流，與儒家思想並峙，研習《老子》者不在少數。西漢末年，外戚逐漸執掌政權，權力傾軋激烈，致使政局動盪、朝政腐敗、社會不安，漢帝國之危機日益深重。在這種情況下，有識之士，特別是知識份子，憤世嫉俗之餘，但感無可奈何。於是，他們從《老子》中尋找精神寄託，以發揮《老子》義理為手段，表達對現實之看法，抒發一己之人生情懷，《道德指歸》即此應世之作。」收入於《第四屆文學與資訊學術研討會會前論文集》，2008 年 10 月，頁 280。

斷定他就是背叛國家的懦弱之人，或是欺君之邪臣。歷史上有太史公之知，寫〈管晏列傳〉將管仲之辱，而鮑叔之知闡釋了此理。〔註12〕筆者以為：太史公的〈管晏列傳〉正是一篇討論「知人」的層次，展現了「知」一行為所蘊涵的複雜性與豐富性，揭示出「知」的深刻，在其去慣性，去偏見，去主流，而是原原本本的從「人」的完整性而論其行徑，重其過程，而非結果；必須從「行為的本身」耐心析剖行為背後的心意，而非只是臆測行為的表象。而這樣的「知人」觀，正與湯顯祖所謂的：「人生之世，非人世所盡。自非通人，恒以理相隔耳。第云理之所必無，安知情之所必有？」〔註13〕之思想深蘊相契合。而這也正是能「成一家言」的必要條件，展現出思想獨立的精神。

是故，以「人生之世，非人世所盡。自非通人，恒以理相隔耳。第云理之所必無，安知情之所必有」為思想主核的湯顯祖，已不再是「瞎子摸象」〔註14〕，這個時候的湯顯祖不再以對立的角度思考事情，〔註15〕而是從更宏觀的角度析探，而有了微觀的發現。揚雄所作〈解嘲〉，有「惟寂惟寞，守德之宅」之與，因此，或可據此推敲：湯顯祖思考的是揚雄一生的起伏究竟係為守護甚麼？而他「守德宅」又係為了成就甚麼？這與他「保身」是否有密牽的關係？而他的「保身」是否係為了成就他「生命大業」？

首先，據《漢書·揚雄傳》：「雄少而好學，不為章句，訓詁通而已，博覽無所不見。為人簡易佚蕩，口吃不能劇談，默而好深湛之思，清靜亡為，

〔註12〕　筆者以為：太史公的〈管晏列傳〉正是一篇討論「知人」的層次，展現了「知」一行為所蘊涵的複雜性與豐富性，揭示出「知」的深刻，在其去慣性，去偏見，去主流，而是原原本本的從「人」的完整性而論其行徑，重其過程，而非結果；必須從「行為的本身」耐心析剖行為背後的心意，而非只是臆測行為的表象。而這樣的「知人」觀，正與湯顯祖所云：「人生之世，非人世所盡。自非通人，恒以理相隔耳。第云理之所必無，安知情之所必有？」之思想深蘊相契合。而這也正是能「成一家言」的必要條件，展現出獨立的思想精神。

〔註13〕　〔明〕湯顯祖著，徐朔方箋校：《湯顯祖全集》（北京：北京古籍出版社，1999年），頁1153。

〔註14〕　瞎子摸象，每個人摸到的都是整體的一部分，而所言並非假，然而又非真，所執之相，確實存在，但卻不能執其所相，否則只是各執其理，各說其是。是故，筆者以為：瞎子摸象只能說是擁有部分之真相，必不能同意為整體之真實。

〔註15〕　據徐朔方〈湯顯祖年譜〉可知，寫就〈答張夢澤〉的時間是萬曆廿九年（1601），當時的他尚未完成《邯鄲寄》，不過《牡丹亭》與《南柯記》草稿應成。據文中可得其推敲：「謹以玉茗編《紫釵記》操縵以前，餘若《牡丹魂》、《南柯夢》，繼寫而上。問黃粱其未熟，寫盧生於正眠。蓋唯貧病交連，故亦嘯歌難續。」

少耆欲，不汲汲於富貴，不戚戚於貧賤，不修廉隅以徼名當世。家產不過十金，乏無儋石之儲，晏如也。自有大度，非聖哲之書不好也；非其意，雖富貴不事也。顧嘗好辭賦。」據此可推：揚雄離俗獨處的遁居行爲，跟他口吃不能暢談不無關係，因爲這牽涉到自信與人際關係。也正因如此，「默而好深湛之思」則是一種造就。從班固的形容中，可知他傾心讀書研究，喜清靜正來自他的少欲，他是甘願在寂寞中的人。再者，從他避禍與投閣的行徑來看，他回應的方式，都是採自我療傷式的，作〈解嘲〉、〈逐貧賦〉〔註16〕；或走自我毀滅式的，如投閣而去。〔註17〕這就顯示出他性格上的特質。他並非氣燄高漲之人，比較是傾向內斂低調的人。另外，從他三世不徙官，以及當王莽篡位，許多談說之士以符命稱功德獲封爵時，他以耆老久次轉爲大夫的行徑來看，權勢的吸引，他並不嚮往，所思在以文立世，他傾心研究，甚至提出以「玄」作爲宇宙萬物根源之學說。學說內容主要強調當如實認識自然現象，並以「有生者必有死，有始者必有終」，駁斥了方士的學說。然而，據馮樹勳〈是模擬還是創新？範式衝突內的揚雄〉〔註18〕一文探討揚雄的學術思想曾道：「因此班固以「用心於內，不求於外」〔註19〕形容他，乃爲公允之論。除了班固，爲其辯護者，亦有宋代的洪邁。〔註20〕是故，湯顯祖所指的世人

〔註16〕 面對世儒的譏嘲他，他寫了〈解嘲〉，爲了寬慰自己，又寫了〈逐貧賦〉。

〔註17〕 〔漢〕班固：《漢書·揚雄傳》：「王莽時，劉歆、甄豐皆爲上公，莽既以符命自立，即位之後欲絕其原以神前事，而豐子尋、歆子棻復獻之。莽誅豐父子，投棻四裔，辭所連及，便收不請。時雄校書天祿閣上，治獄使者來，欲收雄，雄恐不能自免，乃從閣上自投下，幾死。莽聞之曰：「雄素不與事，何故在此？」間請問其故，乃劉棻嘗從雄學作奇字，雄不知情。有詔勿問。然京師爲之語曰：「惟寂寞，自投閣；爰清靜，作符命。」

〔註18〕 馮樹勳：〈是模擬還是創新？範式衝突內的揚雄〉：「在兩漢思想史，引起廣泛爭議的哲學家，莫過於揚雄與王充。…揚雄所以能走出一條，當代學者不能完全明白的學術道路，因爲他從來都不是當時學界範式的核心人物。」《政治大學哲學學報》，第三十期，2013年7年，頁28～29。

〔註19〕 〔漢〕班固：《漢書·揚雄傳》：「當成、哀、平間，莽、賢皆爲三公，權傾人主，所薦莫不拔擢，而雄三世不徙官。及莽篡位，談說之士用符命稱功德獲封爵者甚眾，雄復不侯，以耆老久次轉爲大夫，恬於勢利乃如是。實好古而樂道，其意欲求文章成名於後世，以爲經莫大於易，故作太玄；傳莫大於論語，作法言；史篇莫善於倉頡，作訓纂；箴莫善於虞箴，作州箴；賦莫深於離騷，反而廣之；辭莫麗於相如，作四賦：皆斟酌其本，相與放依而馳騁云。用心於內，不求於外，於時人皆曶之；唯劉歆及范逡敬焉，而桓譚以爲絕倫。」

〔註20〕 洪邁在《容齋隨筆》中爲其辯護說：「揚雄仕漢，親蹈王莽之變，退托其身於列大夫中，抱道沒齒。世儒或以〈劇秦美新〉貶之；是不然，此雄不得已而

皆譏其寂寞，〔註21〕但他以爲揚雄白頭寫《太玄》，那是他天命之所趨，子雲之心並不寂寞，就算寂寞，那也是他的選擇。因爲那也正是所有埋首創作的創作者必須經歷的過程，因此，忍受寂寞，忍受譏笑，但若能有「天發吾覆」〔註22〕的驚喜，何嘗不是更大的收穫？在另封〈答張夢澤〉中有：「名亦命也。」〔註23〕之語，言簡義深的揭示了行至起伏的官宦生涯後的體悟，以及透露出這個階段的思考：他對於自己是否能像揚雄甘願以文章成名於後世，還無法有答案，故「僕非衰病，尙思立言」其語深意無限。

（二）碧血丹心，有情天下

周朝時期劉文公的大夫萇弘，一生忠於朝廷，後蒙冤爲人所殺，傳說其血化爲碧玉。對於萇弘的遭遇，莊子云：「人主莫不欲其臣之忠，而忠未必信，故伍員流于江，萇弘死于蜀，藏其血三年而化爲碧。」論及到臣忠，然君不信的問題。臣無君庇，即似齒無唇護，是故，在〈邯鄲夢記題詞〉云：「因入於開元時人物事勢，通漕於陝，拓地於番，讒搆而流，讒亡而相。於中寵辱得喪生死之情甚具。」〔註24〕湯顯祖表達世間所涉之「寵辱得喪生死之情」在宦吏道上定能得到深切體會，揭示出君臣禮法，方是所有從政者的眞實處境，此生存之大戒，難以逃脫。而「寵辱得喪生死之情」，皆爲世間所涉，進一步規範體情之範圍。

此外，〈邯鄲夢記題詞〉所云：「世傳李鄴侯泌所作，不可知。」〔註25〕

作也。夫誦述新莽之德，止能美於暴秦，其深意固可知矣。序所言配五帝冠三王，開闢以來未之聞，直以戲莽爾。」

〔註21〕　關於「揚雄寂寞」，歷代文人亦有所抒。左思〈詠史·濟濟京城內〉（八首其四）：「寂寂揚子宅，門無卿相輿。寥寥空宇中，所講在玄虛。言論准仲尼，辭賦擬相如。悠悠百世後，英名擅八區。」盧照鄰〈長安古意〉：「寂寂寥寥揚子居，年年歲歲一床書。獨有南山桂花發，飛來飛去襲人裾。」李白〈古風·咸陽二三月〉（五十九首其八）：「子雲不曉事，晚獻《長楊》辭。賦達身已老，草《玄》鬢若絲。投閣良可嘆，但爲此輩嗤。」李商隱〈燕臺四首——夏〉：「蜀魂寂寞有伴未，幾夜瘴花開木棉。」

〔註22〕　〔明〕湯顯祖：〈答張夢澤〉，徐朔方箋校：《湯顯祖全集》（北京：北京古籍出版社，1999 年），頁 1451。

〔註23〕　〔明〕湯顯祖：〈答張夢澤〉，徐朔方箋校：《湯顯祖全集》（北京：北京古籍出版社，1999 年），頁 1450～1451。

〔註24〕　〔明〕湯顯祖：〈邯鄲夢記題詞〉，徐朔方箋校：《湯顯祖全集》（北京：北京古籍出版社，1999 年），頁 1155。

〔註25〕　〔明〕湯顯祖：〈邯鄲夢記題詞〉，徐朔方箋校：《湯顯祖全集》（北京：北京古籍出版社，1999 年），頁 1155。

關於〈枕中記〉之作者實爲唐沈既濟所作,然湯顯祖特別選以「傳說」的作者李泌,又說「不可知」,既然不可知,又爲何擇以李泌?正是湯氏關注的焦點在於「臣」之「忠」,而「君」無以「庇」之的邏輯上,並間接表述〈枕中記〉乃爲李泌的自傳。是故,《枕中記》之作者究竟爲誰並不重要,重要的是,李泌的際遇正可切合「君臣」的眞實境況,由此代言,投射出《邯鄲記》之情旨。

李泌是玄、肅、代、德四朝元老,有匡世濟時之志,頗具王佐之才,可他一生崇尙出世無爲的老莊之道,視功名富貴如敝屣。憑著他幼年就得到玄宗寵愛,又結交的是王公大臣,按理說應該能在仕途上一帆風順,施展志才,然而實際上並非如此。在玄宗朝時,遭到楊國忠的嫉恨,李泌遂潛遁名山,隱然自適。肅宗朝時,肅宗與之親善,仰賴甚深,〔註26〕故因權逾宰相而招致權臣崔圓、李輔國的猜忌。代宗朝時,又遭當時的權相元載所疾,幾番用計陷害他。後元載被誅,李泌又被召回,卻受到常袞的排斥,可畏險阻不斷。

湯氏從「性惡昏宦」及「天子庇之」兩個方向論說其因:

> 然史傳泌少好神仙之學,不屑昏宦,爲世主所強,頗有幹濟之業。觀察郟、虢,鑿山開道,至三門集,以便餉漕。又數經理吐番西事。元載疾其寵,天子不能庇之,爲匿泌於魏少遊所。載誅,召泌。懶殘所謂:「勿多言,領取十年宰相」是也。《枕中》所記,殆泌自謂乎。唐人高泌於魯連范蠡,非止其功,亦有其意焉。〔註27〕

首先,湯氏凸顯李泌性情上的「出世」與「入世」的兩個面向:他積極用世,以幹濟之才鑿山開道,經理吐番西事,有其政治作爲。而少喜神仙之學,修學仙家之道,其志忠耿,不屑昏宦,湯氏以此凸顯出他不隨流俗獨致的一面。再者,揭示宦吏道上的人性眞實以及君臣之間的現實。肅宗時,李泌參與謀劃議定國事,深受親信器重,後因被李輔國所忌,而隱居深山。代宗時,徵召授官爲秘書監,當時元載爲相,專權用事,排斥忠良,李泌遭受妒恨,而

〔註26〕 《新唐書・李泌傳》記載:「肅宗即位靈武,物色求訪,會泌亦自至。已謁見,陳天下所以成敗事,帝悅,欲授以官,固辭,願以客從。入議國事,出陪輿輦,眾指曰:『著黃者聖人,著白者山人。』」李泌堅決要以白衣人的身份爲國效力的目的,無非是爲了向皇帝身邊的當權者表明自己沒有政治野心,以避免捲進爭權奪利的鬥爭之中。

〔註27〕 〔明〕湯顯祖:〈邯鄲夢記題詞〉,徐朔方箋校:《湯顯祖全集》(北京:北京古籍出版社,1999年),頁1451。

貶謫江西。德宗時朱泚作亂，帝奔往奉天，徵召李泌爲相，李泌處事專心，運用機謀，挽救時弊，後來以有功，受封鄴侯。而湯氏特以「世傳李泌」所欲凸顯的正是李泌所處的「有情天下」。湯氏懷慕唐代君臣之風，以「有情天下」比之，揭示出他以「有情天下」爲臣的渴慕，嘆其這是身在「有法天下」所無以企及的：

> 季宣嘆曰：「未敢然也。吾有友，江以西清遠道人，試嘗問之。」道人聞而嘻曰：「有是哉，古今人不相及，亦其時耳。世有有情之天下，有有法之天下。唐人受陳、隋風流，君臣遊幸，率以才情自勝，則可以共浴華清，從階升，娭廣寒。令白也生今之世，滔蕩零落，尚不能得一中縣而治。彼誠遇有情之天下也。今天下大致滅才情而尊吏法，故季宣低眉而在此。假生白時，其才氣凌屬一世，倒騎驢，就巾拭面，豈足道哉？」海風江月千古如斯。〔註28〕

湯氏藉此表述「才情」與「時勢」之關係，「顯達」與「明主」之關係。若李白生於尊吏法而滅才情的明朝，其「滔蕩零落，尚不能得一中縣而治」便是他的命運了。據此，湯氏何以引世傳之李泌，則有了更進一步的證據。從李泌所處之時，所遇之主，都在在印證「有情天下」的君臣美好。而李泌歷肅宗朝時，肅宗以泌爲友，歷代宗朝時，爲代宗之親信，歷肅宗朝時，泌爲宰相，可謂是與君親善之代表，然卻也因與君親善而遭忌，基於這兩個原因，何以世傳李泌爲文，自可證之。

李泌在肅宗朝時曾以「五不可留」請求離朝廷回歸故里。其云：「臣遇陛下太早，陛下任臣太重，寵臣太深，臣功太高，跡太奇，此其所以不可留也。」〔註29〕當肅宗不准其請時，又道：「陛下與臣同榻，臣且尚不得請，況異日在御案前。陛下若不許臣去，便是要殺臣了。」〔註30〕肅宗驚疑其言，以爲係爲建寧一事而起離心。不過，事實上並非如此，李泌一者爲「義」而發：爲了廣平王所見，恐張、李再行構難，誣陷廣平王；二來爲「忠」而生：慇勤陳情，苦心調停，係爲啓沃主心。故在明其李泌之意後，遂從其所請。李泌的明哲保身之計，實爲顧全忠君之大節，其急流勇退之行，亦避開了殺身之

〔註28〕　〔明〕湯顯祖：〈青蓮閣記〉，徐朔方箋校：《湯顯祖全集》（北京：北京古籍出版社，1999年），頁1174。
〔註29〕　〔宋〕司馬光著，〔元〕胡三省注：《資治通鑑》卷220，頁7053。
〔註30〕　〔宋〕司馬光著，〔元〕胡三省注：《資治通鑑》卷220，頁7053。

禍。肅宗駕崩，廣平王李俶即位，爲代宗。代宗對李泌禮遇有加，欲拜爲相，李泌固辭不受。經泌一再固辭，乃在蓬萊殿側，築一書院，使泌居住，遇有軍國重事，無不諮商。而元載因誅魚朝恩有功，得寵益隆，元載恃寵生驕，自矜有文武才，古今莫及，於是弄權舞智，約賄貪臟。所謂：「一山不容二虎」，李泌遭權臣元載所疾，誣陷李泌與魚朝恩親善，欲代宗宜知其謀。幸賴代宗未信讒言。元載並不作罷，陰懷妒忌，仍暗中行計，屢欲調泌出外，免受牽掣。適巧江西觀察使魏少游，請簡僚佐，元載謂泌有吏才，請即簡任。代宗知元載心計，然因受元載所挾制，在無以庇之的情況下，退而以藏爲計，遂以密旨傳李泌：「元載不肯容卿，朕今令卿往江西，暫時安處。俟朕除載後，當有信報卿，卿可束裝來京。」李泌唯唯受命，並無異議。元載心計得逞，李泌南下後，元載更加專橫，同平章事王縉，朋比爲奸，貪風大熾。

後德宗執政，李泌爲宰相，言「命數」，以爲命數二字，只可常人說得，國君和宰相不應掛口：「天命人皆可言。惟君相不可言。蓋君相所以造命也。」表述國君與宰相有造就國家命運的職責，與常人不同，不可以「天命」推卸其責。假若國君宰相講命數，那麼禮樂政刑，便可棄之不用，亦無存在之理由了。若是存以有命在天，以人君以命數，自我解釋，便與桀紂無異了。正是孟子云：「夭壽不二，修身以俟之，所以立命也。」之理。是故，李泌的君相造命之論，以義命分立的立場足以作爲庸懦君主，推諉過錯之行的針砭之道。

反觀湯氏，未能如李泌幸運有主庇之，萬曆恐其星變，落入命數之陰，不似德宗聽其泌之勸誡，故湯氏抗疏不遂，不但無以享受君王庇之之情，甚爲此落難。萬曆的無能庇之，加深了湯氏的險阻。此外，觀代宗與萬曆，兩人有著共通之處，皆有優柔不振之弊。蔡東藩《唐史演義》對代宗之爲如是評論：

> 李輔國也，程元振也，魚朝恩也，三人皆宮掖閹奴，恃寵橫行，原爲小人常態，不足深責。元載以言官入相，乃亦專權怙惡，任所欲爲，書所謂位不期驕，祿不期侈者，于載見之矣。但觀其受捕之時，不過費一元舅吳湊之力，而即帖然就戮，毫無變端，是載固無拳無勇之流，捽而去之，易如反手，代宗胡必遷延畏沮，歷久始發乎？夫不能除一元載，更何論河北諸帥。田承嗣再叛再服，幾視代宗如嬰兒，而代宗卒縱容之。……代宗優柔不振之弊，已躍然紙上。〔註31〕

〔註31〕 蔡東藩《唐史演藝》（北京：中國畫報出版社：2014 年 11 月），頁 179。

其境遇，何嘗不也道出萬曆朝政之腐，與其優柔寡斷之性和縱容之態脫離不了關係。人爲法之源，法得其人而存，既然都滅人之才情，法亦何在？故湯氏以爲李季宣懷有才情，卻遭滔蕩零落，正是生不逢時，在尊吏法而滅才情的明代，係無能以才情自勝的。正是政由人亡，亦由人興，無論是「時勢造英雄」，抑或是「英雄造時勢」，皆強調「時勢」。湯氏之嘆，何嘗不是時代之悲？是故，《邯鄲記》之所表之「情」，乃繫於君臣之情，而聚焦在臣之處境，凸顯忠臣在朝，得遇明主的重要，臣之命運，與時代之勢，君主之能有關。而在立德、立功、立言之間，立與不立，立何者爲優先，皆爲個人價值所定。是故，《邯鄲記》涵蘊著湯顯祖在朝經歷的投射與其覺醒。

其次，縱觀李泌一生的政治作爲及政治謀略，歷四朝，事四君，數爲權幸所疾，事君以忠，以智全身。是故，湯氏所欲凸顯乃爲李泌之爲國盡忠，知所進退之大節。其屈伸之準，皆以國爲重，不戀棧權勢，不貪慕榮利，故能四進四出，進退於險惡詭譎，危機四伏的朝廷。在兼濟天下與獨善其身之間，李泌所依止的並非權貴之利，而是以其「主人之才」爲出處標準，以有道則見，無道則隱爲核心價值，實踐內聖外王的儒家精神。李泌兼備忠臣與智士的特質，若此，便可體解何以〈邯鄲夢記題詞〉 何以特寫李泌之因。宋代胡三省從其「善言掌論」的角度論李泌，亦以其「智」解析其進退之道，更以「知」人主之性，予以最適合的輔佐，以王佐之才譽之，非虛名也。至明末清代的王夫之觀察，亦以「知」解李泌，以爲得其識量，必能遠於世變：

> 德望既重，其識量弘遠，遠於世變，審於君心之偏蔽，有微言，有大義，有曲中之權，若此者皆敬輿之所未逮也。知此者，可以全恩，可以立義，可以得眾，可以已亂，夫是之謂大智。宰相者，位亞於人主而權重於百僚者也。君子欲盡忠以衛社稷，奚必得此而後道可行乎？至於相，而適人閒政之道詘矣。欲爲繩愆糾謬之臣，則不如以筆簡侍帷帟之可自盡也。鄴侯知之，敬輿弗知也，二賢識量之優劣，於此辨矣。〔註32〕

綜上所述，李泌「入得世然後出得世，入世出世打成一片，方有得心應手處」

〔註33〕，這種入世與出世的自由轉換，正是湯氏認為：「唐人高泌於魯連范蠡，非止其功，亦有其意焉」〔註34〕之理由所在。

二、爲德以俟命，觀夢之官場

　　明代文人生涯事實上可以分爲兩個階段：一是做秀才、舉子階段，所習者爲八股文或科舉之學，以時文爲敲門磚，獲取功名利祿；二是入仕以後，有了一定的政治、經濟地位，方從事古文、詩歌一類文學的創作，使文學與政治合一，文人與文臣一體。〔註35〕然而，眞的入仕以後，官場面目，坐生塵勞，道心日損；在千秋萬歲後，欲留何者？是否眞能積福在吏道，修德以俟命，亦是夢醒之後的自忖。究竟《邯鄲記》是否有其「作者情志」〔註36〕牽涉其中，答案是肯定的，其〈邯鄲記題詞〉之存在便是最好的證明。

　　當落魄的盧生，道遇呂洞賓，成爲他度脫的對象，在還未成仙之前，呂洞賓亦爲塵世貧落士子，道遇鍾離權，成爲他引渡仙界的對象：

> 自家呂巖，字洞賓，京兆人也；忝中文科進士。素性飲酒任俠，曾於咸陽市上，酒中殺人，因而亡命。久之貧落，道遇正陽子鍾離權先生，能使飛昇黃白之術，見貧道行旅消乏，將石子半斤，點成黃金一十八兩，分付貧道仔細收用。貧道心中有疑，叩了一頭，稟問師父：師父，此乃點石爲金，後來仍變爲石乎？師父說：五百年後，仍化爲石。貧道立取黃金拋散，雖然一時濟我緩急，可惜誤了五百年後遇金人。〔註37〕

呂洞賓所癡在酒，酒後亂性，衝動之下，罔顧人命，造成他人亡命，自己也

〔註33〕〔清〕石天外：「入得世，然後出得世，入世出世，打成一片，方有得心應手處。」〔清〕張潮著，謝芷媞註譯：《幽夢影‧附續幽夢影》（臺南：文國書局，2003年），頁19。

〔註34〕〔明〕湯顯祖：〈邯鄲夢記題詞〉，徐朔方箋校：《湯顯祖全集》（北京：北京古籍出版社，1999年），頁1451。

〔註35〕陳漢良：〈明代文人辨析〉，《漢學研究》，第19卷第1期，頁198。

〔註36〕許又方，〈閱讀與認同：讀《史記‧屈原賈生列傳》〉：「作者情志既作爲聯綴作品文字肌理、意指結構的基軸，那麼作品中的任何元素、符碼，其實都是作者整體意志的隱喻或象徵。而當讀者從這些符碼中勾抉出作者情志時，他的精神、情緒也就受到了薰染，並且進入到一種「同情共感」的境遇中。」《成大中文學報》，第29期，2010年7月，頁14。

〔註37〕〔明〕湯顯祖：《邯鄲記‧度世》，徐朔方箋校：《湯顯祖全集》（北京：北京古籍出版社，1999年），頁2447。

開始了亡命天涯，賠了自己的一生。在此湯顯祖亦透過盧生之夢揭示出兩個「觀點」可供世上人夢回時可自忖：

第一、呂洞賓為「酒」癡成執，自誤誤人之事實。而鍾離權「點石成金」一法，讓呂洞賓參透「錢財」原為虛幻之物，從石而來，又化歸回石。不過循環變化，從未離其本質。因此，當他知道「金實為石」的秘密時，立刻將黃金拋散，視為塵土，棄如敝屣。

第二、從呂洞賓道遇鍾離權，「觀」見「點石成金」開始，他的「夢覺」之路也已開啟。從他至驚喜到懷疑的心情再到擯棄的情緒轉折中，窺見他「觀金成石」的了悟歷程。「錢」乃海市蜃樓，夢幻泡影之物，可是卻成了「造罪」的根源。亦以此提供世人觀想的可能，為財之奴者，一生受控於財，受役於財，誘惑於財，在迷亂中誤生誤世。若是貪戀金財者明白「金」從「石」而變化，是否會改變世道競逐名利權勢之風？

> 師父啞然大笑：呂巖，呂巖，一點好心，可登仙界。遂將六一飛昇之術，心心密證，口口相傳，行之三十餘年，悉登了上八洞神仙之位。只因前生道緣深重，此生功行纏綿。性頗混塵，心存度世。〔註38〕

另外，仙道原來和塵世原來都是一樣。也是為了建功樹名而忙，呂洞賓下凡來覓尋掃花人，也係為了建功：

> 〔見介〕洞賓先生何往？〔呂〕恭喜你領了東華帝旨，證了仙班。果老仙翁誠恐你高班已上，掃花無人，着我再往塵寰，度取一位，敢支分殺人也！〔何〕洞賓先生大功行了。只此去未知何處度人，蟠桃宴可早趕得上也？〔註39〕

仙也如人，抽添木火，笑傲乾坤。正如湯氏所云：「回首神仙，蓋亦英雄之大致也。」〔註40〕神仙英雄無二致。其〈邯鄲夢記題詞〉中所云：「懶殘所謂：『勿多言，領取十年宰相』」是也。」此段所言乃是李泌見到懶殘禪師的一段因緣，據說在他避隱衡山的時期遇到的禪師。故有半個芋頭，十年宰相，然

〔註38〕　〔明〕湯顯祖：《邯鄲記・度世》，徐朔方箋校：《湯顯祖全集》（北京：北京古籍出版社，1999年），頁2447。

〔註39〕　〔明〕湯顯祖：《邯鄲記・度世》，徐朔方箋校：《湯顯祖全集》（北京：北京古籍出版社，1999年），頁2448。

〔註40〕　〔明〕湯顯祖：〈邯鄲夢記題詞〉，徐朔方箋校：《湯顯祖全集》（北京：北京古籍出版社，1999年），頁1154～1155。

而仙佛遇緣的傳說，事近渺茫，無法查證，亦無方考據，存疑可也。湯氏於此又埋伏一線，言仙佛引渡一事。也觸及李泌愛好神仙之事，或有求道以成仙之諷，亦有心在朝廷，志在仙道之譏。

是故，據此可知《邯鄲夢》正是爲了打破「感南柯之浮虛，悟人世之倏忽」之思想侷限，而是在這個浮虛倏忽的人世將《枕中記》未被發掘出的作者本意重新演繹，展現他以「知夢遊醒」夢覺思想之核心，並藉此強調一人一夢，各有其義，不需要都歸於世法影中，消解了以世法影中的消極性。此外，若眞正的「知者」必也會明白：「必非枕孔中所能辯耳。」〔註41〕之言外之旨。

第二節　「遊仙知夢」之寓意架構

《邯鄲記》以「盧生遇仙，取枕入夢」開啓他的個體化歷程，也展開他的夢覺之旅：他從「癡情」──「執情」──「迷情」──「寤情」的四個階段中分別經歷「情幻」──「情顯」──「情化」──「情了」的心境轉變，其目的係爲了體驗「情」的「變動性」，經歷「情」的「虛妄性」，以及洞澈「情」的「侷限性」，而後體證「情」的「空性」。

是故，探究《邯鄲記》中的盧生「入夢」代表的意義，以及入夢的歷程又對他產生何種意義，發生了何種影響？以下分從：一、「迷而夢」之「象徵」歷程；二、「遊而知」之「陰影」歷程；三、「知而覺」之「本我」歷程等三方面論述之。

一、「迷夢」之象徵意義

夢中的象徵具有言外之意，沒有任何夢的象徵可以跟做此夢的人分開，而夢也沒有固定標準化的詮釋，一切都必須回到作夢者本身，從「夢的個人脈絡」來探究。此外，象徵出現的形式並不侷限在夢裡，有時它們也會出現在所有的心靈顯象當中，有其象徵的思維與情感，以及象徵的行爲與情操。即使是無生命的物件，也會與形構象徵模式的潛意識共同作用。〔註42〕

〔註41〕〔明〕湯顯祖：〈邯鄲夢記題詞〉，徐朔方箋校：《湯顯祖全集》（北京：北京古籍出版社，1999年），頁1155。

〔註42〕〔瑞士〕卡爾・榮格（Jung, C.G.）：〈潛意識探微〉，收入龔卓軍譯：《人及其象徵：榮格思想精華》（新北：立緒文化事業有限公司，2013年8月），頁186～187。

是故，在盧生入夢後，夢所開展的歷程又有哪些元素與符碼，可以作爲隱喻與象徵？以下分從：（一）驢：「不遇士子」之象徵（二）枕：「召喚」之象徵；（三）黃粱一夢：喚醒意識的旅程等三方面論述之。

（一）「驢」：「不遇士子」之象徵

在第二齣〈行田〉，盧生自白一生爲「癡情」所誤，不僅道出「癡」與「情」兩者的關係，亦以頂眞回文的文字形式暗點出一片紅塵，百年人世中的芸芸眾生皆在此流轉的「命運」：

> 【菩薩蠻倒句】客驚秋色山東宅，宅東山色秋驚客。盧姓舊家儒，
> 儒家舊姓儒。隱名何借問？問借何名隱？生小誤癡情，情癡誤小生。
> 小生乃山東盧生是也。〔註43〕

盧生自道：「生小誤癡情，情癡誤小生」，這是盧生對於「情」之於「自身」的自疑自惑。究竟是自己誤會了自己本具「癡情」？還是生來本具「癡情」？揭示出「有情無情」之思，「情之眞假」之辯。此外，情的力量眞的那麼強大？可以使人「癡」？亦能「誤」人？「生小誤癡情，情癡誤小生」，盧生之自白，爲情癡所誤之嘆，亦揭示出〈南柯夢記題詞〉中所提及的：「一往之情，則爲所攝。人處六道中，嚬笑不可失也。客曰：『人則情耳』」的「情攝」之論。盧生之嘆，何嘗不是天下人之嘆？盧生者，紅塵眾生者。紅塵眾生哪個不爲情所癡，爲情所誤？只是盧生所執之情爲何？所癡者之情爲何？使之之愁腸百轉，無以放頓之情又爲何？其〈行田〉一齣，道個明白：

> 始祖籍貫范陽郡，土長根生；先父流移邯鄲縣，村居草食。自離母
> 穴，生成背厚腰圓；未到師門，早已眉清目秀。眼到口到心到，於
> 書無所不窺；時來運來命來，所事何件不曉？數甚麼道理，繭絲牛
> 毛，我筆尖頭一些些都篾的進，挑的出；怕哪家文章，龍牙鳳尾，
> 我錦囊底一樣樣都放的去，收的來。呀，說則說了百千萬般，遇不
> 遇兮二十六歲。〔註44〕

原是士之不遇之愁，而不遇之愁成苦，日久即成心理的創傷。而這種內心創傷非盧生獨有，而是天下不遇士子都曾經歷的共同傷口，成爲一種共相。湯

〔註43〕〔明〕湯顯祖：《邯鄲記・行田》，徐朔方箋校：《湯顯祖全集》（北京：北京古籍出版社，1999年），頁2445。

〔註44〕〔明〕湯顯祖：《邯鄲記・行田》，徐朔方箋校：《湯顯祖全集》（北京：北京古籍出版社，1999年），頁2445。

氏的〈感士不遇賦〉即是典型的代表。〔註45〕哀久則怒，怒久則憎，落魄已久，只留憎處，這都是因爲在長期的挫折下所累積出的哀憤之感，奮鬥毫無結果，努力地沒有意義，空虛的心靈有深刻的不安。《邯鄲記》中的盧生便是天下不遇之士子的顯影。盧生年已三十，一無所成，落魄無依，失落於長安道，只能任憑西風吹鬢髮，裝聾作啞空乏度日：

> 今日才子，明日才子，李赤是李白之兄；這科狀元，那科狀元，梁九乃梁八之弟。之乎者也，今文豈在我之先；亦已焉哉，前世落在人之後。衣冠欠整，粮不粮，莠不莠，人看處面目可憎；世事都知，啞則啞，聾則聾，自覺得語言無味。眞乃是人無氣勢精神減，家少衣糧應對微。所賴有數畝荒田，正直秋風禾黍。諒後進難攀前進，誰想這君子也，如用之？〔註46〕

「遇明主，用所才」乃爲長安道上有志士子最基本的渴望，士子求取功名，顯達朝宦乃爲一生追求的目標。一輩子幾乎除了科舉考試這個「終極追求」以外，似乎沒有其他了。因此只要一遭落榜，便如舟無舵，頓失方向，如人罹癌，頓失活力，眾人見之，僅見落魄，嫌其窮酸。誰無飛黃騰達夢，但是又何奈？盧生原本多麼希望自己是身在宮殿之中，如今功名夢滅，只能無奈地畫餅充飢，將荒田想像成宮殿，在不遇的困頓中，寄居荒田，守著宮殿之夢：

> 學老圃混著老農，難道是小人哉，何須也？到九秋天氣，穿扮得衣無衣，褐無褐，不湊膝短衰散貂；往三家店兒，乘坐著馬非馬，驢非驢，略搭腳青駒似狗。呀，雖則如此，無之奈何？〔註47〕

活在一個沒有是非的時代，所聞見的便無所謂的善與惡，顛倒的人世，只能無可奈何。活在一個沒有容身的空間，所作所爲便也可有可無，消弭了一切的意義。如今孤落如此，唯一可憂來共語的只剩下相伴多年的「驢」了：

> 不免鞴上塞驢，散心一會。〔鞴驢〕〔驢鳴介〕我此驢也相伴多年了，再也不能勾駟馬高車，年年邯鄲道上行。〔註48〕

〔註45〕 〔明〕湯顯祖：〈感士不遇賦〉，徐朔方箋校：《湯顯祖全集》（北京：北京古籍出版社，1999年），頁2445。

〔註46〕 〔明〕湯顯祖：《邯鄲記·行田》，徐朔方箋校：《湯顯祖全集》（北京：北京古籍出版社，1999年），頁2445。

〔註47〕 〔明〕湯顯祖：《邯鄲記·行田》，徐朔方箋校：《湯顯祖全集》（北京：北京古籍出版社，1999年），頁2445。

〔註48〕 〔明〕湯顯祖：《邯鄲記·行田》，徐朔方箋校：《湯顯祖全集》（北京：北京古籍出版社，1999年），頁2445～2446。

「驢」在此刻成了與之「締結關係的動物」，盧生與驢彷彿成了「生命共同體」，在〈贈試〉一齣中即道出此盧生與驢之間的象徵關係：

> 〔老〕姐姐，天上弔下一個盧郎。〔貼〕不是弔下盧郎，是個驢郎。
>
> 〔旦〕蠢丫頭，說出本相。」〔註49〕

根據象徵主義的發展史顯示，每件事都肯定具有象徵意義。人類運用其製造象徵的嗜好，潛意識地把對象或形式改變爲象徵，從而賦予它們巨大的心理價值。對崔家小姐而言，盧生的自身表現，以爲驢爲他的本相，這也象徵著人類原始本能的特質，驢與盧生的命運形成親密的締結；換言之，也正是他的「本我」化作一隻驢出現。根據榮格談及「本我的種種象徵」時，以爲本我會自動化身成萬物：

> 只要我們進入人、動物甚至石頭中，我就會使他們彼此締結起關係。
>
> 我是你的命運，也是你的「客觀的我」，當我出現時，我把你從無意義的生活危機中拯救出來。在我內部燃燒的火，也燃燒著整個自然。
>
> 如果一個人失去了我，他會變得自我心中、孤寂、迷惑和懦弱。〔註50〕

盧生邯鄲道上年年行，舉目官宦之途，沙塵刮，風暴擾，望盡天涯何有路？〔註51〕無可奈何地任憑歲月流逝，又在流逝的歲月中自驚自歎，如此淒涼的生活，幸賴尚有驢爲伴。盧生心境，正是「駕蹇驢而無策兮，又何路之能極？」人困蹇驢嘶，「蹇驢破帽」作爲坎坷生活的象徵，作爲落魄書生形象。盧生騎蹇驢，繼承中國文人騎驢的精神。從阮籍開始，到唐代孟浩然、賈島、李賀、鄭綮，驢成爲詩人特有的坐騎，同時，這也是具有象徵意味的坐騎。蹇驢與駿馬相對，這也是在野與在朝、布衣與縉紳、貧富與富貴的對立。〔註52〕而騎馬代表了入世、躁進和名利場，而少了「馬」爲伴的盧生，其孤燈守歲華，

〔註49〕〔明〕湯顯祖：《邯鄲記·贈試》：徐朔方箋校：《湯顯祖全集》（北京：北京古籍出版社，1999 年），頁 2464。

〔註50〕〔瑞士〕卡爾·榮格（Jung, C.G.）著，龔卓軍譯：《人及其象徵：榮格思想精華》（新北：立緒文化事業有限公司，102 年 8 月），頁 243～244。

〔註51〕〔明〕湯顯祖：《邯鄲記·行田》〔生上〕極目雲霄有路，驚心歲月無涯。白屋三間，紅塵一榻，放頓愁腸不下。展秋窗腐草無螢火，盼古道垂楊有暮鴉，西風吹鬢髮。」徐朔方箋校：《湯顯祖全集》（北京：北京古籍出版社，1999年），頁 2445。

〔註52〕張伯偉：〈域外漢籍與中國文學研究〉，《東亞漢籍研究論集》（臺北：國立臺灣大學出版中心，2007 年 7 月），頁 17。

窮酸形象不言可喻。或許，湯氏以爲所有追求功名的士子，都是走在「邯鄲道」上的「驢」，而在仕途上所遭遇的崎嶇正如石路坎坎坷坷：

> 陝州一條官路，二百八十八里頑石。東京運米西京，費盡人牛腳力。
> 轉搬多有折耗，顛倒刻減顧直（雇值）。〔註53〕

「長途石塊，轉搬難耐」，正寓意著仕宦之途險阻萬千。「有路長安怎去」〔註54〕？蕭嵩之嘆，亦是所有士子之嘆。因爲邯鄲道上，人人各懷心計，邯鄲道上，當步步心機。是故，《邯鄲記》中的「石路」正是坎坷宦途的隱喻，走在這折磨意志，耗折心力的長安道上，每個追求功名的士子都成了的蹇驢，不斷在「生死長安道」〔註55〕流轉。

（二）枕：「內在召喚」之象徵

爲了回應內心日益迫切的煩惱痛苦。盧生入夢後，毫無遲疑的便跳入壺中／枕中之前，即是跳入另一個世界，而那個世界是他夢寐以求的：

> 【前腔】則這半間茅屋甚光華，敢則是落日橫穿一線斜？須不是俺神光錯摸眼麻查。待我起來瞧瞧，〔起向鬼門驚介〕緣何即留即漸的光明大，待俺跳入壺中細看他。〔做跳入枕中〕〔枕落去〕〔生轉行介〕呀，怎生有這一條整齊的官道？〔註56〕

盧生跳入了一個未知的世界，即是進入了潛意識的深淵，看見自己埋藏的渴望，在枕中的天地看見自己渴望的「官道」，湯顯祖筆下的盧生卻和費長房一樣「跳入壺中」，從另一個時空移至到另一個時空，探索此生何謂「得意」？何謂「窮困」？出了「枕中之夢」，又進了「遊仙之夢」，他不斷處在兩個時空之間：當下的現世——渴望的現世。「枕」成了一種「界線」，區分兩種截然不同的時空。

從心理學的觀點來看，這個原型代表每個人心中渴望，想要突破界定個人身分認同的內外偪限。正是急切地想要滿足個人的慾望，所以跳入枕中的

〔註53〕〔明〕湯顯祖：《邯鄲記·鑿郟》，徐朔方箋校：《湯顯祖全集》（北京：北京古籍出版社，1999年），頁2479。

〔註54〕〔明〕湯顯祖：《邯鄲記·招賢》，徐朔方箋校：《湯顯祖全集》（北京：北京古籍出版社，1999年），頁2461。

〔註55〕〔明〕湯顯祖：《邯鄲記·生寤》，徐朔方箋校：《湯顯祖全集》（北京：北京古籍出版社，1999年），頁2559。

〔註56〕〔明〕湯顯祖：《邯鄲記·入夢》，徐朔方箋校：《湯顯祖全集》（北京：北京古籍出版社，1999年），頁2456。

渴望才會如此強烈。幻想是取得心理平衡和心理補償一種不可缺少的手段。幻想來源於集體無意識中的神話原型，它們有權要求得到滿足。〔註57〕

〔生作癡介〕我一時困倦起來了。〔丑〕想是饑乏了，小人炊黃粱為君一飯。〔生〕待我榻上打個盹。〔睡介〕少個枕兒。〔呂〕盧生，盧生，你待要一生得意，我解囊中贈君一枕。〔開囊取枕與生介〕【尾聲】看你困中人無智把精神倒，你枕此枕呵，敢着你萬事如期意氣高。店主人，你去，煑黃粱要他美甘甘清睡個飽。〔呂下〕〔生作睡不穩介〕〔看枕介〕【懶畫眉】這枕呵，不是藤穿刺繡錦編牙，好則是玉切香雕體勢佳。呀，原來是磁州燒出的瑩無瑕，卻怎生兩頭漏出通明罅？〔抹眼介〕莫不是睡起瞢瞪眼挫花？〔瞧介〕有光透着房子裏，可是日光所映。〔註58〕

從呂洞賓的「解囊贈枕」到盧生的「取枕而眠」的行為來看，盧生對於呂洞賓一點設防都沒有，反倒是目光專注在枕頭的材質上，這便代表盧生非常渴望有良好的物質條件，看到枕頭上漏出通明，他不但不害怕，反而觸動他更深的好奇心。而暗藏玄機的枕頭，落在盧生手上，他被日光吸引，日光是意象，他被無法抵抗的日光幻象鎮住，他迷惑於光中，這間茅屋代表積存潛意識的地方，如今日光照進屋內，也代表著他願意深入潛意識探索，而握有枕頭的盧生，也代表著他現在已握有打開潛意識精神大門的機會了。

在盧生入夢前，呂洞賓背著褡袱枕上場時即說：「一粒粟中藏世界，半升鐺裏煮乾坤。」〔註59〕如今，一顆枕中藏官道，大宅深院有富貴，盧生進入的是另一個世界，那裏擁有不同氣氛，香風滿庭，碧沙粉牆，若說日光是最初的意象，那麼重重簾幙便是第二個意象。盧生穿過重重簾幕，在門開門關下，進入了夢覺旅程：

〔行介〕好座紅粉高牆。門開在這裏，待我蓦將進去。閃銅環呀的轉簾牙。滿庭花，重重簾幙鎖煙霞。甚公侯貴衙，甚公侯貴衙？……
〔內叫介〕甚麼閒人行走？快拿！快拿！〔生慌介〕急迴廊怕的惹

〔註57〕〔瑞士〕卡爾‧榮格（Jung, C.G.）著，馮川蘇譯：《心理學與文學》（南京：譯林出版社，2014年3月），頁12。
〔註58〕〔明〕湯顯祖：《邯鄲記‧入夢》，徐朔方箋校：《湯顯祖全集》（北京：北京古籍出版社，1999年），頁2456。
〔註59〕〔明〕湯顯祖：《邯鄲記‧入夢》，徐朔方箋校：《湯顯祖全集》（北京：北京古籍出版社，1999年），頁2456。

波查。〔内叫介〕掩上門，快拿！快拿！〔生慌介〕怎生好，門又開
了。且喜旁邊有芙蓉一架，可以躲藏。〔註60〕

幻覺本身心理上的真實，並不亞於物理的真實。人的情感屬於意識經驗的範
圍，幻覺的對象卻在此之外。幻覺代表了一種人類情感更深沉難忘的經驗，
它無疑是一種真正的原始經驗，是某種真實的然而尚未知曉的神祕存在。

「偶然迷誤到尊衙」的盧生，因為一時困倦，而有了這個機會，入枕
而夢的他，來到了公侯貴衙，正因是尊貴之所，所以沒有半點猶豫就冒險
而入。他可以毫不猶豫的取枕而枕的心理狀態正是榮格所謂的：「藝術幻
覺」。藝術幻覺是來自人類心靈深處的某種陌生的東西，它彷彿來自人類史
前時代的深淵，又彷彿來自光明與黑暗對照的超人世界。這是一種超越了
人類理解力的原始經驗，對於它，人類由於自己本身的軟弱可以輕而易舉
地繳械投降。〔註61〕

由此，便可解釋盧生何以可以毫不設防的取枕而枕，投向有別於飛蓬現
世的世界，而這也是潛意識引導的力量。然而當他發現有人時，不免有如魚
失水之懼，但他並沒有衝出門外（當時門是開的），而是選擇躲藏在他相中的
芙蓉架，正也顯示他的內在需要。雖然身處在他者之宅，身處在一片陌生當
中，然而三十歲的盧生對於蟻役前程無限嚮往，入夢，即是潛意識的選擇。
而「黃粱一夢」出於一種補償意識而發生，彌補了現世衰頹的落魄。

（三）黃粱一夢：喚醒意識的旅程

盧生邯鄲道上「遇」呂洞賓，枕後入夢「遇」崔家小姐，盧生的「夢覺
之旅」便從「物質之遊」與「精神之遊」兩條路線開始，進而發展成與崔家
小姐有關的「出將入相之事」，以及與呂洞賓有關的「神仙之道」：

【物質之遊】——崔家小姐有關的「出將入相之事」

盧生的「黃粱一夢」

【精神之遊】——呂洞賓有關的「神仙之道」

而這一切都起於「倏忽」〔註62〕的短暫一瞬。而這個突如其來的一瞬道出一

〔註60〕〔明〕湯顯祖：《邯鄲記·入夢》，徐朔方箋校：《湯顯祖全集》（北京：北京
古籍出版社，1999年），頁2456～2457。

〔註61〕〔瑞士〕卡爾·榮格（Jung, C.G.）著，馮川蘇譯：《心理學與文學》（南京：
譯林出版社，2014年3月），頁3～4。

〔註62〕〔明〕湯顯祖：〈邯鄲夢記題詞〉：「士方窮苦無聊，倏然而與語出將入相之事，
未嘗不憮然太息，庶幾一遇也。及夫身都將相，飽厭濃醒之奉，迫束形勢之

個事實：盧生的夢，預示著他的「個體化歷程」即將展開。

　　在〈生寤〉一齣，年過八十的盧生對著自家夫人的回顧自白，對著大兒子念寫遺表，道盡了個體一生經歷著轉化過程：

> 思想當初，孤苦一身，與夫人相遇。登科及第，掌握絲綸。出典大州，入參機務。一竄嶺表，再登台輔。出入中外，迴旋臺閣，五十餘年。前後恩賜，子孫官蔭，甲第田園，佳人名馬，不可勝數。貴盛赫然，舉朝無比。聖恩未報，一病郎當。夫人，我和你以前歷過酸辛，兒子都不知道。豈知我八十而終，皆天賜也。〔註63〕

> 臣本山東書生，以田園爲娛。偶逢聖運，得列官序。過蒙榮獎，特受鴻私。出擁旄鉞，入升鼎輔。周旋中外，綿歷歲年。有忝恩造，無裨聖化。負乘致寇，履薄臨兢。日極一日，不知老之將至。今年八十餘，位歷三公。鐘漏並歇，筋骸俱敝。彌留沈困，永辭聖代。臣無任感戀之至！〔註64〕

盧生的這趟「夢覺」之路，從「入夢」一齣「偶然迷路到尊衙」〔註65〕到體悟「生死長安道」〔註66〕「生寤」一齣，這無非就是盧生開展的榮格所謂的「個體化歷程」〔註67〕。

> 個體化的實際過程——意識與個人本身內在的中心（心靈核心）或本我達成協調——通常以人格受到傷害，以及隨之而來的痛苦作爲

務，倏然而語以神仙之道，清微閒曠，又未嘗不欣然而歎。」徐朔方箋校：《湯顯祖全集》（北京：北京古籍出版社，1999年），頁1154。

〔註63〕〔明〕湯顯祖：《邯鄲記・生寤》，徐朔方箋校：《湯顯祖全集》（北京：北京古籍出版社，1999年），頁2552。

〔註64〕〔明〕湯顯祖：《邯鄲記・生寤》，徐朔方箋校：《湯顯祖全集》（北京：北京古籍出版社，1999年），頁2556。

〔註65〕〔明〕湯顯祖：《邯鄲記・入夢》，徐朔方箋校：《湯顯祖全集》（北京：北京古籍出版社，1999年），頁2458。

〔註66〕〔明〕湯顯祖：《邯鄲記・生寤》，徐朔方箋校：《湯顯祖全集》（北京：北京古籍出版社，1999年），頁2559。

〔註67〕「個體化」（Individuation）：「我（榮格）使用『個體化』一詞，旨在表示一個人變成心理學上的『個人』過程，即變成一個分離、又不可分割的一體或『整體』。」〔瑞士〕卡爾・榮格（Jung, C.G.）〈原型與集體潛意識〉，《榮格全集》，第九卷，頁275。收入劉國彬・楊德友譯，蔡榮格審閱：《榮格自傳——回憶・夢・省思・術語詮釋》（新北：立緒文化事業有限公司，2013年8月），頁464。

開端。這個啟蒙的衝擊相當於一種「召喚」，但自我卻很少將它視為「召喚」，相反的，自我會感到其意願或欲望受到阻礙，並且，通常把這種阻礙投射到一些外在事物上。〔註68〕

根據心理學的學理，自我是從社會生活的經驗產生的一種自我觀照，具有明晰的有意識思維，例如，「我是誰」，「我做甚麼」，「人們如何看我」等等，這種自我意識往往用語意刻畫出來，是可以用語言操縱的。〔註69〕從「自我」的角度來看，盧生放頓愁腸，苦於不遇，人無氣勢，精神萎靡，裝聾作啞的過活，以「士之不遇」作為痛苦的開端，而士之不遇隨之帶來的沮喪是凌雲壯志無以揚，本欲沖天舉，事違棲山林的命運。孤苦一身，以田圃為娛，與蹇驢相伴。從榮格的角度而言，這種啟蒙的衝擊，便相當於一種「召喚」。個體化意味著變成一個單一、同質的個體，由於「個體」要和我們最深處、最後、不可比較的獨特處相結合，它包含了變成個人的自體。「個體化並不是讓自己與世界隔絕，而是收集整個世界成為他自己」〔註70〕。因此，我們可以把個體化轉變為「走向自己」或者「實現自己」。

據此而思，無論是「黃粱一夢」所意指的的確是在科舉文化中不遇士子永恆失落，它揭示士子完成物質世界的榮華富貴之後，進而追求出將入相，建功樹名，以完成精神世界之追求，雄志未伸與求貴若渴，則成為邯鄲道上所有士子共同的願望，也同時是共同的失落。

是故，「黃粱一夢」顯影出的則是中國知識分子不遇於主，無用於世之失落士子命運的象徵。

〔註68〕〔瑞士〕卡爾·榮格（Jung, C.G.）著，龔卓軍譯：《人及其象徵：榮格思想精華》（新北：立緒文化事業有限公司，2013年8月），頁。

〔註69〕余德慧在〈夢從象徵擷取心靈的奧秘〉，收入在〔瑞士〕卡爾·榮格（Jung, C.G.）著，龔卓軍譯：《人及其象徵：榮格思想精華》（新北：立緒文化事業有限公司，2013年8月），頁11。

〔註70〕「我曾一再指出，個體化與自我走進意識常被混淆，因而自我常被誤認為是自體，很自然地產生令人無法澄清的混亂概念。除了自我中心論和自體性慾之外，個體化甚麼也不是。但是自體比自我包含的東西要多得多……自體不僅是一個人的自我……是指個人的自體，也是其他所有人的自體；個體化並不是讓自己與世界隔絕，而是收集整個世界成為他自己。」〔瑞士〕卡爾·榮格（Jung, C.G.）：〈精神的結構與動力〉，《榮格全集》，第八卷，頁226。收入劉國彬·楊德友譯，蔡榮格審閱：《榮格自傳—回憶·夢·省思·術語詮釋》（新北：立緒文化事業有限公司，2013年8月），頁464。

二、「遊而知」之「陰影」歷程

　　依照榮格的理論，夢是以象徵在本我層面上顯現，也就是說，本我的「陰暗面」可能屬於一種內心糾纏的情結，像個表面好好的（自我層面），裡面卻長膿（本我的層面）。但並不是所有的陰暗面都會有可怕的情結，然而在任何自我的正面，都可能有其本我的陰暗面。這種本我的陰影根植在人類的心靈，構成人類長久以來的文化母題，而有所謂「原型」之說。盧生的黃粱一夢，乃是眞實發生的心理體驗，這類心理體驗的基本存在在於他清清楚楚地感受的夢的形象所加諸在他心靈之中，而在這個夢中，他發掘出自我形象，他者的陰影形象，形成邯鄲道上完整的心理體驗模式。人類的心靈都活在形象的投射與抗拒當中，夢裡成了達官貴人的盧生，是內心自我的投射，然而，裴光庭與宇文融卻是宦吏之途最不想遭遇的背叛人物，忠臣抗拒的奸佞形象。

　　榮格在「夢中的同性人物」中曾道：「在夢和神話中，陰影會以與夢者同性的人物出現。」〔註 71〕在盧生入夢以後，有兩個人物值得注意，一個是裴光庭，一個是宇文融。他們都是以反面形象出現在宦吏途上的「兩類人」，表面好好的，裡面卻壞外的，都不懷好心，不安好意，口蜜腹劍，言行不一的代表。然而，這也正是盧生另一層面的化身。

　　以下分從：（一）因妒生惡，因憂生計；（二）弄權使計，除眼中釘等兩方面論述之。

（一）因妒生惡，因憂生計

　　崔家小姐以「家兄」相助，盧生一試即中，何以湯顯祖安排此橋段？進入官長前，必先進入邯鄲道，然而爲了進入邯鄲道，大家各顯身手，手段不一，各出心計，正如充滿妒心的裴光庭，即出「藏匿黃榜」之計：

> 自家裴光庭是也。從來飽學未遇，幸逢黃榜招賢。自揣可中狀元，則怕蕭兄奪取。心生一計，將這紙黃榜袖下了，不等他知，一徑辭他前去。〔註72〕

在〈招賢〉一齣中，裴光庭心貪功名如膏火，爲了阻斷蕭崧的科舉之路，藏

〔註71〕瑪莉─路易絲・弗蘭茲（M.-L.von Franz）：〈個體化過程〉（The Process of Individuation），收入〔瑞士〕卡爾・榮格（Jung, C.G.）主編，龔卓軍譯：《人及其象徵：榮格思想精華》（新北：立緒文化事業有限公司，2013 年 8 月），頁 202。

〔註72〕〔明〕湯顯祖：《邯鄲記，招賢》，徐朔方箋校：《湯顯祖全集》（北京：北京古籍出版社，1999 年），頁 2461。

匿皇帝頒下的詔書，長安路上能少一人是一人，除之爲上策，何況又是比自己實力好的蕭嵩，因此，只要蕭嵩不見黃榜，心所堪慮的不安便可放下，於是袖下這紙黃榜，係爲奪取先機：

> 〔外〕賢弟，袖中簌簌之聲，何物也？〔末〕沒有甚的。〔外扯看介〕是黃紙。〔末笑介〕是本梳頭。〔外扯看介〕奉天承運皇帝詔曰：天下文士，可於本年三月中旬，赴京殿試。朕親點取，無遲。呀，原來一紙招賢詔書，爲何賢弟袖着？〔末〕實不瞞兄，此榜文御史臺行下本學，學裏先生把愚與愚弟看。愚弟想來，別的罷了，仁兄才學蓋世，聽的黃榜招賢，定然要去。因此悄悄的袖了這詔旨，瞞兄往京，單塡小弟名字銷繳了。〔外笑介〕可有此話？秀才無數，何在我一人？〔註73〕

在追求功名之路上，爲名利求益者多如過江之鯽，爲了奪取先機，各個面目猙獰。在通往長安路上，秀才無數，良莠亦不齊，有嶔崎磊落的，有奸佞懷妒的，爲了奪取功名榮貴不擇手段，失忠棄義，全成了「假人」。湯顯祖〈招賢〉一齣，特以裴光庭爲「一面」刻劃出長安路上「千萬人」之同「一面」，亦以此揭露人性因妒心則步步心機之例。

（二）弄權使計，除眼中釘

> 他題詩第二句「天子門生帶笑來」，明說不是我家門生，這也罷了；第四句「嫦娥不用老官媒」，呵呵，有這般一個老官媒不用麼？待我想一計打發他。他如今新除，中了聖意，權待他知制誥有些破綻之時，尋個題目處置他。〔註74〕

因掌制誥，朦朧進呈之事成了盧生的小辮子，這一下被宇文融抓個正著，上奏聖上，雖然聖恩免究，卻也必受懲罰，故以鑿河通路爲贖罪之法：

> 〔內〕報，報，報，差官到。〔淨官上〕東邊跑的去，西頭走得來，常差官見。〔見介〕稟老爺：蹺蹊了，原來老爺朦朧取旨，馳驛而回，被宇文老爺看破了奏上，聖旨寬恩免究。此去華陰山外，東京路上，有座陝西城，運道二百八十里，石路不通。聖旨就着老爺去做知州

〔註73〕 〔明〕湯顯祖：《邯鄲記，招賢》，徐朔方箋校：《湯顯祖全集》（北京：北京古籍出版社，1999年），頁2461～2462。

〔註74〕 〔明〕湯顯祖：《邯鄲記·驕宴》，徐朔方箋校：《湯顯祖全集》（北京：北京古籍出版社，1999年），頁2472～2473。

之職，鑿石開河。欽限走馬到任，不許停留。〔註75〕

陷害一計生效，盧生被派往知州鑿石開河，宇文融以此自豪，以爲這不僅可以挫一挫盧生的銳氣驕義，亦可讓他落馬遭難：

　　〔宇笑介〕盧生在此三年，新河一事，未經報完，好難的題目哩。

〔註76〕

正沾沾自喜之際，便傳盧生治河有功的消息，不久，邊關告急，又讓宇文融逮到機會，再整盧生：

　　〔宇背笑介〕開河到被盧生做了一功，恰好又這等一個題目處置他。

　　〔回奏介〕臣與文班商量，除是盧生之才，可以前去征戰。〔註77〕

宇文融生計，陷他入生死戰場，原本拒絕的他，一聽到能換得御史中丞，兼領河西隴右四道節度使，便又忘卻兵凶戰危之懼，欣然接受皇帝之旨，掛印征西。如此，亦遂宇文融之計。宇文融用計，化現的正是用計之「攻心爲上，兵不血刃」最好的代表。

　　邯鄲道上多俯伏，機關處處，步步機謀，宇文融再下一計，說他欺君賣主，勾連外國，漏洩機謀：

　　　數年前，狀元盧生不肯拜我門下，心常恨之。尋了一個開河的題目
　　　處置他，他倒奏了功，開河三百里。俺只得又尋個西番征戰的題目
　　　處置他，他又奏了功，開邊一千里。聖上封爲定西侯，加太子太保，
　　　兼兵部尚書，還朝同平章軍國事。到如今再沒有第三個題目了。沉
　　　吟數日，潛遣腹心之人，訪緝他陰事，說他賄賂番將，佯輸賣陣，
　　　虛作軍功。到得天山地方，雁足之上，開了番將私書，自言自語，
　　　即刻收兵，不行追趕。〔笑介〕此非通番賣國之明驗乎？把這一個題
　　　目下落他，再動不得手了。〔註78〕

此計不成，再下一計。因此，盧生從裴光庭與宇文融的身上觀察出自己的潛意識傾向，這便是「投射」，也正是他「外在野心」的化身，也是他不曾注意

〔註75〕　〔明〕湯顯祖：《邯鄲記，外補》，徐朔方箋校：《湯顯祖全集》（北京：北京
　　　　　古籍出版社，1999年），頁2477。

〔註76〕　〔明〕湯顯祖：《邯鄲記，東巡》，徐朔方箋校：《湯顯祖全集》（北京：北京
　　　　　古籍出版社，1999年），頁2489。

〔註77〕　〔明〕湯顯祖：《邯鄲記，東巡》，徐朔方箋校：《湯顯祖全集》（北京：北京
　　　　　古籍出版社，1999年），頁2493。

〔註78〕　〔明〕湯顯祖：《邯鄲記‧飛語》，徐朔方箋校：《湯顯祖全集》（北京：北京
　　　　　古籍出版社，1999年），頁2511。

到或未顯現的潛藏人格。而這兩個陰影形象意味著兩種眾所周知的驅力：及第野心與政治權力。陰影問題在所有政治衝突中扮演了極為吃重的角色。「任何國家的政治騷動都充滿了這種投射作用，恰如一小圈人和個體在暗地裡的八卦和蜚短流長。各種投射都會使我們對同胞的觀點模糊不清，破壞其客觀性，因而，也破壞了一切真誠人類關係的可能性。」〔註79〕因此，當盧生企圖瞭解陰影存在的意義時，便會開始察覺到，諸如自私自利、精神渙散、陰謀詭計、懦弱、對錢財貪得無厭等等性格層面。如果他不肯面對那些有可能潛藏在自己內在的對立面，躲避陰影的話，那麼其結果便是會不斷在暗中背著自己去做支持對立面的事，無意間成了助紂為虐的那一類人。儘管這一切必不全然出於自願，但卻實然的發生了。因此，陰影會成為我們的敵人還是朋友，端看個體的覺醒歷程。

據此而觀，在逐漸覺醒的過程中，盧生必須慢慢的認識了人性的所有層面：光明與黑暗、美麗與醜陋、善良與邪惡、深刻與膚淺。而這些他人或自己的的陰影來日都會成為壓制本身力量的來源。簡言之，當反面人物在夢中出現時，正象徵個體成長歷程中應該克服的面向，或者必須面對的最大難題。正是：盧生遇到了自己。

三、「知而覺」之「認同」歷程

「個體化」指的就是能自覺地開發自己的內在本性，並且在心理上成為獨立的，無法再分割的一體或整體的「個人」。作為一個完整的個體，意謂能清楚的覺察本來的自己，不論好壞，完全接受本來的自己。〔註80〕在〈古代神話與現代人〉一文中提到，在成年禮的儀式過程中，都必須經歷象徵性的死亡，而「死亡與重生」的儀式，正好提供了受啟蒙者一種從一個階段到下一個階段的「過度儀式」（rite of passage），他可能是從童年早期過渡到童年晚期，也可能是從青少年早期過渡到晚期，或者再過渡到成熟期。此外，個體生涯發展的每一個新階段，自我要求與本我要求所產生的原始衝突，都會一

〔註79〕 瑪莉—路易絲・弗蘭茲（M.-L.von Franz）：〈個體化過程〉（The Process of Individuation），收入〔瑞士〕卡爾・榮格（Jung, C.G.）主編，龔卓軍譯：《人及其象徵：榮格思想精華》（新北：立緒文化事業有限公司，2013 年 8 月），頁 206。

〔註80〕 羅布・普瑞斯（Rob Preece）著，廖世德譯：《榮格與密宗的 29 個「覺」》（The wisdom of imperfection）（臺北：人本自然文化出版社，2008 年 4 月），頁 23。

而再、再而三地出現。事實上，跟生命的其他階段比較起來，這種衝突再從成年初期轉換到中年的階段，會有較猛烈的表現。盧生入夢後，在與崔家小姐成婚後，便也展開他的「成年禮儀式」，也即是個體自我意識的開展：

> 個體覺察到自己的強勢與弱點，個體必須武裝自己，準備面對人生逼他面對的重大考驗，一旦個體通過成年禮的測試，進入了成年生活，英雄的象徵性死亡就等於到達了成年狀態。〔註81〕

而〈鑿郟〉、〈西諜〉正是盧生人生逼他面對的重大考驗，但是盧生是否眞的藉由這些重大考驗而眞正認識深層的自我。以下分從：（一）鑿山通河，神通建功；（二）離間之計，建功遂願；（三）祿途落難，進而退思等三方面論述之。

（一）鑿山通河，神通建功

愼重看待一個人的幻想和情感，才不會使個體在自我意識開展的過程中必須壓抑而導致扭曲，因而阻礙了其發展。因爲只要愼重地看待一個人的陰陽兩面，才會發現作爲內在現實的這個形象代表的意義爲何。在〈鑿郟〉一齣，可見盧生鑿空河道不遺餘力，以神聖的堅定信念祈神相助：

> 〔生領眾〕山磊磊，石崖崖。鍬鋤流汗血，工食費民財。〔淨接生介〕
> 〔生〕灑掃神王廟，親行禮拜。要他疏通泉眼度船艖，再把靈官賽。……〔生〕祭完了。分付十家牌：一人管十，十人管百。擂鼓償工，不許懈怠。〔註82〕

鑿河一事暗示著力量的試煉，也代表一種意願，必須在這個階段取得自我意識，盧生展現了英雄神話中無所不能的形象，他發號施令，果決明快，像位必須承受風暴逆襲水手，穿越困險，表現出男人陽剛勇猛的特質：

> 〔生背想介〕雞腳山、熊耳山麼？昔禹鑿三門，五行並用。〔回介〕雞腳和熊耳，你道鐵打不入，俺待鹽蒸醋煮了他。〔眾笑介〕怕門沒這等大鍋？〔生〕不用的鍋，州裏取幾百擔鹽醋來。〔眾應下〕〔扛鹽上介〕鹽醋在此。〔生〕取乾柴百萬束，連燒此山，然後以醋澆之，

〔註81〕　約瑟夫・韓得生（Joseph L. Henderson）：〈古代神話與現代人〉，收入〔瑞士〕卡爾・榮格（Jung, C.G.）主編，龔卓軍譯：《人及其象徵：榮格思想精華》（新北：立緒文化事業有限公司，2013 年 8 月），頁 120。

〔註82〕　〔明〕湯顯祖：《邯鄲記・鑿郟》，徐朔方箋校：《湯顯祖全集》（北京：北京古籍出版社，1999 年），頁 2480。

着以鍬桩，自然頑石粉裂而起；後用鹽花投之，石都成水。〔眾笑介〕
有這等事。〔放火介〕【大迓鼓】燒空儘費柴，起南方火電，霹靂摧
崖。呀，山色燒煤了。〔生〕快取醋來。〔眾鼓醋介〕料想山神前身
爲措大，又逢酸子措他來。這樣神通，教人怎猜。〔眾笑介〕怪哉，
怪哉，看這雞腳跟熊耳朵，都着酸醋煮粉了。〔生〕快下鍬斧，成其
河道。……〔鑿介〕〔驚介〕河頭水流接來了。〔生〕百姓們，功已
成矣，當鑄鐵牛於河岸之上，以輓重舟，頭向河南，尾向河北；一
面催價入關糧運，兼以招引四方商賈奇貨，聚於此州；一面奏知聖
上，東遊觀覽勝景；也不往陝州百姓之勞。〔註83〕

「在許多神話故事中，山岳常象徵啓示之地，在那裏可能會發生轉化和變化。」
而通向本我的路被阻擋了，如果無法完成鑿石通河的任務，他的夢覺旅程，
個體化歷程就會受到阻礙，無法繼續，因爲通往本我的路必須保持暢通，也
正是這個夢向高潮發展的開端。盧生展現計畫行動的能力，他無懼於艱鉅的
任務，將鑿石通河這件事變得充滿戰鬥力，他積極展現克服困難的能力，讓
眾人既驚既疑，以爲如此神通讓人費疑猜。然而這便是超自然能力的作用：
來自各種文明和不同歷史時期的許多例子，可以證明「高靈」象徵的普遍性。
他的形象呈現在人類的心靈中時，是在表達我們生命的目標或根本的奧秘之
處。一股創造的生命衝動和嶄新的心靈出現了，盧生建立了奮戰不懈而且成
功達陣的形象，這是有別於現世中自嘆窮困，無所作爲的他相反，他不斷地
「向上爬」，用以補償現實窮困的處境，這是一種補償心理作用。

（二）離間之計，建功遂願

爲了完成成年儀式的嚴格考驗，盧生必須一再演練「英雄與巨龍戰鬥」
的原始原型的力量。因此在在〈西諜〉一齣，又必須展現他的「英雄精神」：

我盧生，總領得勝軍十萬，搶過陽關，一面飛書奏捷，一面乘勝長
驅，至此將次千里之程，深入吐蕃之境。但兵法虛虛實實，且龍莽
號爲知兵，恐有埋伏，不免一路打圍而去，直拿到了龍莽，方爲罕
也。〔註84〕

〔註83〕　〔明〕湯顯祖：《邯鄲記・鑿郟》，徐朔方箋校：《湯顯祖全集》（北京：北京
　　　　古籍出版社，1999 年），頁 2481～2482。

〔註84〕　〔明〕湯顯祖：《邯鄲記》，徐朔方箋校：《湯顯祖全集》（北京：北京古籍出
　　　　版社，1999 年），頁 2479。

而「身才輕巧，口舌闌番」的打番兒郎成了盧生最好的得力助手，看小番郎的神通廣大，便能明白：

> 〔旦〕小番兒身才輕巧，小番兒口舌闌番。小番兒曾到羊同黨項，小番兒也到那昆侖白闌。小番兒會吐魯渾般骨都古魯，小番兒會別失巴的畢力班闌。小番兒會一留咖喇的講着鐵里，小番兒也會別溜禿律打的山丹。但教俺穿營入寨無危難，白茫茫沙氣寒。將一領塔思叭兒頭毛上按，將一個哨弱力兒脣綽上安。敢則是夜行晝伏，說甚麼水宿風餐？〔註85〕

小番郎的出現，代表盧生碰到的矛盾可以有一個開創性的解決，同樣爲計，盧生以「離間計」建功，而「打番兒漢」便是使用反間計的關鍵人物：

> 我盧生，自陝州而來，因河西大將王君王與吐蕃戰死，河隴動搖，朝廷震怒，命下官掛印征西。兵法云：臣主和同，國不可攻。我欲遣一人往行離間，先除了悉那邏丞相，則龍莽勢孤，不戰而下。此乃機密之事也。訪的軍中有一尖哨，叫做打番兒漢，講得三十六國番話，穿回入漢，來去如飛。早已喚來也。〔註86〕

人不斷地根據自己的思想模式創造出他的世界，而他的現實就是他思想模式的外在表現，一個人遭遇的經驗，往往是內在的創造力以一種神祕的方式吸引來的。〔註87〕因此，外來的遭遇，時常都是自造的經驗，而這都是爲了幫助個體開發潛能，或是透過經歷一段痛苦與危機的時刻，明白自身的限制，因爲如果沒有經過挑戰，不會自覺哪些特質與性格是自身無法擁有的。換言之，爲了發展更完整的自我，必須接受眼前的挑戰：

> 〔生〕如今吐蕃國悉那邏丞相足智多謀，爲我國之害。要你走入番中，做個細作，報與番王，只說悉那邏丞相因番那王年老，有謀叛之意，好歹教那番王害了他。你去得，去不得？〔旦〕這場事大難大難，你着俺行反間，向刀尖劍樹萬層山。你教俺赴也不赴，頑也

〔註85〕　〔明〕湯顯祖：《邯鄲記‧西諜》，徐朔方箋校：《湯顯祖全集》（北京：北京古籍出版社，1999年），頁2496～2497。

〔註86〕　〔明〕湯顯祖：《邯鄲記‧西諜》，徐朔方箋校：《湯顯祖全集》（北京：北京古籍出版社，1999年），頁2496。

〔註87〕　〔〕麗茲‧格林（Liz Greene）著，胡因夢譯：《土星——從新觀點看老惡魔》（Saturn A New Look at an Old Devil）（臺北：心靈工坊文化事業股份有限公司，2011年7月），頁23。

不頑？太師呵，你教俺沒事的話人反，將何動憚？着甚麼通關？〔生〕
但逢着番兵，三三兩兩傳說去：「悉那邏丞相謀反。」自然彼中疑惑，
要甚麼通關呢？〔旦〕天也，你教俺兩片皮把鎮胡天的玉柱輕調侃，
三寸舌把架瀚海金梁倒放番，俺其實有口難安。〔生〕既然流言難布，
我有一計：千條小紙兒寫下「悉那邏謀反」四大字，到彼中遍處黏
貼，方成其事。〔旦〕此計可中。〔註88〕

如果勇於接受挑戰，那麼形成的經驗對成長而言是必要且正向的，因此，盧
生具備的心靈能量就像肉體能量一樣，具有積極進去的企圖，無所畏難，然
而從這個事件更可明顯看出，總有人會來頂替盧生受難，或是一同協助，此
次承接這個任務的打番兒郎，面對這次的任務其實是毫無自信的，因而在一
來一往的對疑問中嘆難，不過，盧生依然堅持使用「離間計」，以為只要依靠
流言「構造飛語」即能羅織出駭人之網，一舉得逞。此計能夠得勝，無非是
掌握人性善疑的天性：

俺有計了：打聽番中木葉山下，一道泉水，流入番王帳殿之中，給
你竹籤兒一片，將一千片樹葉兒，刺着「悉邏謀反」四個字，就如
蠹蟻蛀的一般，上風頭吹去，流入帳下。他只道天神所使，斷然起
疑。此乃御溝紅葉之計也。〔註89〕

果然，御溝紅葉之計奏效，用智取下丞相悉那邏之命，期待勢孤的局面已形
成，盧生再戰一功：

自家奉詔征番，用智殺了丞相悉那邏，此時番將勢孤可禽也。三軍
前進！〔生領眾殺上〕呀，熱龍莽敗走了，我軍星夜趕去，遇城收
城，遇鎮收鎮，殺出陽關以西。正是：饒他走上燄磨天，也要騰身
趕將去。〔註90〕

攻下主將造成勢孤之局，取得先機，完成任務。盧生的成功，憑藉超凡力量
或守護神之助。經過了成年禮嚴格考驗的盧生，在夢中的他擁有創造實驗的
精神，改變自身的命運，遂成建功之願，成了有功之臣。

〔註88〕〔明〕湯顯祖：《邯鄲記·西諜》，徐朔方箋校：《湯顯祖全集》（北京：北京
　　　　古籍出版社，1999年），頁2497～2498。
〔註89〕〔明〕湯顯祖：《邯鄲記·西諜》，徐朔方箋校：《湯顯祖全集》（北京：北京
　　　　古籍出版社，1999年），頁2498。
〔註90〕〔明〕湯顯祖：《邯鄲記·大捷》，徐朔方箋校：《湯顯祖全集》（北京：北京
　　　　古籍出版社，1999年），頁2500。

（三）祿途落難，進而退思

　　盧生連番奏功，無非是爲了肯定自己，完成建功樹名之願。然而，在夢想一一成爲現實，最終又必須接受到頭來一切實現的夢終歸是虛幻而毫無意義的，而這樣的受難經驗，源自宇文融飛語之計得逞。盧生當臨斷頭之危，在遭遇全盤的瓦解，喪失恩寵，不知此罪何來之際，他的哭天搶地顯現出他陷落在地洞，面對渺茫無知的未來，也表徵著試煉又再一次開始了：

　　　　〔眾〕竟收拿公相，此外無他。〔生怕介〕原來是差拿本爵，所犯何
　　　　罪？〔眾〕中書丞相奏老爺罪重哩，這犯由不比常科，干係着重情
　　　　軍法。〔生〕有何負國？而至於斯。〔官〕下官不知，有駕票在此，
　　　　跪聽宣讀。〔生旦跪〕〔官念介〕奉聖旨：前節度使盧生，交通番將，
　　　　圖謀不軌。即刻拿赴雲陽市，明正典刑，不許違誤。欽此！〔生旦
　　　　叩頭起，哭「天」介〕波查，禍起天來大，怎泣奏當今鑾駕！〔生〕
　　　　這事情怎的起呵？〔註91〕

落難入際，感慨萬千，倏然反思所來之徑，懊悔萬分，若不求祿途，安行邯鄲道，如今也不至狼狽受冤：

　　　　〔生哭介〕夫人，夫人，吾家本山東，有良田數頃，足以禦寒餒，
　　　　何苦求祿，而今及此？思復衣短裘，乘青駒，行邯鄲道中，不可得
　　　　矣。取佩刀來，顚不喇自裁刮。〔生作刎〕〔旦救介〕〔眾〕聖旨不准
　　　　自裁，要明正典刑哩。〔生〕是了，是了，大臣生也明白，死也明白。
　　　　夫人，牽這些業畜，午門前叫冤，俺市曹去也。〔註92〕

盧生的處境幾乎是陷入了地獄，「斬」旗飄揚在眼前，御賜囚筵落魂意，回首京華，冤鳴如鼓。遙想這法場上的沙，血場上的花，悲鳴如猿。然而，也因爲有這樣的延滯時刻，盧生才能夠退一步思考爲什麼這件事情會發生。

　　幾番轉折之下，盧生終於免於一死，被謫貶至廣南鬼門關安置，倏然一悟長安路上行路難：

　　　　行路難，行路難。不在水，不在水。朝承恩，暮賜死。行路難，有
　　　　如此。我盧生，身居將相，立大功勞。免死投荒，無人敢近。一路

〔註91〕　〔明〕湯顯祖：《邯鄲記・死竄》，徐朔方箋校：《湯顯祖全集》（北京：北京
　　　　古籍出版社，1999 年），頁 2516。
〔註92〕　〔明〕湯顯祖：《邯鄲記・死竄》，徐朔方箋校：《湯顯祖全集》（北京：北京
　　　　古籍出版社，1999 年），頁 2516。

乞食而來，直到潭州。……〔生〕那是瘴氣頭，號爲瘴母。〔歎介〕
黑磻磻瘴影天籠罩。和你護着嘴鼻過去。……〔童〕又一個瘴頭。〔生〕
怎了？怎了？這禮有天難靠，北地裏堅牢，偏到的南方壽夭。〔註93〕

從個體性演化的角度來看，這個受難經驗卻帶來覺知，讓個體知道過去是如
何影響著當下的現實。對於盧生而言，當生命渴望的夢想實現時，在那個當
下，一切都變得有意義，但是到了某個時間點，這些曾經令自己享有榮貴意
義的時刻卻又變得一文不值。此外，這也揭示出：唯有透過追逐夢想的過程，
才能認清個人幻象的虛妄本質。看清樹倒猢猻散的人情面目後，有了「身處
何方？係爲何人？何以變得如此？一連串的自疑自問，而這一問便是永無止
盡。

〔生哭介〕大蟲拖去呆打孩兒了，且獨自行去。〔行介〕我閒想起來，
潮中黃羅涼傘，不能勾遮護我身，這一把破雨傘，到遮了我身；滿
朝受恩知人，不能替我的命，到是呆打孩替了我命；看來萬物有緣
哩。〔註94〕

才躲過老虎，又來了盜賊：苟延殘喘地躲過一劫又一劫，然而對於生命的演
化歷程而言，正是一節一節的轉化，驟然出現的「轉機」（如，呆打孩兒）化
解了「危機」，經過毀滅而後重生，人類必須透過自我發現來發展出自由意志，
而且除非事情變得痛可和毫無選擇，否則人們不會想要探索自己。痛苦本是
生命的成長和演化必要的部分，而有的因爲沒有任何一種作用力比挫折更能
促進一個人探險自己每一次的延遲、失望和恐懼，都是可以讓我們進一步的
洞察到神祕的心理機制，藉由這些經驗我們會逐漸認清人生的意義是甚麼。
最終，盧生自悟爲情所誤，癡於功名所誤：

〔張〕盧生聽吾法旨：你本是邯鄲道儒生未遇，爲功名想得成癡，
幸得着店小二乾坤逆旅，過去了八十載人我是非。挣醒來端然一夢，
道人間飯熟多時。誰信道趙州橋半夜水漲，剛打到丞相府白日鬼迷。
你和那崔氏女拋殘午夢，虧了洞賓子擅入天機。黃梁飯難消一粒，
葫蘆藥到用的刀圭。垂目睡加工水汞，自心息把東金鍊齊。心生性

〔註93〕〔明〕湯顯祖：《邯鄲記‧備苦》，徐朔方箋校：《湯顯祖全集》（北京：北京
古籍出版社，1999 年），頁 2524。

〔註94〕〔明〕湯顯祖：《邯鄲記‧備苦》，徐朔方箋校：《湯顯祖全集》（北京：北京
古籍出版社，1999 年），頁 2524。

> 吾心自悟，一二三主人住持。幾時節和你安爐作竈，醒了後又怕你
> 苦眼鋪眉。叫鐵拐子把思凡枕葫蘆提柱碎，請仙姑女把那殘花帚櫺
> 柄子傳題，直掃得無花無地非爲罕，這其間忘帚忘箕不是癡。那時
> 節騎鸞鶴朝元證聖，纏是你跨驢駒入夢便宜。〔呂〕盧生領了帚，拜
> 謝仙翁。〔註95〕

正是印證了大夢非在困阨與暢快中不易醒。「悟」啓自修煉，能悟在於能「降
伏其心」，此心若能降伏，即得入夢而覺，覺情了夢。

第三節　「遊夢—知夢—覺夢」之歷程意義

　　人在塵世，無論貴賤，總活在深院重門，過了一重又一重，然而總無法
眞正的越過重門深院，得其解脫。〈合仙〉一齣藉夢中之境，逐位點醒盧生之
癡。甚麼大姻親？甚麼大關津？甚麼大功臣？甚麼大冤親？甚麼大階勳？甚
麼大恩親？都是癡人妄想而生，爲功名想得成癡。盧生在「時間框架」（黃粱
一飯）穿越不同的空間而得到不同的體會，然而盧生眞的醒悟了？顯然遊夢
而知，知夢而覺，覺而後生之夢覺之路才正要開始。以下分從：一、「知夢遊
醒」之意蘊析辨；二、「遊夢解癡」之夢覺意義；三、「知夢遊醒」之轉化意
義等三方面論述之。

一、「知夢遊醒」之意蘊析辨

　　〈邯鄲夢記題詞〉之末段，湯顯祖陳述詮讀《枕中記》者大致針對「枕」
與「記」之兩個部分作其涵義發揮，不過，他大概以爲如此了世悟道，過於
粗糙簡略，故各個擊破，提出其見。以下分從：（一）「世法影中」之辨；（二）
知夢遊醒之析等兩方面論述之。

（一）「世法影中」之辨

　　湯顯祖以爲歷來所論之《枕中記》之見，乃「枕孔之見」，非眞知「李泌
夢意」者：

> 獨歎《枕中》生於世法影中，沈酣哼囈，以至於死，一哭而醒。夢
> 死可醒，眞死何及？或曰，按《記》，則邊功河功，蓋古今取奇之二

〔註95〕〔明〕湯顯祖：《邯鄲記》，徐朔方箋校：《湯顯祖全集》（北京：北京古籍出
　　　　版社，1999年），頁2458。

竅矣。談著殆不必了人。至乃山河影路，萬古歷然，未應悉成夢具。

曰，既云影蹤，何容歷然？岸谷滄桑，亦豈常醒之物耶？第槪云如

夢，則醒復何存？所知者，知夢遊醒，必非枕孔中所能辯耳。〔註96〕

湯氏以爲《枕中記》的深刻旨意不該只是侷限只是「知」人生如夢，世法如
影的虛幻上，而是當在「知遊夢醒」的歷程中體解「夢覺」之歷程將帶給個
體的意義。而「知遊夢醒」之歷程如下：

「遊」夢而「知」夢──→「知」夢而「覺」夢──→「覺」夢而「生」

知（智）

「知」夢存在的意義，才能「覺」夢所賦予心靈的意義。湯氏以爲若單單只
是將世間一切視爲「夢影」，將浮生若夢視爲一種逃避的藉口，無法承擔起生
命本該負的責任，那麼，夢便失去了它的意義性。是故，對於「世法如影」
說，他提出了「夢死可醒，眞死何及」之疑，在夢中死去，畢竟只是在夢中，
猶有醒來的機會，生命仍存在；但若是面臨的是現世的眞實死亡，其情如何？
於此，湯顯祖勾勒出一幅「人性本象」之圖：在求之中再求，在渴慕之中再
渴慕，永無厭足。而這永不厭足的背後有著執迷不悟的固著點，而對於那些
執迷不悟的固著點，不該只是壓抑忽略它們的存在，而該是指引人去洞察、
理解和轉化這些不易覺知的慾望與驅力，同時要洞澈以無去二元對立性，其
作法即是包容和正向地實現這些慾望或驅力；而後才能藉由「夢」一場這個
客觀的參考架構，發展出屬於靜觀凝思的空間，以使默觀察覺內發而生，如
此才能眞正「知夢」，也才能「遊」夢而「醒」。故推廣焦湖祝枕事爲之，以
「士子」一生之流轉作爲人情態勢之例：在窮困潦倒之際，本是出離塵世，
靜定而思，沉澱自悟的好時機，然而，在此刻渴望的卻是投入塵世，有所作
爲，期能有出將入相的機會。在憮然太息之際，遂得其機，有了榮貴之享後，
又感於身心皆累的形軀之迫，故又渴求清微閒曠的仙道之樂，心生嚮往能夠
有暫時得其清泉之活其目，涼風之扶其軀的機會，以暫時脫離塵世之束縛。
只是一切都只是欣然之思，眞正有了這樣的機會，又因有不意之憂，難言之
事而推卸之，道盡在邯鄲道上的士子在物質世界與精神世界中不斷徘徊，肉
體與精神不斷衝突矛盾的眞相。

再者，則是針對：「獨歎《枕中》生於世法影中，沈酣哼囈，以至於死，

<hr>
〔註96〕〔明〕湯顯祖：〈邯鄲夢記題詞〉，徐朔方箋校：《湯顯祖全集》（北京：北京
古籍出版社，1999 年），頁 1155。

一哭而醒。夢死可死，真死何及？」之反思。若只是感嘆一切生於世法影中，世事如夢幻泡影，豈不過太消極？此外，在夢中的盧生在「夢中哭聲」後而醒，知道他作了一場夢，在夢滅後知道這只是一場「夢中之死」，他並未在現世中真正死亡，肉身猶在。然而湯顯祖發出「真死何及」之疑，所欲揭示的正是面對「肉身之死」的哲學問題，換言之，盧生之死，夢死可醒；然而觀者如何自處？面對自身真正肉身的亡逝，無法再醒來之時，在那之前，肉身又該以何種態度存在？難道只是一直感嘆一切如夢幻泡影？

其次，若云一切如夢，既然為夢，醒復何存？夢的意義性便被消去，那夢存在的意義又為何？夢失去意義後，「知」又如何可能？「覺」又如何可能？是故，世事如夢，世法如影之論，並非《枕中》之終極意旨。夢之存在意義，在於經歷「遊夢」之象徵性的死亡後，發展「覺知」的能力。

（二）知夢遊醒之析

既云影蹤，何容歷然？既說「山河影路，萬古歷然」，又道：「第二、何以要否定事功的存在？故有：「山河影路，萬古歷然，未應悉成夢具」之謂。若非得將古今取奇之二竅之功視為如夢一場，都將消失得無影無蹤，又何以歷然之形容？豈不是矛盾？豈不是又落入二元對立性？正是「既云影蹤，何容歷然？岸谷滄桑，亦豈常醒之物耶？」之詰問。能夠領悟此理，必定是經歷過吏宦之途者，才能了然命運之不可捉摸，世事彷若夢影，然而，彷若夢影僅是心之所受，並不能將此作為心之所行。於心，而此中經歷皆歷然可見，何能將此視如影蹤？既視如影蹤，又何以說萬古歷然？豈不是自相矛盾？是故，湯顯祖所欲主張的是，世法並不如影，夢亦如此，因而主張「知夢」。

湯顯祖詮讀《枕中記》，以為《枕中記》尚有詮釋之空間，故作《邯鄲記》以補充。湯氏從「時代之大歷程」與「人物之小歷程」兩兩相生相構的角度重新勾勒時代情勢之下的人物情勢：他著重的是一個人的內在歷程如何影響一個人的一生，更重要的是，透過這些生命起伏歷程的了解，如何洞觀「自由」與「命運」兩者的關係，進而以「主人之才」面對自己的命運，建構個體的內在自信，承擔生命的俯伏曲折。他看重的不是外在完美的成就，而是生命完整的經歷。換言之，他捨棄了二元思想：好與壞，福與壞，個體生命在其經歷之後所獲得的覺知，在覺知的狀態下保持內在精神的品質，在出於自由的覺知狀態下，所有遭遇的一切都將被調整，將被修正，進而產生新的意義。是故，湯顯祖凸顯的焦點則是輾轉在大時代中小人物的生命「歷程」，

所欲勾勒的「人性之情」——有光明有黑暗,而兩者的衝突,是非善非惡的,在人物事勢中所體會的寵辱得喪生死之情,都是一種象徵性的死亡,無論是肉體的死亡、觀念的死亡、都只是一切死亡再生之中的一種狀態,歷經無數次的象徵性死亡後,個體之存在便能產生精神性轉化,漸次達至生命的完整。

湯氏所謂:「所知者,知夢遊醒」,所強調的是夢醒之後的「省思能力」。而這個省思能力從何而來?可以因為一場夢就頓悟?顯然,湯顯祖對「頓悟」的看法是抱持懷疑的。事實上,夢醒之後的盧生,只能說是處在一種潛能覺醒的狀態,認知到自己的實相,「認知實相」是覺醒歷程的第一步,盧生之苦,起初來自不顯達於宦,入夢後,經歷宦吏的「實相」後,他嘆道:「老翁,老翁,盧生如今惺悟了。人生眷屬,亦猶是耳。豈有真實相乎?其間寵辱之數,得喪之理,生死之情,盡知之矣。」〔註97〕然而,在此要問的是,盧生的醒悟,可為真?是否是因為無法他承擔險惡的官場人際而逃避,並非真的了悟?因此,盧生夢醒以後,看似有所悟,但事實上仍在「迷途」中,他只是因為恐懼才轉而向仙道,並非真正了解遊仙之意義。真正的省思能力,總是在漫漫歲月中歷經一次又一次的揭露,從而由揭露的過程中而逐漸形成覺知,而覺知又必須歷經一次又一次的破壞與建構中洞見出生命週期循環所帶來的意義。人往往多是「後見之明」,真正「先見之明」者,便非人了。是故,湯氏拋出了對「夢」的思考:即它本身所具備的力量,真的能如此龐大?如果龐大到能使人真正的覺醒,那麼關鍵處何在?繼而追問,而夢醒之後所得之覺,難道就是真正的覺醒嗎?

此外,有心人生忌恨之心,幾番尋機陷害李泌,最終李泌無能為君所庇。李泌有凌雲之志,欲沖天卻事違,有幹濟之業,卻受其害,天子不能庇之等等遭遇,皆投射出湯顯祖曾經的經歷,如抗疏一事,萬曆皇帝亦無能庇之。是故,《枕中》所記,為李泌自傳,而《邯鄲夢記》,或可視為湯顯祖遊宦之時的官場現形?所云:「唐人高泌於魯連范蠡,非止其功,亦有其意焉」之論,便是說明了《枕中記》之「李泌之意」甚為豐富,值得再探。夢之存在,絕非如影,其夢影之蹤,必然有其意義。若真正讀懂《枕中記》者,必能明白李泌「以意虛作」之深意。而他此以為本,創作《邯鄲夢記》,欲所揭示的正是「知」夢而醒,覺「遊」而生的「知遊」觀。

〔註97〕 〔明〕湯顯祖:《邯鄲記·生寤》,徐朔方箋校:《湯顯祖全集》(北京:北京古籍出版社,1999年),頁2558。

二、「遊夢解癡」之夢覺意義

入夢，是爲了遊而後有覺，覺執情將受難，覺癡欲將受苦，覺愛欲榮華，將如浮雲飄散，不可恆久。入夢而遊，遊夢而知，知夢而覺，覺生死進止之道，覺一瞬生滅，貪執無用之理。以下分從：（一）知執情癡欲，不可常喜；（二）知愛欲榮華，不可常保；（三）知進止之道，不可常驕；（四）知倏忽變現，不可常久等四方面論述之。

（一）知執情癡欲，不可常喜

在《邯鄲記》中，揭示出世間情貌之「求不得苦」。〈行田〉一齣，盧生自道誤以爲自己「癡情」，而一生便這樣爲自己的情癡所誤，天下人何嘗不是如此？盧生一員爲所苦，即紅塵眾生。正是一貪生執著，情生困智而受難。透過呂洞賓與盧生一來一往的對話中，揭示出人欲求不滿，貪多得苦，執著一生，便有求不得苦：

> 〔生忽起，自看破裘歎介〕大丈夫生世不諧，而窮困如是乎？〔呂〕
> 觀子飢膚極腴，體胖無恙，談諧方暢，而歎窮困者，何也？……〔生〕
> 老翁說我談諧得意，吾此苟生耳，何得意之有！〔呂〕此而不得意，
> 何等爲得意乎？〔生〕大丈夫當建功樹名，出將入相，列鼎而食，
> 選聲而聽，使宗族茂盛而家用肥饒，然後可以言得意也。〔註98〕

得意人生，必當建功樹名，出將入相，點出「功名」之求，列鼎而食，選聲而聽，點出「五欲之樂」之求，榮顯宗族，富貴家人，點名「光耀門楣」之求，正因爲這些都求不得，盧生才歎「窮困」，一切皆源於「求不得苦」。此外，無論是爲求功名之貴，還是五欲之樂，抑或是光宗耀祖之榮，這一切也都是爲了滿足「情之所需」，然而，當本欲之情無法滿足時，便有了「困倦饑乏」的肉體之苦，苦與苦，相生相續，苦因生苦果，相生相續，苦的輪迴便像永不停止的轉輪，無有止期，是故，欲求不滿的求不得苦，便成了盧生苦不停的根。

爲了延壽而欲用採戰之術，盧生氣惱夫人不答應，兩人一來一往的對話，再次揭露四大親故牽絆人心的證：

> 〔旦〕老相公，你此病雖然天數，也是自取其然。八十歲老人家，
> 怎生採戰？〔生惱介〕採戰，採戰，我也則是圖些壽算，看護子孫，

〔註98〕〔明〕湯顯祖：《邯鄲記》，徐朔方箋校：《湯顯祖全集》（北京：北京古籍出版社，1999年），頁2456。

難道是瞞著你取樂？〔旦〕你年過邁自忖量，説採戰混元修養。爲朝廷燮理陰陽，自體上不知消長，這一病可能停當，老相公，平安罷了，有些差池，就要那二十四個丫頭償命。〔生惱介〕少道，少道。〔註99〕

爲了求壽不得而苦的盧生，幸蒙聖恩，差遣御醫診斷，視藥調膳，御醫診脈道：

老爺，下官太素最精，老爺心脈洪大，眼下有加官蔭子之喜，下官不勝欣賀！〔生笑介〕難道，難道。〔註100〕

得知自己尚能有加官蔭子的機會，雀躍不已，便又記懷起功績入史的事，再次叮囑高力士必須謹慎，不得遺漏自己的功勞簿：

〔生〕要緊一事，俺六十年勤勞功績，老公公所知。怕身後蕭、裴二公總裁國史，編載不全。〔高〕這個朝家自有功勞簿，逐一比對，誰敢遺漏？〔生〕保家門全仗高公，紀功勞借重同堂。〔生〕請問老公公：身後加官贈諡何如？〔高〕自有聖眷，不必掛心。咱去也。〔註101〕

慾望如網，織求了此端欲要求織彼端，連環反覆，要了自己的，還要自己兒子的：

〔生哭介〕哎唷，還有話：老夫有個孽生之子盧倚年小，叫來拜了公公。……〔生〕本爵止敘邊功，還有何功未敘，意欲和這小的兒再討個小小應襲，望公公住持。〔註102〕

〔生〕你不知，俺的字是鍾繇法帖，皇上最所愛重。俺寫下一通，也留與大唐家作鎮世之寶。〔註103〕

戀棧如此，世間眷屬，緣盡則離；客居不可久，憂念相隨，勤苦若此，亦結

〔註99〕〔明〕湯顯祖：《邯鄲記‧生寤》，徐朔方箋校：《湯顯祖全集》（北京：北京古籍出版社，1999年），頁2553。

〔註100〕〔明〕湯顯祖：《邯鄲記‧生寤》，徐朔方箋校：《湯顯祖全集》（北京：北京古籍出版社，1999年），頁2554。

〔註101〕〔明〕湯顯祖：《邯鄲記‧生寤》，徐朔方箋校：《湯顯祖全集》（北京：北京古籍出版社，1999年），頁2555。

〔註102〕〔明〕湯顯祖：《邯鄲記‧生寤》，徐朔方箋校：《湯顯祖全集》（北京：北京古籍出版社，1999年），頁2555。

〔註103〕〔明〕湯顯祖：《邯鄲記‧生寤》，徐朔方箋校：《湯顯祖全集》（北京：北京古籍出版社，1999年），頁2555。

眾寒熱，與痛共居。

（二）知愛欲榮華，不可常保

愛欲榮華，不可常保，皆當別離，無可樂者。「黑心盜賊」的安排，凸顯著他臨死卻還執著身外之名，眷戀榮貴之心：

> 〔丑〕討寶來，討寶來。〔生〕貧子有甚麼寶？【五供養】雨衣風帽，念盧生出仕在朝。〔淨〕在朝一發有寶了。〔生〕些須曾有寶，盡被虎狼饕。〔丑〕難道老虎連金銀都喫去了？討打！討打！〔刀背打介〕不要打，小生也是個有意思的人。〔丑〕要你有意思做甚那？〔小生〕小生是個有功勞之人。〔丑〕功勞甚麼用？討寶來。〔生歎介〕咳，我想諸餘不要，則買身錢荷包在腰。誰人知意思，何處顯功勞？罵你一聲黑心賊盜。〔丑〕沒有寶，又罵我賊，下別上宰了。〔註104〕

因此，在他醒來後，與呂洞賓一來一往的對話中，道出了「黑心盜賊」存在的試煉意義：

> 〔生〕老翁，太奇，太奇。俺一逕的搶中了唐家狀元，替唐太子開了三百里河路，打過了一千里邊關哩。〔呂笑介〕咦，多少功勞！〔生〕老翁不知，小生也不敢訴聞。恁大功勞，還聽個讒臣宇文融丞相之言，賜斬咸陽都市。喜得妻兒哭救，遠竄嶺南，直走到崖州鬼門關外。〔呂〕僥倖，僥倖。後來？〔生〕後來得蕭、裴二位年兄辯救，欽取還朝，依舊拜為首相。金屋名園，歌兒舞女，不記其數。親戚俱是王侯，子孫無非恩蔭。仕宦五十餘年，整整的活到八十多歲。〔呂〕你說大丈夫當建功樹名，出將入相，列鼎而食，選聲而聽，使宗族茂盛而家用肥饒，然後可言得意。如子所遇，豈不然乎？此際尋思，得意何在？〔生想介〕便是呢，黃粱飯好香也。〔呂〕子方列鼎而食，希罕此黃粱飯乎？〔註105〕

事實上，呂洞賓以神仙的形象出現，成為「意義」的化身，他神祕的形象代表的是更高層次的洞察力，是整個心靈超脫的象徵，他呈現了更大、更完整的認同，這種認同可供給個人自我成長所欠缺的力量。透過他的居中度化，

〔註104〕　〔明〕湯顯祖：《邯鄲記·備苦》，徐朔方箋校：《湯顯祖全集》（北京：北京古籍出版社，1999年），頁2524。

〔註105〕　〔明〕湯顯祖：《邯鄲記·生寤》，徐朔方箋校：《湯顯祖全集》（北京：北京古籍出版社，1999年），頁2557〜2558。

盧生的生命獲得重新的啓示，獲得新的意義，然而是否能達到超脫世俗的精神境界，是存疑的，而這樣的存疑，也代表著湯顯祖對於「超脫」來自他人的思辯。

此外，〈外補〉、〈閨喜〉、〈織恨〉藉崔家小姐寫盡世間愛別離之苦。崔家小姐住在公侯貴衙，享受世代榮華，擁有令稱羨的富貴，然而卻備嘗空虛之苦：

〔旦〕奴家清河崔氏之女是也。這兩個：一個是老媽，一個是梅香。住這深院重門，未有夫君。〔註106〕

因此一遇到誤闖尊衙的盧生，望夫心切的崔家小姐立刻半脅半迫，令他與她成其夫妻：

〔旦〕非奸即盜，天條一些去不的。老媽媽，則問他私休？官休？私休不許他家去，收他在俺門下，成其夫妻，官休送他清河縣去。……〔生〕情願私休。……〔旦〕盧生，盧生，奴家憐君之貧，收留你爲伴，無媒奈何？〔老〕老身當媒，佳期休誤。〔內鼓樂〕〔老贊拜介〕〔貼〕新人新郎進合歡之酒。〔註107〕

享有朝歡暮樂的夫妻之樂後，崔家小姐深感與盧生「門不當戶不對」，忽動功名之興，希望他求取功名，成爲狀元郎：

〔旦〕盧郎，自招你在此，成了夫婦。和你朝歡暮樂，百縱千隨，真人間得意之事也。但我家七輩無白衣女婿，你功名之興，卻是何如？〔生〕不欺娘子說：小生書史雖然得讀，儒冠誤了多年。今日天緣，現成受用，功名二字，再也休提。〔註108〕

而多少士子爲了功名，耗氣頭白，所求爲何？不就正是「富貴」，盧生初始並不感興趣，因爲長安路不僅遙遠，而且坎坷。不過在崔小姐的「利誘」下也「上鈎」了：

〔旦〕說豪門貴黨，也怪不的他。則你又交遊不多，才名未廣，以致淹遲。奴家四門親戚，多在要津，你去長安，都須拜在門下。〔生〕

〔註106〕〔明〕湯顯祖：《邯鄲記‧入夢》，徐朔方箋校：《湯顯祖全集》（北京：北京古籍出版社，1999年），頁2457。

〔註107〕〔明〕湯顯祖：《邯鄲記‧入夢》，徐朔方箋校：《湯顯祖全集》（北京：北京古籍出版社，1999年），頁2458～2459。

〔註108〕〔明〕湯顯祖：《邯鄲記‧贈試》，徐朔方箋校：《湯顯祖全集》（北京：北京古籍出版社，1999年），頁2464。

領教了。〔旦〕還一件來，公門要路，能勾容易近他？奴家再着一家
兄相幫引進，取狀元如反掌耳。……〔生〕這等，小生到不曾拜得
令兄。〔旦〕你道家兄是誰？家兄者，錢也。奴家所有金錢，儘你前
途賄賂。〔生笑介〕原來如此，感謝娘子厚意。聽得黃榜招賢，盡把
所贈金資，引動朝貴，則小生之文字字珠玉矣。〔註109〕

後來，盧生終在「家兄」強而有力的幫助下順利中了狀元。不過，崔家小姐
卻引來了相思之苦：

【好事近】無路入天門，買斷金錢誰說？……〔旦〕夢回鴛枕翠生
寒，始悔前輕別。〔貼〕一種崔徽情緒，爲斷鴻愁絕。〔旦〕梅香，
我家深居獨院，天賜一位夫君，歡心正濃，忽動功名之興，我將家
資打發他上京取應，一口氣得中頭名狀元，果中奴之願矣。只爲聖
恩留他，單掌制誥，三年之外，方許還鄉。奴家相思，好不苦呵！

〔註110〕

原本渴望愛情，在求得情樂後，又貪名顯之貴，最後卻遭逢愛別離苦。正是
因貪愛而流轉於苦中。崔家小姐凸顯的正是人性之貪，有了「此」，便又戀慕
「彼」的欲求，爲了飽足此厭足彼，最後飽受相思之情：

博陵崔，清河崔，昔日崔徽今又徽，今生情爲誰？去關西，渡河西，
你南望相思我向北也思，丁東風馬兒。姥姥，一從盧郎征西，杳無
信息，不知彼中征戰若何？〔老〕仗皇家福力，必然取勝，則是姐
姐消瘦了幾分。〔註111〕

〔旦〕不茶不飯，所事慵粧裹。〔老〕他是爲官。〔旦〕爲官身跋涉，
把令政成拋躲。〔老〕遠路風塵，知他是怎麼？〔旦〕則爲他人才得
過，聰明又頗，好「功名」兩字生折磨。……〔旦〕拈整翠鈿窩，
悶把鏡兒呵。〔貼〕後花園走走跳跳。〔旦〕待騰那，和你花園遊和。……
〔旦住介〕〔老〕似這水紅花也囉，不爲奴哥，花也因何？〔合〕甚
情合，夏日長猶可，冬宵短得麼？……〔旦〕盼雕鞍，你何日歸來

〔註109〕 〔明〕湯顯祖：《邯鄲記・贈試》，徐朔方箋校：《湯顯祖全集》（北京：北京
古籍出版社，1999年），頁2465。

〔註110〕 〔明〕湯顯祖：《邯鄲記・外補》，徐朔方箋校：《湯顯祖全集》（北京：北京
古籍出版社，1999年），頁2476。

〔註111〕 〔明〕湯顯祖：《邯鄲記・閨喜》，徐朔方箋校：《湯顯祖全集》（北京：北京
古籍出版社，1999年），頁2508。

和我？渺關河，淡煙橫抹。〔註112〕

細觀崔家小姐的愛別離之情：因情生悲，因情生憐，因情生怨，因情生悔。正如《無量壽經》所云：「恩愛思慕，憂念結縛，心意痛著，迭相顧戀，窮日卒歲，無有解已。教語道德，心不開明，思想恩好，不離情欲。」人在這個世間，因爲貪圖五欲，所以都在「愛欲之中」。雖結成夫妻，孤單之情不但未減，反而更增添獨生獨死，獨去獨來之淒涼之感。然而反思崔家小姐與盧生之情，乃建立在「利益」上，非建立在「眞情」。故聚合反生空虛，聚合反生憂懼：

〔旦歎介〕聖人云：烏鴉知風，蟲蟻知雨。皮肉跳而橫事來，裙帶解而喜信至。鴛鴦者，夫婦之情也；烏鴉者，晦黑之聲也；落彈者，失圓之象也；碎瓦者，分飛之意也。天呵，眼下莫非有十分驚報乎？〔註113〕

因情生憂，因情生懼：但是人總是貪心的，無郎時希求有郎，有了郎又希求爲有功名之郎，得了富貴榮華之公後，又希冀此公長壽不死：

〔旦愁容上〕愁長恨長，天樣大門庭怎放？就其間有話難詳。天，天，天，怎的我老相公一時無恙？事不三思，終有後悔。我老相公夫婦齊眉，極富極貴，年過八十，五子十孫；此亦人間至樂。以前止是幾個丫鬟勸酒，老身時時照管，不致疏虞。近因皇帝老兒，沒緣沒故送下幾個教坊中人，歌舞吹彈，則道他老人家飲酒作樂而已。誰想聽了個官兒，他希求進用，獻了採戰之術。三月以前，偶然一失，因而一病蹺蹊。所仗聖眷轉深，分遣禮部官於各宮觀建醮祈禱，王公國戚以次上香，可謂得君之至矣。只恐福過災至，未肯天從人願。天呵，不敢望他百歲，活到九十九罷了。〔註114〕

世間的恩愛再深，也都只是一時因緣和合，不能長久保留，時間一到，都會各自離散而去。人愈是享樂，因緣離散時愈是痛苦。當我們臨終受果報的時候，不管是到苦的地方，還是到樂的地方，是善道還是惡道，都要自己去承

〔註112〕 〔明〕湯顯祖：《邯鄲記・閨喜》，徐朔方箋校：《湯顯祖全集》（北京：北京古籍出版社，1999年），頁2508～2506。

〔註113〕 〔明〕湯顯祖：《邯鄲記・死竄》，徐朔方箋校：《湯顯祖全集》（北京：北京古籍出版社，1999年），頁2514。

〔註114〕 〔明〕湯顯祖：《邯鄲記・生寤》，徐朔方箋校：《湯顯祖全集》（北京：北京古籍出版社，1999年），頁2552。

擔，沒有人可以替代，即使想替代也替代不得，這就是「自因自果」。

（三）知進止之道，功名似幻

　　政治場上無是非，只言因果一報還一報。湯顯祖所欲揭示的正式「讒言流布」的厲害，此外，亦強調「君主」與「臣子」之間的關係，總是如此薄弱。只要聞見讒言蜚語，便會斷然起疑的必然反應，而這也正是臣總被君傷殺之源。究竟，長安道上，是以才爲用？還是以財爲用？

> 　　下官乃僕射兼檢括天下租庸使宇文融是也。性喜奸讒，材能進奉。日昨黃榜招賢，聖人可憐見，着下官看卷進呈。思想一生，專以迎合朝廷，取媚權貴，卷子中間有個蘭陵蕭嵩，奇才，奇才。雖是梁武帝之後，異代君臣，管我不著；又有個聞喜裴光庭，正是前宰相裴行儉之子，武三思之婿，才品次些，我要取他做個頭名，蕭嵩第二。早巳進呈，未知聖意若何？〔註115〕

縱使知道此人爲奇才，但與我何干？有才何用？又無以助我前程，故以將來可能能以「家兄」資我助我，擁有政治資源的裴光庭才有用，故一場不公平的招賢便由此開始。更重要的是，若是賢能之才的殺生大權皆落入「專以迎合朝廷，取媚權貴」之人中，其不公的險阻命運便將成了賢者一生無能拋卻的怨情。揭露出仕宦之途「才」爲何用？有「財」便能買「身貴」之官場現形：

> 　　〔淨背介〕卷首定蕭、裴，怎到的寒盧那狗才？〔回介〕是他命運該，遇重瞳着眼檯。〔老〕老先不知，也非萬歲爺一人主裁。他與滿朝勳貴相知，都保他文才第一。便是本監，也看見他字字端楷哩。〔淨〕可知道了，他的書中有路能分拍，則道俺眼內無珠做總裁。〔註116〕

有「財」便能買身貴，不需要有「文才」亦能中試得名，因爲中試的關鍵並非自己的實力，而是能與「滿朝相貴知」的手腕，要在官場出人頭地，就需要像宇文融一樣能「迎合朝廷，取媚權貴」的攀貴之才，有家兄黃金爲財，才能搏扶搖而直上。懂得以假亂眞，善用趨奉之道，便能持權保貴：

> 　　我宇文融，今日曲江陪宴。可奈新科狀元，乃是落後之卷，相見好

〔註115〕〔明〕湯顯祖：《邯鄲記，奪元》，徐朔方箋校：《湯顯祖全集》（北京：北京古籍出版社，1999 年），頁 2467。

〔註116〕〔明〕湯顯祖：《邯鄲記·奪元》，徐朔方箋校：《湯顯祖全集》（北京：北京古籍出版社，1999 年），頁 2468。

沒意兒。後生意氣,且自趨奉他一二。〔註117〕

其趨奉之道,多不勝數,首先以「美色」迎合,再以「蜜語」奉承,以贏得新科狀元的歡心:

〔旦眾生〕折桂場中開院本,插花筵上喚官身。稟老爺:女妓叩頭。〔淨〕報名來。〔貼〕奴家珠簾秀。〔旦〕奴家花嬌秀。……〔淨〕恭喜三公高才及第,老夫不勝榮仰。〔生〕叨蒙聖恩。〔外末〕皆老師相進呈之力。〔淨〕御賜曲江喜筵,真盛世也。〔生〕敢問往年直宴,止是幾個老倒樂工,今日何當妙選?〔註118〕

傳統中國,文人的社會地位,取決於他的門第與官位,並非他所構詩文的優劣高下。在明代,由於科舉制度盛行,門第基本不起太大作用,而是官位在決定文人的地位高下。正如王瑤所言:「一個作者無論他出身華素,到他成為文人時,他必已經有了實際的官位,這政治地位實在就是他文人地位的重要決定因素。」〔註119〕是故,何以士子如此癡求功名,乃因文人一旦通過科舉而獲得官位,即躋身在文臣之列。且不說因做官而帶來的種種經濟利益,單就其榮耀和社會地位,也頗令人羨慕。文臣生有官位,甚至封公、侯、伯之爵,死後配享帝王廟庭,甚或從祀孔廟。從「贈試」為名,便說明了當時科舉的不公平,時走後門的官場現象。真正的有實力的,不見得能名列榜首。只要有「家兄」為靠山,便能一「試」成名,證明富貴榮華讓人趨之若鶩的魔力,也驗證了:天下無難事,只怕有財人。只是這個新科狀元還不懂得官場潛規則,驕氣太盛,自以為是,在自題詩中得罪了宇文融:

〔生題詩〕〔淨表白介〕香飄醉墨粉紅催,天子門生帶笑來。自是玉皇親判與,嫦娥不用老官媒。〔眾〕狀元好染作也。〔淨〕則就中語句,有些奚落老夫哩。〔外〕盧年兄未必如此。……好笑,好笑,世間乃有盧生。中了狀元,為因不出我門下,談容高傲。我好趨奉他,嫦娥有意,老夫可以為媒,乞其珠玉。〔註120〕

〔註117〕 〔明〕湯顯祖:《邯鄲記・驕宴》,徐朔方箋校:《湯顯祖全集》(北京:北京古籍出版社,1999 年),頁 2471～2472。

〔註118〕 〔明〕湯顯祖:《邯鄲記・驕宴》,徐朔方箋校:《湯顯祖全集》(北京:北京古籍出版社,1999 年),頁 2470～2471。

〔註119〕 王瑤,〈政治社會情況與文士地位〉,《中古文學史論》(北京:商務印書館,2011 年 12 月),頁 35。

〔註120〕 〔明〕湯顯祖:《邯鄲記・驕宴》,徐朔方箋校:《湯顯祖全集》(北京:北京古籍出版社,1999 年),頁 2472。

盧生得意忘形，忘了他的新科狀元，乃是「家兄」之助，才能獲得滿朝勳貴的相知相持，驕盈的新科狀元「只道文章穩立身」，不知朝中難站立，更「不知世上有權臣」，爲往後的官途埋下了險阻之苦。盧生在「家父」加持後有了官運亨通的際遇後，他也學會了以財買心，買方面，是故，派任知州之職時，亦用「家兄」一招，打通方便之門：

〔丑〕這是盧大爺因水道不通，領了眾夫甲三步一拜，將次到這禹王廟來來了。這紙錢是禹王老爺用的，難道老爺到用不的？〔淨慌介〕哎也，原來大爺行香，這狗才不早通報。快去點香鋪席。〔註121〕

所謂見錢眼開，王老爺態度立刻大轉變，由此推想，盧生若是繼續在官場打滾，最後會不會是另一個宇文融？

（四）知倏然變現，不可常久

當初，因生之饑生困的盧生，爲解功名之饑，便答應了崔家小姐的私修，得了功名之榮；如今，因名之饑生困的盧生，爲解富貴之饑，亦答應皇命，解帝知西顧之憂。一切的因緣相生相轉，都起於倏然之間，而「倏然」變現的「眞」，過了當下一刻，又變相成幻，於是流轉生死由此始。〈題詞〉所言有幾處關鍵字：「遇」、「讒」當有可闡述之空間，前者牽涉佛理中所言世間緣起，都在「倏忽」之間而生，「倏忽」之間而滅；而後者則勾勒爲宦者有多少人深受讒言之傷的經歷。此外，個體化的心理歷程最重要的意義在於：當經歷每一個階段都會有屬於那個階段的挑戰，是否能在那個挑戰中發展出那個階段所需的特質，便是成長的意義。需要成長時，便會進入不同的階段，從八仙之口，便可知道盧生經歷了六個階段：

【浪淘沙】〔漢〕甚麼大姻親？太歲花神，粉骷髏門户一時新。那崔氏的人兒何處也？你個癡人。

【前腔】〔曹〕甚麼大關津？使着錢神，插宮花御酒笑生春。奪取的狀元何處也？你個癡人。

【前腔】〔李〕甚麼大功臣？掘斷河津，爲開疆展土害了人民。勒石的功名何在？你個癡人。

【前腔】〔藍〕甚麼大冤親？竄貶在煙塵，雲陽市斬首潑鮮新。受過

〔註121〕〔明〕湯顯祖：《邯鄲記・鑿郏》，徐朔方箋校：《湯顯祖全集》（北京：北京古籍出版社，1999 年），頁 2479。

的悽惶何處也？你個癡人。

　　【前腔】〔韓〕甚麼大階勳？賓客填門，猛金釵十二醉樓春。受用過
家園何處也？你個癡人。

　　【前腔】〔何〕甚麼大恩親，纏到八旬，還乞恩忍死護兒孫，鬧喳喳
孝堂何處也？你個癡人。〔註122〕

從「女色」──「金錢」──「戰功」──「冤親」──「功勳」──「子
債」這一每個階段，便是一個當下，每一個當下，都是一個覺醒的契機，只
是盧生一味在「自我認同」的階段停滯不前，看似是往前，其實卻因爲自戀
情結而固著在自我認同的階段，停滯在物質化的歷程，而忽略的精神化的歷
程，無法平衡物質與精神歷程的兩端，因此無法順利轉化到下一個階段。盧
生一直停留在物質世界，正因是少了自我覺察的關係，做甚麼事情幾乎都是
不經思索的，只是著相而迷，故以「癡」道之。

　　金也空，銀也空，死後何曾在手中；妻也空，子也空，黃泉路上不相逢。
萬般皆成空父子至親，歧路各別；縱然相逢，無肯代受。呂洞賓下凡度人，
係爲尋一蓬萊掃花人，然而，掃花之目的何在？旨在防止「塞礙天門」：

　　　近奉東華帝旨，新修一座蓬萊山門，門外蟠桃一株，三百年其花纔
　　　放，時有浩劫剛風，等閒吹落花片，塞礙天門。先是貧道度了一位
　　　何仙姑，來此逐日掃花。近奉東華帝旨，何姑證入仙班，因此張果
　　　老仙尊又着貧道駕雲騰霧，於赤縣神州再覓取一人，來供掃花之役。
　　〔註123〕

臨凡覓度掃花人，體嘗了度脫之難，於是乎，召喚有緣卻不遂了心的辛酸便
脫口而出：

　　　〔呂〕好笑，好笑，一個大岳陽樓，無人可度，只索望西北方迤邐
　　　而去。【鮑老兒】這是你自來的辛苦，一口氣許了師父。少不得逢人
　　　問渡，遇主尋塗。是不是口邇着道詞，一路的做鬼妝狐。〔註124〕

度世之難在其塵寰之人貪執四大親故，感處世之難，首遇之鄱陽客和盧江客

〔註122〕〔明〕湯顯祖：《邯鄲記・合仙》，徐朔方箋校：《湯顯祖全集》（北京：北京
　　　　古籍出版社，1999 年），頁 2564。

〔註123〕〔明〕湯顯祖：《邯鄲記，度世》，徐朔方箋校：《湯顯祖全集》（北京：北京
　　　　古籍出版社，1999 年），頁 2447。

〔註124〕〔明〕湯顯祖：《邯鄲記，度世》，徐朔方箋校：《湯顯祖全集》（北京：北京
　　　　古籍出版社，1999 年），頁 2452。

無所道根，且縛於六根之慾海，便作罷。欲度有緣人，此有緣人必須具有了觀生之愁來自無法洞澈四大親故之慧根，因爲若無此慧根，則無法斷偏見，無法在生滅幻夢受得而悟，就如塞礙天門，欲度不得。後遇盧生，見他精奇古怪，以爲他有半仙之分，便生引渡之意。不過，落魄盧生，陷於不遇之苦，呂洞賓以爲此人絕非口舌之所動，故以「岳陽樓」一文作爲醒發之處，以「夢」作爲引渡之法。

　　在〈度世〉一齣，藉呂洞賓點出邯鄲道上，酒色財氣正是塞礙天門的根源，而藉呂洞賓之「飲酒任俠」的形象導引出塵世之「酒色財氣」四大親故：

〔呂作醉介〕聽平沙落雁呼，遠水孤帆出。這其中正洞庭歸客傷心處，趕不上斜陽渡。酒是神仙造，神仙喫，你這一班兒也知道喫甚麼酒？〔二客惱介〕哎也，哎也，可不道一品官，二品客，到不高如你？我穿的細軟羅緞，喫的細料茶食，用的細絲鑲錠。似你這般，不看你喫的，看你穿的哩，希泥希爛的。醒眼看醉漢，你醉漢不堪扶。〔呂笑介〕俺也不和他評高下說精粗，道俺個醉漢不肯扶，偏你那看醉人的醒眼不模糊。則怕你村沙勢比俺更俗，橫死眼比俺更毒。〔二客云〕野狐騷道，出口傷人。還不去，還不去扯破他衣服！〔呂〕爲什麼扯斷絲帶，抓破衣服，罵俺作頑涎騷道野狐徒？〔客〕好笑、好笑，便那葫蘆中，那討些子藥物？都是燒酒氣。〔客〕好笑、好笑，便那葫蘆中，那討些子藥物？都是燒酒氣。【鬪鵪鶉】〔呂〕你笑他盛酒的葫蘆，須有些不着緊的信物。硬擎着你七尺之軀，俺老先生看汝：〔客〕看甚麼子？無過是酒色財氣，人之本等哩。〔呂〕你說是人之本等，則見使酒的爛了脅肚，〔客〕氣呢？〔呂〕使氣的腥破胸脯，〔客〕財呢？〔呂〕急財的守着家兄，〔客〕色呢？〔呂〕急色的守着院主。〔註125〕

從呂洞賓與鄱陽客和盧江客一來一往的對話可知，他任俠的衝動性格並未因他成就仙道而消失，此處情節的安排正也說明「江山易改，本性難移」的道理，而「本性難移」正是引渡不易最爲重要的關鍵之一。此外，作爲凡夫俗子代表的鄱陽客與盧江客，迷於外相華美，惑於外相之幻，故對食簡陋、衣粗糙的呂洞賓不禁嗤之以鼻，並嘲弄他爲野狐騷道。除此，更以爲酒色財氣

〔註125〕〔明〕湯顯祖：《邯鄲記·度世》，徐朔方箋校：《湯顯祖全集》（北京：北京古籍出版社，1999年），頁2449。

為人性之根,難以移易:

> 〔呂〕這四般兒非親者故,四般兒為人造畜。〔客〕難道。人有了君
> 臣,纔是富貴;有兒女家小,纔快活。都是酒色財氣上來的,怎生
> 住的手?〔呂〕你道是對面君臣,一胞兒女,帖(貼)肉妻美。則
> 那一口氣不遂了心,來處來?去從何處去?俺替你愁,俺替你想,
> 敢四般兒那時纔住。〔註126〕

呂洞賓揭示著四大親故,雖與人非親非故,卻甘願為人所攀造,扮演著滿足
人之本欲——權力與性的角色。從人臣君子、富貴功名互為關係中,代表著
權力的驅動可相當程度的迫使政治野心的蓬勃發展。無論是從人臣君子的關
係,還是夫婦兒女的關係,都說明了這些關係正是構成輪迴開始最關鍵的要
素。然而,在「對面君臣,一胞兒女,帖(貼)肉妻美」三方鼎立的情勢下,
遭遇倫理抉擇的困境,將是多麼難以處理。若是有了其中一方偏足的情勢發
生,進而導致失足的情況,便能夠重新思考生之意義。而那「不遂了心」正
是構成經歷事件而後產生在轉折之下,開啟「夢覺」而後的「自悟」之旅。
然而,這場自悟之旅中,堪稱最難的便是是否能夠勘破外相之迷,驅往直達
本性之道。

「宗教」的作用確實有幫助人釐清或是回答生命中諸多的「莫名其妙」,
同時把所有的遭遇經歷整合在一起,為自性安頓。而個體也在演化的進程中,
體驗到人生就是一場體驗的旅程,而為了解釋抽象精神的領域,「夢」則成了
一種具體的方式,一種引人「覺知」媒介:

> 〔再看枕歎介〕咳,枕兒,枕兒,你把我盧生有家難奔,有國難投。
> 別的罷了,則可惜俺那幾個官生兒子呵!〔呂笑介〕你那兒子,難
> 道是你養的?〔生〕誰養的?〔呂〕是那店中雞兒狗兒變的。〔生〕
> 明明的有妻,清河崔氏,坐堂招來?〔呂〕都是妄想遊魂,參成世
> 界。〔生歎介〕老翁,老翁,盧生如今惺悟了。人生眷屬,亦猶是耳。
> 豈有真實相乎?其間寵辱之數,得喪之哩,生死之情,盡知之矣。
> 〔註127〕

〔註126〕 〔明〕湯顯祖:《邯鄲記‧度世》,徐朔方箋校:《湯顯祖全集》(北京:北京
古籍出版社,1999 年),頁 2450。

〔註127〕 〔明〕湯顯祖:《邯鄲記‧生寤》,徐朔方箋校:《湯顯祖全集》(北京:北京
古籍出版社,1999 年),頁 2558。

在夢醒過後，難道就能醒覺？夢，只是引介，作夢之人，才是關鍵：

> 罷了，功名身外事，俺都不去料理他，只拜了師父罷。……〔呂〕……
> 你拜了我，便要跟我雲遊了。〔生〕便跟師父雲遊去。〔呂〕求道之
> 人，草衣木食，露宿風餐，你做功臣的人怎生享用的？〔生〕師父
> 又取笑了。〔呂〕還一件，徒弟有參差的所在，師父當頭拄杖，就打
> 死了，眉也不許皺一皺。〔生〕弟子雲陽市上都不曾瞇個眉，怎怕的
> 師父打？〔呂笑介〕你雖然是寐語星星，怕猛然間舊夢遊揚。〔生〕
> 白日青天，還做甚麼夢也？師父。〔呂〕你果然比黃蘗苦辣能供養，
> 比餐刀痛澀能回向，也還要請個盟證先生和你議久長。……【尾聲】
> 〔生〕俺識破了去求仙日夜忙。師父，證盟師在那裏？〔呂〕有個
> 小庵兒喚作蓬萊方丈。〔生〕這等快行，快行。〔丑〕黃粱飯熟，可
> 喫去了。〔生〕罷了，罷了，待你熟黃粱又把俺那一枕遊仙耽誤的廣。

〔註128〕

「覺」起於「知」，「知」因有「遊」，遊夢而知者，知夢而覺者，其「覺」亦
爲一瞬。是故，湯顯祖安排的盧生之覺亦是「倏然」的。所欲揭示的是：萬
事萬物的逢遇都是「一瞬」的，當下即是，過了當下，又是另一個因緣。能
在一瞬之間頓悟，亦會在一瞬之間迷霧，爲了求仙又日夜奔忙的盧生眞的醒
悟了嗎？看來，領悟了功名乃身外事，又落入了另一個執著。

三、「知夢遊醒」之轉化意義

在《理想國》一書中，柏拉圖教導我們，眾人組成的公民有三種類型：
有一類人由經濟利益及金錢所能買到的感官愉悅所驅動；有一類人意圖獲得
權力、享有聲望與名氣；還有一類人偏愛隔著一段距離觀察生命、反思經驗、
追求智慧——他們是哲學家。然而，每個人多少都受到些對於愉悅、權力與
智慧的每種慾望所驅使。至善的人是設法保持全部三者的均衡，能夠滿足每
一端，而不屈從當中任何一種的暴虐。這並不簡單，因爲每種慾望都是強大、
難以抗拒的。感官聲色可以輕易主導生活，成爲人生存的首要目的。同樣的，
權力和名聲能接管生活，成爲所有人類關係與往來的主要動力。對智慧的熱
愛同樣能成爲過度發達的一端，能扭曲一個人的生活，變得全然否認對於感

〔註128〕　〔明〕湯顯祖：《邯鄲記・生寤》，徐朔方箋校：《湯顯祖全集》（北京：北京
　　　　古籍出版社，1999 年），頁 2558～2559。

官樂趣和些許權力上的正當慾望。換言之，平衡三者天性的需要，才能達成整體性，而整體性要求的是圓滿，而非完美。顯然，盧生在沉溺在感官聲色與權力名聲中，在追求智慧這端是陷落的，在黃粱一夢過後，盧生知其癡，自道為情所誤，在被逐一點醒之後，才是他「轉化」的開始，而非「覺悟」的開始。以下分從：（一）倏忽之遇，轉化之機；（二）歸回當下，以夢為式等兩方面論述之。

（一）倏忽之遇，轉化之機

夢是溫床，大部分的象徵都是從夢中生長而出。而夢，也已經被肯定為人類心靈的一部分，無論從腦生理的研究，或者精神心理的研究，都逐漸將夢的重要性納至首位。余德慧在〈夢從象徵擷取心靈的奧秘〉一文中談及：「在眾多分歧的研究裡，有一個支派特別注意到，人類個體的發展，與整個文化的演進同步進行，人的夢象就像人類文明一般，由原始逐漸蛻化，彷彿是文明的縮影。」〔註129〕而個體的夢所賦予人類的意義，往往遠較於人類所能理解的。夢如何賦予心靈的意義，榮格首先擺明一個心理的基本命題：任何心靈的事物不在於因果的關聯，而是意義的關聯，因此即使兩個偶發的事情，彼此沒有因果的關係，卻因為同步發生而使人理解到其中的意義，對心靈是常有的現象。〔註130〕據此分析「黃粱一夢」，便可有以下幾點發現：

盧生邯鄲道上「遇」呂洞賓，枕後入夢「遇」崔家小姐，盧生的「夢覺之旅」便從「物質之遊」與「精神之遊」兩條路線開始，進而發展成與崔家小姐有關的「出將入相之事」，以及與呂洞賓有關的「神仙之道」。而這一切都起於「倏忽」〔註131〕的短暫一瞬。而這個突如其來的一瞬道出一個事實：盧生的夢，預示著他的「個體化歷程」即將展開。

此外，「大夢非在困阨與暢快中不易醒。然造化非是富貴貧賤，亦不能令

〔註129〕余德慧在〈夢從象徵擷取心靈的奧秘〉，收入在〔瑞士〕卡爾·榮格（Jung, C.G.）著，龔卓軍譯：《人及其象徵：榮格思想精華》（新北：立緒文化事業有限公司，2013 年 8 月），頁 9。

〔註130〕余德慧在〈夢從象徵擷取心靈的奧秘〉，收入在〔瑞士〕卡爾·榮格（Jung, C.G.）著，龔卓軍譯：《人及其象徵：榮格思想精華》（新北：立緒文化事業有限公司，2013 年 8 月），頁 9。

〔註131〕〔明〕湯顯祖：〈邯鄲夢記題詞〉：「士方窮苦無聊，倏然而與語出將入相之事，未嘗不憮然太息，庶幾一遇也。及夫身都將相，飽厭濃醒之奉，迫束形勢之務，倏然而語以神仙之道，清微閒曠，又未嘗不欣然而歎。」徐朔方箋校：《湯顯祖全集》（北京：北京古籍出版社，1999 年），頁 1154。

人夢。夢覺之先後，則在人耳。」〔註132〕到底是因入夢而感人生如夢，故而
醒覺，還是因覺故而有浮生若夢之感，在湯顯祖筆下，「夢幻」與「現實」並
非兩個世界。「覺」之一字，有兩種讀音「ㄐㄧㄠ丶」與「ㄐㄩㄝ丶」。從其
字義概略可得，「覺」字有著一種循環意義，從「睡覺」——「睡醒」——「幻
覺」——「覺醒」之歷程，〔註133〕而在這個歷程中，便是生而爲人，如夢幻
影的一生。

> 世人徒以夢爲夢，以覺爲覺，而不知覺即夢、夢即覺也。若覺是實，
> 則無入夢；若夢是實，應無有覺。居覺非夢，居夢非覺，猶明暗相
> 傾，何有自性。〔註134〕

從「夢」至「覺」之關鍵在其「觀照」之歷程，在觀照之後照見世間虛幻，
一切真實皆爲虛幻，一切虛幻變現真實，如是洞澈以後，面對人之七情六欲
便也有了「覺照」，有了覺照之後，情感的內涵便也會有了「改變」，而那個
改變即是從「人心」躍升至「道心」的階段。

（二）歸回當下，以夢為式

夢而後能醒，在其「遊夢」後產生的感悟，如此才切得知夢遊醒之旨。
遊，代表著一連串的事件經歷，也代表著在經驗事件過後的體驗出在「遊」
中所獲，因此，「遊」之關鍵，在其歷經事件後，穿越自身而有的「自悟」，
而這種自悟是非常個人的，是無法模仿的，是專屬一人一事的，就算是同一
件事，不同的人去經歷，將獲得的遊之體悟也將不同。是故，湯氏反對執一
隅而論者，限一方而解者。透過夢的儀式，夢中事的引導，帶給盧生的是一
個啓蒙的過程，不過，顯然，湯顯祖筆下的盧生尚還過渡到受制的階段，而
這也透露出湯顯祖對於「度化解脫」之事的態度，度化不易，解脫更不易，
不易之關鍵正是：在經歷夢的歷程後，是否仍停留在人生如夢，世法影中的

〔註132〕〔明〕湯顯祖：〈邯鄲夢記題詞・翠娛閣本評〉，徐朔方箋校：《湯顯祖全集》
　　　　（北京：北京古籍出版社，1999 年），頁 1156。
〔註133〕概約有四義：第一、作爲「睡醒」，如莊子〈齊物論〉：「覺而後知其夢也。」
　　　　第二、作爲「啓發」，如孟子〈萬章上〉：「使先知覺後知。」第三、作爲「醒
　　　　悟、感悟」，如陶淵明〈歸去來辭〉：「寔迷途其未遠，覺今是而昨非。」第四、
　　　　作爲「意識到、感受到、知曉」，如李商隱〈無題詩〉：「曉鏡但愁雲鬢改，夜
　　　　吟應覺月光寒。」
〔註134〕孫中曾：〈明末禪宗在浙東興盛之緣由探討〉，《國際佛學研究第二期》，1992
　　　　年 12 月，頁 141～176。圓澄說，明凡錄，丁元公、祈駿佳編：《會稽雲門湛
　　　　然澄禪師語錄》，《嘉興藏》，冊 25，頁 642。

喟嘆之幻中，並未真正進入到：「遊」夢而覺──→「知」夢而醒──→「覺」夢而生的歷程。

由於有太多事情超越了人類理解範圍，所以我們便經常用象徵性的語言來表述我們無法界定或完全理解的概念，而夢，作為象徵性語言的特點在其自身廣大的包容性。離情錯雜之事皆可入夢，詭譎古奇之人亦可入夢，夢的無有邊際性，正切合著「情」之特質。故湯氏提出：「人生之世，非人世可盡。自非通人，恒以理相隔。第云理之所必無，安知情之所必有？」〔註135〕之情理觀，以及「物有所不可致，理有所不能詮」〔註136〕、「物有所至，事不可知」〔註137〕之格物觀自有其思想之源。芸芸眾生從來都不是通人，因此無法充分覺知任何事物，也不曾徹底理解過任何事物，本身的存在亦是一種侷限，能超越侷限的方法正是修行，修行的目的則在於發展覺知的力量，覺照的敏銳，只是這樣的力量，並非每個世人都能了悟其機。正如榮格談及「覺知」的力量並非如此容易：

> 人能看、聽、觸、嚐，但他要看得多遠、聽得多清晰、撫觸得多細密敏銳，端賴他感官的多寡與品質，這些感官條件限制了他對周遭世界的感知。此外，我們對現實的感知還有許多潛意識的層面，因此，當我們的感官對現實的現象、景象和聲響有所反應，這些事象仍舊是由現實界域轉化至精神界域而顯現的，它們在精神界域中變成了心靈事件，而這些心靈事件的終極性質卻無法為我們所認識。換言之，它們深藏於意識的門檻之下，它們經發生了，卻被下意識所吸收，而沒有浮現在我們意識的認知當中。只有在直覺的當下和經過一連串苦思冥想後恍悟它們必然發生過，我們才能察覺類似的事件，本來我們雖然可能忽視它們對情緒和生命力的重大影響，但這種重大意義卻會在後來從潛意識中湧昇出來，形成後見之明。〔註138〕

此外，知夢遊醒的另一層意義則在於：所有體驗終須回到現實。

〔註135〕〔明〕湯顯祖：《牡丹亭記題辭》，徐朔方箋校：《湯顯祖全集》（北京：北京古籍出版社，1999 年），頁 1153。

〔註136〕〔明〕湯顯祖：〈奇喜賦有序〉，徐朔方箋校：《湯顯祖全集》（北京：北京古籍出版社，1999 年），頁 1012。

〔註137〕〔明〕湯顯祖：〈奇喜賦有序〉，徐朔方箋校：《湯顯祖全集》（北京：北京古籍出版社，1999 年），頁 1012。

〔註138〕〔瑞士〕卡爾・榮格（Jung, C.G.）：〈潛意識探微〉，龔卓軍譯：《人及其象徵：榮格思想精華》（新北：立緒文化事業有限公司，2013 年 8 月），頁 4～5。

「遊」作爲《邯鄲記》「覺醒」的關鍵，而「知」則作爲洞澈「遊」之層次意義的關鍵。因此，《邯鄲記》在「遊」後之「知」，「覺」其所「遊」之目的，夢故能了。夢了之後，變邁往「情了」之歷程。如此，「夢覺歷程」才得以完成，其個體「轉化」意義也才能眞正的發生。是故，夢醒以後的盧生，無論是多麼執著「夢中擁有的一切」，然而在夢醒的那一刻，就必須醒而覺之，視夢如夢：

> 〔生作驚醒看介〕哎喲，好一身冷汗。夫人那裏？〔丑扮前店主人〕甚麼夫人？〔生叫介〕盧傳、盧倜、盧倫、盧位、小的盧倚呢？咳，都在那裏去了？〔丑〕叫誰那？〔生〕我的兒子。〔丑〕你有幾個兒子那？〔生〕五個哩。咳，都往前面勑書閣、寶翰樓耍子。〔丑〕便只是小店。〔內驢鳴介〕〔生〕三十疋御賜的名馬，可餵些料？〔丑〕只一個寒驢在放屁。〔生〕啊，我脫下了朝衣朝冠。〔丑〕破羊裘在身上。〔生〕嗄！好怪，好怪，連我白鬚鬍子那裏去了，〔看介〕你是誰？不是崔家院公麼？〔丑〕甚麼崔家院公。趙州橋店小二，煮黃粱飯你喫哩。〔生想介〕是哩，飯熟了麼？〔丑〕還饒一把火兒。
> 〔生起介〕有這等事！〔註139〕

在夢醒以後，都必須認知到自己在夢裡經歷的一切，都將化爲烏有，而他必須回歸到現實的生活上；然而，這一切卻也未曾化爲烏有。

> 〔生領帚拜介〕再不想煙花故人，再不想金玉拖身。〔呂〕你三生配馬驢，一世行官運，碑記上到頭難認。〔漢曹〕富貴場中走一遭，只落得高人笑晒。〔註140〕

若無在富貴場中走一遭，又豈能有「不想煙花故人」、「不想金玉拖身」之覺？此外，高人笑晒的經歷也出現湯顯祖的際遇中，然而，他會被高人嘲笑的經歷正好和盧生相反，他雖走在邯鄲道上，卻從未入「富貴場中」。

> 〔生〕雲陽市餐刀嚇人，鬼門關掙脫了這殘生。〔呂〕這等你驚惶你還未醒，苦戀着三台印，那其間多少冤親？〔拐藍〕日未鉹西蚤欠中，有甚麼商量要緊？〔註141〕

〔註139〕 〔明〕湯顯祖：《邯鄲記·生寤》，徐朔方箋校：《湯顯祖全集》（北京：北京古籍出版社，1999年），頁2556～2557。

〔註140〕 〔明〕湯顯祖：《邯鄲記·合仙》，徐朔方箋校：《湯顯祖全集》（北京：北京古籍出版社，1999年），頁2565。

〔註141〕 〔明〕湯顯祖：《邯鄲記·合仙》，徐朔方箋校：《湯顯祖全集》（北京：北京古籍出版社，1999年），頁2565。

〔生〕做神仙半是齊天福人，海山深躲脫了閒身。〔呂〕你掀開肉弔窗，蘸破花營運，賣花聲喚醒迷魂，〔韓何〕眼見桃花又一春，人世上行眠立盹。〔註142〕

夢的結尾設計出發人深省的收場白：

〔生掃花介〕除了籍看茉黍邯鄲縣人，着了役掃桃花閹苑童身。老師父，你弟子癡愚，還怕今日遇仙也是夢哩。雖然妄蚤醒，還怕眞難認。〔眾〕你怎生只弄精魂？便做的癡人說夢兩難分，畢竟是遊仙夢穩。〔張〕朝東華帝君去。〔註143〕

盧生在目睹黃粱夢之後，自悟爲情所誤，也悟到爲求，爲求富貴，只是最後盧生又道：「弟子癡愚，還怕今日遇仙也是夢哩。」這意味著甚麼？面對他的困惑，八仙給他的回答是，就算是遇仙的此刻也是一場夢，但這場「遊仙夢」畢竟比較穩當，不誤害你的。然而，盧生此問，表徵出兩個意義：第一、「夢醒」之後的事實是：概云如夢，醒復何存？還有既然遇仙之夢係爲假，又何必把此夢當眞？第二、夢若能醒人，塵寰中人還會如此受制四大親故而感世之難？是故，湯顯祖無非想要表述若想從四大親故中超拔而出，並非在「夢」一場過後就能頓悟解脫，也並非「夢」一場後就能超拔於世間，從寵辱、得喪、生死之情中了脫。換言之，湯顯祖在夢之結尾，以盧生之語道出他的宗教度脫觀，正如呂洞賓何處度人，度人何其難的喟嘆。據此，亦能了解湯氏死前遺詩的深意。縱觀盧生的一生，正是在鬥智、鬥權、鬥力的官場，觀見人情世故：

〔眾鼓板行介〕儘榮華掃盡前生分，枉把癡人困。蟠桃瘦作薪，海水乾成暈。那時節一翻身，敢黃粱鍋待滾？〔註144〕

【北尾】度卻盧生這一人，把人情事故都高談盡，則要你世上人夢回時心自忖。〔註145〕

〔註142〕〔明〕湯顯祖：《邯鄲記‧合仙》，徐朔方箋校：《湯顯祖全集》（北京：北京古籍出版社，1999年），頁2565。

〔註143〕〔明〕湯顯祖：《邯鄲記‧合仙》，徐朔方箋校：《湯顯祖全集》（北京：北京古籍出版社，1999年），頁2565～2566。

〔註144〕〔明〕湯顯祖：《邯鄲記‧合仙》，徐朔方箋校：《湯顯祖全集》（北京：北京古籍出版社，1999年），頁2566。

〔註145〕〔明〕湯顯祖：《邯鄲記‧合仙》，徐朔方箋校：《湯顯祖全集》（北京：北京古籍出版社，1999年），頁2565～2566。

心能自忖，便是有覺，覺癡而醒，則是夢醒之後必須面對自性之時。何去何從，何捨何留？何思何擇？信或不信？都必由「自己」思忖而抉之，這不但說明「度化」的深層意義，更回應了湯顯祖以爲建構自身的「主人之才」，才能夠在面對必須的選擇出現時，能夠保有最清明的洞見，做出最佳的抉擇。

盧生在夢醒之後，自惑自疑的這段話，正契合榮格所謂的，身而爲人，很難以不偏不倚的的態度來統合自己內心深處的對立：

> 一個人如何能忍受既感到他同宇宙融爲一體，而同時又只是一個微不足道的凡夫俗子？一方面，如果我輕蔑自己，只把自己當作統計學上的零，那麼，我的生活就會毫無意義，不值得活下去。但另一方面，如果我感到自己某些更偉大事物的一部份，我又怎能庸庸碌碌的地過日子？我們確實很難以不偏不倚的態度來統合自己內心深處的對立。〔註146〕

是故，以「主人之才」爲建構生命主核的湯顯祖，豈可能馬上「轉向」？未經他以生命實證體悟，他絕對不會人云亦云，隨波逐流的，否則一開始，就不會拒絕張居正。若此，轉向思量何以達觀禪師引渡他如此困難，五遇之後，湯顯祖雖有接納，但終究還是未能出家的原因在此。

「所知者，知夢遊醒，必非枕孔中所能辯耳。」世人舉體沉溺與愛欲之中，愛欲指情欲和貪欲，名與權讓人誤迷道途。縱使眷屬滿堂，於生死之際，必當歸於最初：生是孤身來，死是獨自去，無人相隨，無人相代。縱使如此，然必然要經歷佛說四大苦，劇中之酒色財氣，才得以談「悟」言「修」，正也說明「入夢——遊夢」這一歷程爲「眞」，爲微塵世界之眾生必當經歷的眞實；然而，是否能夠覺悟最大的關鍵即是：能否完成「遊夢——知夢」這一歷程，而後再進入到「知夢——覺夢」這一歷程。能者，則完成了「知夢而覺」的轉化歷程，而後則由「覺夢——悟夢」，完成「悟生←→修生」這一循環不已之個體化歷程。是故，夢的存在意義，正是完成「大人之道」的學道歷程。而這一思想正是湯顯祖曾於〈太平山房集選序〉提及的「悟修不二」的觀念：

> 言修，曰必有以悟；言悟，曰必有以修；言悟修，曰必其中有眞而後可。〔註147〕

〔註146〕〔瑞士〕卡爾·榮格（Jung, C.G.）著，龔卓軍譯：《人及其象徵：榮格思想精華》（新北：立緒文化事業有限公司，2013年8月），頁258～259。

〔註147〕〔明〕湯顯祖：〈太平山房集選序〉，徐朔方箋校：《湯顯祖全集》（北京：北京古籍出版社，1999年），頁1097

「合眞」即是道，合眞正是能夠再次重生的關鍵，以此達到「知夢而覺」後的自悟自修，並強調了作品本身的「演化」力量。而這樣的想法亦與榮格強調藝術具有永恆的意義不謀而合：

> 在一個歷史時期中，我們因爲自身的種種限制而只能理解它那深邃意義的一個方面，不可能完整地理解它全部豐富意蘊。藝術作爲一種象徵，暗含著某些超越了人類理解力的東西。只有當時代精神（時代精神往往代表著一種偏向）發生演變，只有當人類的審美觀發展到一個新的境界，才有可能揭示這些隱藏的意義。這就是爲什麼已經死去的詩人又會突然被重新發現的緣故。眞正的藝術作品是萬古常新的，需要不斷以新的眼光挖掘探析，舊的視角思維只能從中看出原先就存在的，會受限於「慣性」，而產生了偏向一隅的弊病，也因爲缺少這種創新精神的揭示與發現，便扼殺了它豐富的複雜性。〔註148〕

屠龍所謂「閻浮世界一大戲場」〔註149〕，生天生地生鬼生神，目的何在？湯顯祖以爲這種以虛作實的方式，便是讓人之思歡怒愁的千種面目得以呈現，人世錯雜之情事得以裸見，如此，才借萬化多端之「虛」呈顯出萬途千變之「實」：

> 生天生地生鬼生神，極人物之萬途，攢古今之千變。一勾欄之上，幾色目之中，無不紆徐煥眩，頓挫徘徊。恍然如見千秋之人，發夢中之事。〔註150〕

人物之萬途，無不讓人「紆徐煥眩」，古今之千變，無不令人「頓挫徘徊」，然而，這些發生在現實世界萬途千變的人間情事，唯有在「戲」中可以被收容，也唯有在「戲場」可以搬演傳播。是故，戲劇，成了心靈寄託的桃花源；戲場，成了情感發洩的。在《邯鄲記》中不僅裸現官場宦途的眞實，也再次揭示出湯顯祖〈牡丹亭記題辭〉中所道：「人生在世，非人世所可盡。自非通人，恒以理相隔耳。第云理之所必無，安知情之所必有。」〔註151〕之文藝思想之根源。

〔註148〕 〔瑞士〕卡爾·榮格（Jung, C.G.）著，馮川蘇克譯：《心理學與文學》（南京：譯林出版社，2014年3月），頁24。

〔註149〕 〔明〕屠隆：《曇花記·序》，《全明傳奇》（臺北：天一出版社，1983年），頁2。

〔註150〕 〔明〕湯顯祖著，徐朔方箋校：〈宜黃縣戲神清源師廟記〉，《湯顯祖全集》（北京：北京古籍出版社，1999），頁1188。

〔註151〕 〔明〕湯顯祖：〈牡丹題記題詞〉，徐朔方箋校：《湯顯祖全集》（北京：北京古籍出版社，1999），頁1153。

第三章　《牡丹亭》之「情理」觀

　　王思任〈批點玉茗堂牡丹亭敘〉以「情」為主:「其立言神指:《邯鄲》,仙也;《南柯》,佛也;《紫釵》,俠也;《牡丹亭》,情也。」〔註1〕概括《牡丹亭》之旨,定評湯顯祖創作《牡丹亭》全劇之精神。而湯顯祖的生活起伏跌宕,生命經驗曲折多變,儒、道、釋三家互為交涉,深深影響其思想層面。

　　對於「情」、「理」之辯,歷來討論者可謂多如牛毛。如葉長海〈理無情有說湯翁〉一文論及湯顯祖在窮究「情理」關係之後,情理本具的意涵並不是固定不變的,「在不同的場合,對此有不同的闡釋,其中亦不免留下意蘊錯雜的跡象,反映他的思維之獨特之處。」〔註2〕而這正是筆者以為不能僅將《牡丹亭》視為愛情劇作的關鍵之因,必須辨析湯顯祖何以以「牡丹亭」為名?而創作《牡丹亭》之「情旨」為何?其「情旨」之內涵與層次又如何?

　　此外,透過「閨塾」、「後花園」、「冥界」這三處空間的意義探究湯氏之情理思想,無疑對研究《牡丹亭》有出陳轉新之意義。此外,亦能挖掘出杜麗娘在不同空間所呈現的內心轉變以深探人性,形構出人的內在空間與外在空間彼此相互呼應的關係,便能進一步了解湯顯祖在《牡丹亭》所論辯的情理意義為何,如此,對於辨析湯氏之「情理觀」確實有其不可忽視的意義。

〔註1〕　〔明〕王思任:〈批點玉茗堂牡丹亭敘〉,毛效同:《湯顯祖研究資料彙編》(上海:上海古籍出版社,1986年),下冊,頁857。

〔註2〕　葉長海:〈理無情有說湯翁〉,收入華瑋主編:《湯顯祖與牡丹亭》(臺北:中央研究院文哲所,2007年11月,2刷),頁105。

第一節　閨塾中的「空間」意義

　　巴赫汀（M.M.Bakhtin）的「時空型」理論，是最早指出時間與空間在敘事文類中多種組合形式與意義的元祖級研究。巴赫汀認爲文學作品中創造出來的時間與空間跟現實生活中的時空一樣，有著社會交流溝通的原型。空間與時間的聯繫，提供文本中人物和故事相互聯繫的場域，折射不同社會時代中個體或群體的思維感知。時空概念及其表現形式是人類理解歷史與自我的重要參照，小說話語中的再現尤其重要。透過「閨塾」空間的意義探究，挖掘出杜麗娘在不同空間所呈現的內心轉變以深探人性，形構出人的內在空間與外在空間彼此相互呼應的關係，則能對杜麗娘的內心的剖析有另番詮釋。以下分從：一、閨房中的「空間」意義；二、《詩經》中的異質空間等兩方面論述之。

一、閨房中的空間意義

　　《牡丹亭》「閨塾」一齣，雖以陳最良和春香著墨爲多，然筆者卻以爲湯顯祖於此有伏筆，刺繡、讀書基本上都不能離開閨塾，「閨塾」這個空間表徵著「權威」、「限制」、「封閉」，而春香一句「《昔時賢文》，把人禁殺。」便凸顯了「存天理，去人欲」等「理滅情」的行徑。而杜麗娘在閨塾中所進行的一切活動都是被安排的，並非是自發性的，因此，這也預指著：她自由活潑的心靈便在閨塾中被禁殺了。正因如此，身在杜宅的杜麗娘不知自家有個後花園，也就見怪不怪了。

　　在巴赫汀（M.M.Bakhtin）〈小說的時間與空間型形式〉中，巴赫汀分析了許多文學敘事中較主要的、穩定的時空類型，最後在結論小節中簡扼地闡釋了一種「定點、循環式」的次要敘述模式。他指出福樓拜（Gustave Flaubert）的《包法利夫人》前後期的十九世紀小說或是美國鄉土派文學裡，情節發生的地點常常設在一個小省城：

> 這裡沒有事件，而只有反覆的「出現」。時間在這裡失去了向前的歷史進程，而只是在一些狹窄的圈子裡轉動，這就是一日復一日，一週復一週，一月復一月，一生復一生的圓周。過了一天是老樣子，過了一天也是老樣過了一生仍然是老樣子。日復一日地重複著同一些日常生活的生活行動，同一些話題，同一些詞語等等。……這一時間的標誌很簡單，明顯地表現爲物質的東西，並同局限性的日常

生活緊密聯接在一起；這日常生活的局限事物，是指小城裡的小屋和小房間，昏沉的市街，塵土和蒼蠅，俱樂部，彈子房等等。這裡的時間是沒有事件的時間，因之幾乎像停滯不動一樣。這裡既不發生「相會」，也不存在「離別」。這是濃重黏滯的在空間裡爬行的時間。〔註3〕

將巴赫汀的觀念挪移到杜麗娘的身上參照，幽閉的閨塾即是那個日復一日，月復一日，年復一年的圓周時間，每天反覆出現的不是針黹，便是詩書：

〔老旦〕我兒，何不做些鍼指？或觀玩書史，舒展情懷？因何晝寢於此？

〔外〕春來閨閣閒多少，〔老旦〕也長向花陰課女工。〔外〕女工一事，女孩兒精巧過人。看來古今賢淑，多曉詩書。他日嫁一書生，不枉了談吐相稱。〔註4〕

杜麗娘雖爲杜寶的掌上明珠，但對於她的教育並非寵溺放任。從杜寶培育杜麗娘的立基點，完全是以「門當戶對」，榮耀「父母光輝」而展開的。因此，女工一事，知書一事，成了杜麗娘日復一日，月復一月，年復一年在閨塾中必做的事。對於一個十六歲的少女而言，不是針黹便是詩書的生活，豈不煩悶，但杜寶並不了解這點；或說，了不了解並不重要，重要的是知書知禮，榮耀父母：

〔外〕叫春香，俺問你：小姐終日繡房，有何生活？〔貼〕繡房中則是繡。〔外〕繡的許多？〔貼〕繡了打綿。〔外〕甚麼綿？〔貼〕睡眠。

〔外〕好哩，好哩，夫人，你纔說長向花陰課女工，卻縱容女孩兒閒眠，是何家教！叫女孩兒。〔旦上〕爹爹有何分付！〔外〕適問春香，你白日眠睡，是何道理？假如刺繡餘閒，有架上圖書，可以寓目。他日到人家，知書知禮，父母光輝，這都是你娘親失教也。〔註5〕

能解詩書，能嫻於女工，便是傳統時代規範出來的「女性氣質」，因爲所有的道德規範以及代代相襲的女性形象都在顯意識與潛意識中告訴「女性」：女人

〔註3〕〔法〕福婁拜：《包法利夫人》（上海：華東師範大學出版社，2011年11月），頁65～66。

〔註4〕〔明〕湯顯祖：《牡丹亭·言懷》，徐朔方箋校：《湯顯祖全集》（北京：北京古籍出版社，1999年），頁2073。

〔註5〕〔明〕湯顯祖：《牡丹亭·言懷》，徐朔方箋校：《湯顯祖全集》（北京：北京古籍出版社，1999年），頁2073。

的天性、職責，就是爲別人而活，徹底的自我犧牲便是美德，循規蹈矩完成父母安排的一切，得其談吐相稱，「三從四德」之理便是最好的證明。因此，當杜寶知道杜麗娘白日眠睡的反應是盛怒，以爲杜母縱容溺愛，杜麗娘有失家教，完全不容許她偷懶。而杜母也僅能執行杜寶所交代下來的「家訓」，規範著杜麗娘：

〔老旦上〕昨日勝今日，今年老去年。可憐小兒女，長自繡窗前。幾日不到女孩兒房中，午晌去瞧他，只見情思無聊，獨眠香閣，問知他在後花園回，身子困倦。他年幼不知，凡少年女子，最不宜豔妝戲游空冷無人之處。……【征胡兵】女孩兒只合香閨坐，拈花翦朵。問繡窗鍼指如何？逗工夫一線多。更畫長閒不過，琴書外自有好騰那，去花園怎麼？〔貼〕花園好景。〔老旦〕丫頭，不說你不知。〔註6〕

縱使恪守在家從夫的杜母對女兒有不捨之意，她也只能順從夫訓，只是這樣的結果，控制了外在形體，卻忽略了內在需求，杜母一句「年幼不知」其實正暴露出這樣的事實。杜麗娘已不再年幼，她的夢，正是說明她已進入青春期，身體心理已如花勃長，早已產生變化。而她也不是「情思無聊」而獨眠香閣，而是被春思煩擾，陷入一種惶然茫惑之中，才覺困疲而獨眠香閣的。又何以眠臥香閣，實則再次尋夢，尋得青春的渴望。

　　此外，從杜母言談之中，可明白，杜母未曾經歷過眞正的自由青春，否則她不會將杜麗娘困倦的原因全都拖賴給後花園，並以空冷無人之處形容，也因正樣的隔閡，杜母終究無法理解杜麗娘，因爲無法理解，能給予的幫助便有極限。杜母恪守夫訓，只著重於外的女紅琴書的藝術培養上，卻也忽略杜麗娘眞實的心情感受。杜母有顆慈母心，而杜麗娘確實是她的掌上珠，心頭肉，雖是禁止她到空冷無人的後花園，但也僅是口頭念道，並不眞的這麼嚴加管訓：

【前腔】後花園窄靜無邊闊，亭臺半倒落。便我中年人要去時節，尚兀自裏打個磨陀。女兒家甚做作，星辰高猶自可。〔貼〕不高怎的？
〔老〕廝撞著有甚不著科，教娘怎麼？〔註7〕

〔註6〕　〔明〕湯顯祖：《牡丹亭‧慈戒》，徐朔方箋校：《湯顯祖全集》（北京：北京古籍出版社，1999年），頁2101。
〔註7〕　〔明〕湯顯祖：《牡丹亭‧慈戒》，徐朔方箋校：《湯顯祖全集》（北京：北京古籍出版社，1999年），頁2101。

只是這樣矛盾的結果，杜母終究錯過了杜麗娘青春之時最徬徨無助的時刻，仍究將杜麗娘傷春傷命之時怪罪於遊園而撞邪：

【前腔】説起心疼，這病知他是怎生？看他長眠短起，似笑如啼，有影無形。原來女兒到後花園遊了。夢見一人，手執柳枝，閃了他去。〔作歎介〕怕腰身觸污了柳精靈，虛囂側犯了花神聖。老爺呵，急與禳星，怕流星趕月相刑迸。〔註8〕

儘管杜母憂心忡忡，焦急如焚地稟告杜寶事態重大，然杜寶的反應卻只是小事一椿，無須大驚小怪，而且倒反過來責怪杜母失責：

〔外〕卻還來，我請陳齋長教書，要他拘束身心，你爲母親的，倒縱他閒遊。〔笑介〕則是些日炙風吹，傷寒流轉，便要禳解，不用師巫，則叫紫陽宮石道婆，誦些經卷可矣。古語云：信巫不信醫，一不治也。我已請過陳齋長，看他脈息去了。〔老旦〕看甚脈息。若早有了人家，敢沒這病。〔外〕咳，古者男子三十而娶，女子二十而嫁。女兒點點年紀，知道箇甚麼呢？〔註9〕

大門不出，二門不邁，自然形成一個封閉保守的空間。有時權威太盛的保守力量，其實也是暴力的一種，只是在那個維護傳統保守比較大的時代裡，所有不符合當下主流的聲音都應該被忽略，正如杜寶忽略杜麗娘的七情一般，忽略她的傷春一樣：

【前腔】忒恁憨生，一箇哇兒甚七情？則不過往來潮熱，大小傷寒，急慢風驚。則是你爲母的呵，真珠不放在掌中擎，因此嬌花不奈這心頭病。〔泣介〕〔合〕兩口丁零，告天天半邊兒是咱全家命。〔丑扮院公上〕人來大庾嶺，船去鬱孤臺。稟老爺，有使客到。〔註10〕

對於杜麗娘傷春成病的狀況，一急一緩，顯示出杜母與杜寶看待杜麗娘的心態，當杜寶道出「一箇哇兒甚七情？」便證明他是完全忽略杜麗娘的身心發展和情感變化，這個缺情寡感的形象，正是「理」無情的化身，無非是一種諷諭。

〔註8〕〔明〕湯顯祖：《牡丹亭·詰病》，徐朔方箋校：《湯顯祖全集》（北京：北京古籍出版社，1999年），頁2118。
〔註9〕〔明〕湯顯祖：《牡丹亭·詰病》，徐朔方箋校：《湯顯祖全集》（北京：北京古籍出版社，1999年），頁2118。
〔註10〕〔明〕湯顯祖、徐朔方箋校：《湯顯祖全集·牡丹亭》（北京：北京古籍出版社，1999年），頁2119。

　　【尾聲】〔外〕俺爲官公事有期程，夫人，好看惜女兒身命，少不的
　　人向秋風病骨輕。〔下〕〔老旦、貼弔場介〕〔老旦〕無官一身輕，有
　　子萬事足。我看老相公則爲往來使客，把女兒病都不瞧，好傷懷也！
　　〔泣介〕想起來，一邊叫石道婆禳解，一邊教陳教授下藥。知他效驗
　　如何？咳！正是：世間只有娘憐女，天下能無卜與醫？〔下〕〔註11〕

只要一涉及官場事務，家事全都拋諸腦後。反之，對於杜麗娘，杜母流露出
許多慈母形象，而這個慈母形象，終究只能擱心底，杜母無法介入太多，僅
能聽從、順從、服從。從「假如刺繡餘閒，有架上圖書，可以寓目」便知，
杜寶對於杜麗娘的「家教」是完全沒有彈性空間，沒有選擇空間，因爲就連
延師授課，亦有所指示：

　　【前腔】〔外〕男女《四書》，她都成誦了，則看些經旨罷。《易經》
　　以道陰陽，義理深奧；《書》以道政事，與婦女沒相干；《春秋》、《禮
　　記》，又是孤經；則《詩經》開首，便是后妃之德。四個字兒順口，
　　且是學生家傳，習《詩經》罷。其餘書史盡有，則可惜她是個女兒。
　　〔註12〕

此外，從揀擇教材方面亦窺得一二，是完完全全將杜麗娘當女兒看，以爲《易
經》義理深奧，《尚書》言政事與婦人無關，一概免了。因此，就連杜麗娘的
「閱讀空間」也是被杜寶所安排，所掌控的，可謂是封閉的。

二、《詩經》中的空間意義

　　詩經乃是應感模態。從《詩經》風、雅之詩來看，人與自然之關係幾乎
都發生在素樸的「現實生活域」中。因此，《詩經》一般都被認爲具有「寫實」
的色彩。所謂「現實生活」當然包括了「物質」與「精神」兩個層面。「比興」
一詞，歷代詩論中常見。實則二者可以分辨，「比」指客觀的「物性切類」，「興」
指主觀的「情境連類」。「情境」是指：主體所感思「存有物在時空場域中的
生命活動經驗境況」。舉例言之，興句「關關雎鳩，在河之洲」是一個自然「情
境」，應句「窈窕淑女，君子好逑」則是一個人事「情境」。這兩個「情境」
因其「類似性」而被主體所「感」並「聯想」在一起，是爲「情境連類」。具

〔註11〕　〔明〕湯顯祖、徐朔方箋校：《湯顯祖全集・牡丹亭》（北京：北京古籍出版
　　　　　社，1999 年），頁 2119。
〔註12〕　〔明〕湯顯祖：《牡丹亭・延師》，徐朔方箋校：《湯顯祖全集》（北京：北京
　　　　　古籍出版社，1999 年），頁 2079。

體地表現了人與自然之間「應感起物」的動態關係〔註13〕。杜麗娘透過案上
《詩經》產生了「應感起物」的動態關係，在封閉的閨塾空間中，創造出了
「異質空間」。這個發現，可從春香口中證明：

> 〔貼〕……只因老爺延師教授，讀到《毛詩》第一章：「窈窕淑女，
> 君子好逑。」悄然廢書而歎曰：聖人之情，盡見於此矣。今古同懷，
> 豈不然乎？〔註14〕

> 〔貼〕說你講《毛詩》，毛的忒精了。俺小姐呵，為詩章，講動情腸。
> 〔末〕則講了個「關關雎鳩」。〔貼〕故此了。小姐說：關了的雎鳩，
> 尚然有洲渚之興，可以人而不如鳥乎？書要埋頭，那景致則擡頭望。
> 〔註15〕

春香觀察到：杜麗娘為詩章，動情腸。當她看到杜麗娘讀到「窈窕淑女，君
子好逑」，悄然廢書而歎曰的動作時，便也了然於心。正是「關了的雎鳩，尚
然有洲渚之興，可以人而不如鳥乎？」杜麗娘埋頭讀《詩經》體會的是：「聖
人之情，盡見於此矣。今古同懷，豈不然乎？」正是春色滿園關不住，身為
讀者的她不僅表達了渴望有君子引盼追求的情懷之外，也發出了「情」乃通
貫古今的「恆常」之嘆，體現了萬物之情各有其志的主張。筆者以為：這可
當作湯顯祖逆世而立的表現。他提出迥異於儒家「詩言志」的詩藝觀，而以
「詩言情」作為《詩經》之文藝根源。他說：「世總為情，情生詩歌，而行於
神」〔註16〕。對於讀者而言，《詩經》乃是讀者緣境起情，因情作境最佳的媒
介。而這，正與陳最良講授《詩經》無非要節情制情，訓養女德有著天壤之
別：

> 論六經《詩經》最葩，閨門內許多風雅。有指證姜嫄產哇，不嫉妒
> 后妃賢達。更有那詠〈雞鳴〉，傷燕羽，泣江皋，思〈漢廣〉，洗淨

〔註13〕 顏崑陽：〈從應感、喻志、緣情、玄思、遊觀到興會——論中國古典詩歌所開
顯「人與自然關係」的歷程及其模態〉，《輔仁國文學報》第廿九期，2009年
10月，頁60。

〔註14〕 〔明〕湯顯祖：《牡丹亭·肅苑》，徐朔方箋校：《湯顯祖全集》（北京：北京
古籍出版社，1999年），頁2093。

〔註15〕 〔明〕湯顯祖：《牡丹亭·肅苑》，徐朔方箋校：《湯顯祖全集》（北京：北京
古籍出版社，1999年），頁2093。

〔註16〕 〔明〕湯顯祖：〈耳伯麻姑遊詩序〉，徐朔方箋校：《湯顯祖全集》（北京：北
京古籍出版社，1999年），頁1110。

鉛華。有風有化，宜室宜家。〔註17〕

陳最良的言志之詩，非但關不住幽靜的杜麗娘，還開啓她的「詩性心靈」，對於〈關雎〉篇有了回聲，產生了讀者之義。因此，在〈閨塾〉一齣，筆者以爲，除了探討空間對於杜麗娘產生的意義之外，亦可從讀者接受論的角度切入。作爲讀者的杜麗娘如何使作品產生意義，以此創造出空間意義，展現心靈自由與探索本質的自覺過程，乃是此齣可深究的重點。

波蘭現象學家英伽登（Roman Ingarden）將文學作品視爲一種「輪廓化的圖像」〔註18〕，在每一個不同的讀者身上，勾勒出一個面貌，又在一次次的閱讀中，描繪出更爲深刻且清晰的真貌。而讀者的心思與頭腦正也是使書生發出意義的關鍵，很明顯的，杜麗娘所理解的《詩經》和杜寶是不同的。杜寶延師教授《詩經》，重的是「有風有化，宜室宜家」，這是帶有目的性的；然而，杜麗娘完全從「情應相合」的觀念出發，《詩經》在她閱讀的感受裡，是一種情懷共鳴的過程，至於「有風有化，宜室宜家」，便不是她真心想追求的了，她想追求的是書中的景致能實現於現實中。這是杜寶料想不到的。原本杜寶延師講學，係爲了整頓杜麗娘散亂之心，約束慵懶之態。孰知，原想以「理」束「情」，作爲規範之理的《詩經》，卻意外打開杜麗娘的心靈之鑰，啓發她對自我情思的重視，讓她開始重視自己的「存在感」，而存在感，即是「詩性心靈」的第一個特質。

德國哲學家康德在《判斷力批判》一書曾對詩意的心靈具有無限想像與創造力之特質作了如此的論說：

> 在一切藝術之中佔首位的是詩。詩的根源幾乎完全在於天才，它最不願意受陳規和範例的指導。詩開拓人的心胸，因爲，它讓想像力自由，在一個既定的概念範圍之中，在可能表達這概念的無窮無盡的雜多的形式之中，只選出一個形式，因爲這個形式才能把這個概念的形象聯繫到許多不能完全用語言來表達的深廣思致，因而把自己提升到審美的意象。詩也振奮人的心胸，因爲它讓心靈感覺到自己的功能是自由的，獨立自在的，不取決於自然的，……而是把自

〔註17〕 〔明〕湯顯祖：《牡丹亭・閨塾》，徐朔方箋校：《湯顯祖全集》（北京：北京古籍出版社，1999 年），頁 2085。

〔註18〕 郭宏安、章國鋒、王逢振合著：《二十世紀西方文論研究》（北京：中國社會科學出版社，1997 年），頁 163。

然運用來彷彿作爲一種暗示超感性境界的示意圖。詩用它自己隨意創造的形象顯現（schein）來遊戲，卻不是爲著欺騙，因而它說明自己只是爲著遊戲……。〔註19〕

在閱讀《詩經・關雎》篇時，杜麗娘的靈魂得到解放，不僅開掘作爲主體詩意地潛在感受，更讓她擺脫了壓抑和限制，進而對自身的感性直觀進行內在建構。因此，走到後花園，有了「驚夢」的歷程，「驚覺」自己的內在也潛藏著對於「愛情之夢」的嚮往與渴求，只是，面對後花園這個外在「奼紫嫣紅」的繁麗，卻也對比出錦屏人內在是「斷井頹垣」的荒蕪：

> 【皂羅袍】原來奼紫嫣紅開遍，似這般都付與斷井頹垣。良辰美景奈何天，賞心樂事誰家院！恁般景致，我老爺和奶奶再不提起。〔合〕朝飛暮捲，雲霞翠軒。雨絲風片，煙波畫船——錦屏人忒看的這韶光賤！〔註20〕

生命存在的基底就是「時間」。杜麗娘以「錦屏人」自喻，發出的是只能藉由屏風上的假山水認識自己，感受自然，這些活生生的原該耳目相觸的自然之景「朝飛暮捲，雲霞翠軒。雨絲風片，煙波畫船」，竟然是透過屏風的假山水，這無非是任其光陰流逝。在屏風之前感受到時間流逝，在時間流逝之中感受自己存在的處境，從「閨塾」到「後花園」這一空間轉變，她凝視著此刻「奼紫嫣紅」的存在，也將面臨彼刻凋零萎化而付與「斷井頹垣」的一天，青春的哀傷之情盡流於「錦屏人忒看的這韶光」之句。青春最美好的時間，在錦屏面前開始思索自身的存在，這個原本被安排好的「自我」在走入後花園後卻也生出了另一個「自我」，兩個自我開始產生倒影，開始產生困惑，開始想要尋找，開始面對衝突。因此，一篇〈關雎〉，觸動了杜麗娘的詩性心靈，而兩處的時空場所，也讓她受到衝擊，她開始思索，也開始感受人生的有限於無常，因爲感受到這種「有限」與「無常」這兩種相生相隨的生命真相，而這種強烈的感受，也正是啓動她開始追尋的根源。

杜麗娘的「存在感」被觸生以後，接著勾引出的便是對人世的「悲涼感」：

> 〔旦歎介〕默地遊春轉，小試宜春面。春呵，得和你兩留連。春去

〔註19〕 朱光潛著：《西方美學史・下卷》（臺北：頂淵文化，2006年9月），頁401。
〔註20〕 〔明〕湯顯祖：《牡丹亭・驚夢》，徐朔方箋校：《湯顯祖全集》（北京：北京古籍出版社，1999年），頁2096～2097。

如何遣？咳！恁般天氣，好困人也。春香那裏？〔左右瞧介〕〔又低
首沉吟介〕天呵，春色惱人，信有之乎？常觀詩詞樂府，古之女子，
因春感情，遇秋成恨，誠不謬矣。吾今年已二八，未逢折桂之夫；
忽慕春情，怎得蟾宮之客？昔日韓夫人得遇于郎，張生偶逢崔氏，
曾有《題紅記》、《崔徽傳》二書。此佳人才子，前以密約偷期，後
皆得成秦晉。〔長歎介〕吾生於宦族，長在名門。年已及笄，不得早
成佳配，誠爲虛度青春，光陰如過隙耳。〔淚介〕可惜妾身顏色如花，
豈料命如一葉乎！〔註21〕

對於人世的悲涼感，是從「求不得苦」而生的。杜麗娘面對春情難遣，有了
「衷懷那處言」的喟嘆：

【山坡羊】〔旦〕沒亂裏春情難遣，驀地裏懷人幽怨。則謂我生小嬋
娟，揀名門一例一例裏神仙眷。甚良緣，把青春抛的遠。俺的睡情
誰見？則索因循覷睋睍。想幽夢誰邊？和春光暗流轉。遷延，這衷懷
那處言？淹煎，潑殘生，除問天。〔註22〕

於此，杜麗娘憑賴自己的意念思想挖掘《詩經》以「情」爲主核的想法，
異於傳統以「有風有化，宜室宜家」釋解《詩經》之旨，此一閱讀行動可
謂是將古今凡俗的界限弭平，挑戰了以男性爲尊的社會文化。此外，〈關雎〉
篇乃爲《詩經·國風》，而國風之詩原本就是採集自民間歌謠，本來就是自
然吟詠，發出眞情的，怎會後來成了端正嚴肅的道德教訓？這無非是湯顯
祖對於明初「理」學主導了社會思潮的一種抵抗，而筆者以爲，湯顯祖之
寓意顯矣。

如果說，將《詩經》視爲一個「閱讀空間」，那麼杜麗娘即是藉由閱讀延
伸自己的視野，滿足自己的想望，甚至打破自己的慣性，修整自己的成見，
在閱讀的空間裡，莫名地便能給出一種探向未知的力量，因此，無關乎陳最
良這位腐儒如何講授《詩經》，《詩經》之於杜麗娘而言，便是一種異質空間
的存在。而這種讀者與作品的關係，也正是一種審美活動，杜麗娘將自己的
知覺、意向、經驗、情感和願望與在意識中呈現出來的審美對象的整體結構

〔註21〕 〔明〕湯顯祖：《牡丹亭·驚夢》，徐朔方箋校：《湯顯祖全集》（北京：北京
古籍出版社，1999 年），頁 2097。

〔註22〕 〔明〕湯顯祖：《牡丹亭·驚夢》，徐朔方箋校：《湯顯祖全集》（北京：北京
古籍出版社，1999 年），頁 2097～2098。

和形象融合在一起，重新詮釋出新的質量，新的意義，才是使《詩經》產生意義的關鍵。《詩經》創造出一個幻想空間得以揭露眞實空間的狹隘限制，徹底反照出杜麗娘內心渴求探索愛情的事實，藉由閱讀〈關雎〉篇，杜麗娘可說是被動地得到了抒放，自行在眞實受壓迫的空間中創造出虛擬得幻想的空間：在一個不受限制，任由情思來去的「閱讀空間」中安頓情思，只是很有意思的是：在這個處處規範，限制情思發展的「閨塾空間」竟產生出了一個情與理對比的空間。

　　然而，杜麗娘在閨塾的困悶，若沒有春香有意識的從旁協助，她也沒有辦法眞正從閨塾踏出，亦無法看見她突破「理之束縛」表現「情眞渴切」的歷程：

> 〔貼〕春香因而進言，小姐讀書困悶，怎生消遣則個？小姐一會沈吟，逡巡而起。便問道：春香，你教我怎生消遣那？俺便應道：小姐，也沒個甚法兒，後花園走走罷。小姐說：死丫頭！老爺聞知怎好？春香應說：老爺下鄉，有幾日了。小姐低回不語者久之，方纔取過曆書選看。說明日不佳，後日欠好，除大後日，是個小遊神吉期。預喚花郎，掃清花徑。我一時應了，則怕老夫人知道，卻也由他。且自叫那小花郎分付去。……如今分付，明後日遊後花園。〔末〕爲甚去游？〔貼〕他平白地爲春傷，因春去的忙，後花園要把春愁漾。〔註23〕

儘管如此，杜麗娘還是有所顧慮，有所遲疑，仍在理與情的雙向街躊躇，不過終究是內心渴愛深切，在低迴不語之後，還是拿起曆書，一一擇吉凶，並吩咐春香叫喚花郎掃清花徑。這一連串的動作，都證明著杜麗娘一步一步釋放她內心的春情，也凸顯她是多麼想要走出閨塾到那充滿神秘的後花園，而往後一次次的遊園則是更新自我對於外部現實的認識，以及對於自身內部現實的重新感知，透過「閨塾」、「肅苑」這兩齣，不但看見了杜麗娘如何在幽閉的閨塾中創造了異質空間，也看見了她突破了外在之理的規範而走向內在之情的親近。

〔註23〕〔明〕湯顯祖：《牡丹亭・肅苑》，徐朔方箋校：《湯顯祖全集》（北京：北京古籍出版社，1999 年），頁 2093。

第二節　杜麗娘「遊園」之情感變化

　　作爲開啓杜麗娘的外在視野與滿足內在追求的後花園，它可算是一個發生意義的「場所」。然在這個發生意義的場所，鋪展的是杜麗娘對生命存在最眞實的感受。她直接去體驗、感受、思考，去經歷生命在青春之時的層次：憑著好奇，憑著困惑，憑著勇敢，憑著希望，從探春到惜春，從惜春到戀春，再從戀春到怨春，又從怨春到戀春，而這些心情不就是青春的展現？不也是詩可以興的具體實踐？

　　杜麗娘這一連串的心情變化，都在後花園與閨房的往返中完成，走出閨塾，走入後花園，這一行動產生出一種私密浩瀚感的空間。此外，也表現出杜麗娘大膽「求愛」與「示愛」的過程，最終，展示出湯顯祖對於情理的內涵深刻思考。

　　是故，筆者欲從：一、從探春至惜春；二、從惜春至戀春；三、從戀春至嘆春；四、從嘆春至戀春等四方面探析杜麗娘遊園的內心變化，以及在後花園這個空間中對應出的心理變化所產生的意義，以證明後花園對於杜麗娘的情感啓蒙具有著舉足輕重的影響。

一、從探春至惜春

　　在中國傳統戲劇裡，才子佳人多半相遇於隱密的後花園裡，於是這個結合了自然與文明，又佈滿矛盾微妙氣息的後花園，在才子佳人劇中便具有了極大的空間意義。而在《牡丹亭》中，讓杜麗娘的身心由封閉到開放、產生自覺的最大關鍵就在於杜宅中的「後花園」〔註24〕。身在杜宅的杜麗娘竟然不知自家有個後花園，豈不荒謬：

　　　　〔旦作扯介〕死丫頭！一日爲師，終身爲父，他打不的你？俺且問
　　　　你：那花園在那裏？〔貼作不說〕〔旦笑問介〕〔貼指介〕兀那不是？
　　　　〔旦〕可有甚麼景致？〔貼〕景致麼？有亭臺六七座，鞦韆一兩架，
　　　　繞的流觴曲水，面著太湖山石，名花異草，委實華麗。〔旦〕原來有
　　　　這等一個所在。〔註25〕

〔註24〕　高品芳：《還魂與再生——以杜麗娘爲核心的跨文本考察》，國立中央大學中
　　　　　文系碩士論文，頁32。
〔註25〕　〔明〕湯顯祖：《牡丹亭·閨塾》，徐朔方箋校：《湯顯祖全集》（北京：北京
　　　　　古籍出版社，1999年），頁2087。

春香鬧學，杜麗娘雖只是旁觀，刻意作勢的說了幾句，其實她一點都不在意春香失禮，「一日為師，終身為父」之理，對於杜麗娘而言是虛理。因為當春香說出：「原來有座大花園，花明柳綠」時，杜麗娘並非無動於衷，而是暫時不動聲色，其實她早有了好奇，早起了興致，因此當陳最良一離開，立刻問春香：「那花園在那裏？」並進一步探詢花園景致究竟如何？預埋了往後杜麗娘遊園的初始，可謂筆在此而意在彼。

「那花園在那裏？」驚喜的探問，卻也凸顯杜麗娘僅被限囿在「閨塾」，哪兒都不能去的事實。因此，宅居自家，竟不知家中有花園，再次對比出傳統之理束縛真情之深。此外，從杜麗娘欣喜萬分的神態中可知，關關雎鳥已從閨塾中，從案上書本中飛向了亭臺，停駐在鞦韆上，望著流觴曲水，觀太湖山石，名花異草，著實進入一個活生生充滿情態萬千的世界，再也不是只有詩書針黹的閨塾，而是自家宅院的後花園了：

> 【醉扶歸】〔旦〕你道翠生生出落的裙衫兒茜，豔晶晶花簪八寶填，可知我常一生兒愛好是天然。恰三春好處無人見，不隄防沉魚落雁鳥驚諠，則怕的羞花閉月花愁顫。〔貼〕早茶時了，請行。〔行介〕你看：「畫廊金粉半零星，池館蒼苔一片青。踏草怕泥新繡襪，惜花疼煞小金鈴。」〔旦〕不到園林，怎知春色如許！〔註26〕

果真是「書要埋頭，景致則抬頭望」，好一句「不到園林，怎知春色如許」。挑出了人的「好奇心」，……春香聽從杜麗娘的吩咐派人掃除花徑，並伴她去遊園。杜麗娘走出代表規範的「閨塾」，踏進自由的「花園」，滿園春色迎面撲來。首先，以「畫廊金粉半零星，池館蒼苔一片青」的繽紛視覺表現內心的舒展，並以不忍踐踏的觸覺感受細微地表現出「踏草怕泥新繡襪，惜花疼煞小金鈴」的惜春心情。而作為抽象意義的「春」，即是身為人的杜麗娘內心的渴盼，而那個渴盼可能會離經叛道，因為只要生為人，內心都會有離經叛道的東西。湯顯祖藉由杜麗娘，將這樣的人性面點了出來。因此，無法安頓在閨塾的杜麗娘，不斷想走出閨塾，走入後花園，便是自然而然的人性了。

從【繞地遊】至【好姐姐】這五曲是描寫杜麗娘等待遊園以及與侍女春香遊園的狀況，入後花園移表現出杜麗娘心情的變化：

> 【繞地遊】〔旦上〕夢回鶯囀，亂煞年光遍。人立小庭深院。〔貼〕

〔註26〕〔明〕湯顯祖：《牡丹亭·驚夢》，徐朔方箋校：《湯顯祖全集》（北京：北京古籍出版社，1999 年），頁 2096。

炷盡沉煙，拋殘繡線，恁今春關情似去年？〔註27〕

【烏夜啼】〔旦〕曉來望斷梅關，宿妝殘。〔貼〕你側著宜春髻子，恰憑闌。〔旦〕剪不斷，理還亂，悶無端。〔貼〕已分付催花鶯燕借春看。〔旦〕春香，可曾叫人掃除花徑？〔貼〕分付了。〔旦〕取鏡臺衣服來。〔貼取鏡臺衣服上〕雲髻罷梳還對鏡，羅衣欲換更添香。鏡臺衣服在此。〔註28〕

在「小庭深院」中「佇立」的杜麗娘，不是百無聊賴的唸書，就是單調乏味的刺繡，等待炷香燃盡，成灰成燼，面看殘餘繡線，只想拋卻，眼前所關心的是深院外的春天，嘆息的青春的流逝，此刻表現的情感只是剪不斷，理還亂，悶無端。

【步步嬌】〔旦〕裊晴絲吹來閒庭院，搖漾春如線。停半晌整花鈿。沒揣菱花，偷人半面，迤逗的彩雲偏。〔行介〕步香閨怎便把全身現？〔貼〕今日穿插的好。〔註29〕

此時，杜麗娘的視線已從窗內移轉到窗外，看著窗外的蟲吐著絲縷在空中飄盪，如此微細的小景，正對應著她如絲縷般的少女情思，而在風中飄忽搖墜的情絲也正應合著她急欲尋春的春心，正是「以遊絲一縷，逗起情絲」〔註30〕。情思既已被挑起，便無可遏止，眼前所見成對的鶯燕，此刻已非只是飛禽，而是一種成雙入對的盼想了：

【好姐姐】〔旦〕遍青山啼紅了杜鵑，荼蘼外煙絲醉軟。春香呵，牡丹雖好，他春歸怎占的先！〔貼〕成對兒鶯燕呵。〔合〕閒凝眺，生生燕語明如翦，嚦嚦鶯歌溜的圓。〔註31〕

李震讚此段為：「從視覺上寫『色』，是靜，從聽覺上寫『聲』，是動；整個畫面動與靜對比，色與聲交流，調動了讀者多方面的感受，引起了強烈的美感。

〔註27〕〔明〕湯顯祖：《牡丹亭·驚夢》，徐朔方箋校：《湯顯祖全集》（北京：北京古籍出版社，1999年），頁2096。

〔註28〕〔明〕湯顯祖：《牡丹亭·驚夢》，徐朔方箋校：《湯顯祖全集》（北京：北京古籍出版社，1999年），頁2096。

〔註29〕〔明〕湯顯祖：《牡丹亭·驚夢》，徐朔方箋校：《湯顯祖全集》（北京：北京古籍出版社，1999年），頁2096。

〔註30〕〔清〕李漁《閒情偶記》卷一〈詞采第二〉（台北：長安出版社，1992年），頁18。

〔註31〕〔明〕湯顯祖：《牡丹亭·驚夢》，徐朔方箋校：《湯顯祖全集》（北京：北京古籍出版社，1999年），頁2096。

賞花惜春，聞鳥嘆世，句句景語，字字情語。」〔註 32〕西蒙・波娃在《第二性》中曾說明大自然對於少女的啓蒙是多麼密切：

> 青春期的女孩子在田野和森林找到何等美妙的避難所，在家裡、母親、法律、習俗與慣例都處於支配地位，而她很想逃避她過去的這些方面，很想成爲主權的主體。……她用退讓爲自身的解放付出了代價。但是在植物和動物當中，她卻是一個人，既擺脱了家庭的束縛，也擺脱了男性的束縛——成爲主體，成爲一個自由的人。她在森林這塊神秘的地方，發現了她孤獨靈魂的反應，在一望無際的平原，發現了她超越的具體形象。……芬芳和色彩講著神秘的語言，但有一個詞發的特別響亮：這就是生命。生存不只是成是檔案卷裡記載的抽象命運，而且是富有肉感的未來。擁有身體不再是令人羞愧的汙點，在女孩子於母親面前予以否認的欲望裡，她可以認出那在樹木中升騰著的生命；……在與大地和天空的統一中，少女是那飄逸的芬芳，是那給萬物以活力，激盪萬物感情的一屢生機。〔註 33〕

因此，杜麗娘發出「不到園林，怎知春色如許」，「原來春心無處不飛懸」之語更證明大自然啓迪少女情思的必然性。杜麗娘在遊園之際，感受到生命勃發的力量，彷彿有著各種層次變化的四季風貌，也正因爲如此，後花園才會成爲致命的吸引力。而遊園的行動，也預示著杜麗娘生命開始展開四季的層次變化，而她也從狹隘的閨塾空間跨越到寬廣的園林空間，從書冊的虛擬空間移置到花園的眞實空間，走出了既定的規範，接近了渴望的自由，而她內心也確實經歷了從拘謹到開放，從壓抑春思到享受春情的的歷程。

二、從戀春至嘆春

當現實成爲幻象，那樣幻滅的過程好比燃燒現象。面對眼前「姹紫嫣紅」的繁華盛景又如何？杜麗娘心中燃起的不是喜悅，反而是悵然。「皀羅袍」一曲將杜麗娘探春之後生起的美麗與哀愁表現得淋漓盡致：

> 【皀羅袍】原來姹紫嫣紅開遍，似這般都付與斷井頹垣。良辰美景奈何天，賞心樂事誰家院！恁般景致，我老爺和奶奶再不提起。〔合〕

〔註 32〕　李震：〈牡丹亭「遊園」片斷分析〉，收於《古典文學名篇賞析（二）》，（台北：木鐸出版社，1967 年），頁 246。

〔註 33〕　〔法〕西蒙・波娃（Simone de Beauvoir）著，陶鐵柱譯《第二性》（台北：貓頭鷹出版社，2002 年），頁 351～352。

> 朝飛暮捲，雲霞翠軒。雨絲風片，煙波畫船——錦屏人忒看的這韶
> 光賤！〔註34〕

由戀至嘆，那是人性不安全感的展現，在此也交織著「矛盾」、「束縛」與「命運」三者交疊後的處境。「姹紫嫣紅」與「斷井頹垣」正是外在空間與內在空間疊影出的矛盾心情。而此種矛盾來自於外在人為的束縛，來自於人為外加於空間的規範的束縛。因為在這「姹紫嫣紅」的絢爛空間時，她明白那只是短暫「借來的時空」，她並沒有辦法自由享受，更無法恆常擁有，一切的絢爛，只是一場徒然。她發出「斷井頹垣」之嘆，那並不是無病呻吟，而是一種失去自由，任憑青春流逝的強烈哀嘆。

這個「後花園」作為她探索未知，遊園尋春的場所，她在期待下順利地進入了，但也在進入後，產生了更大的隔閡，一種「真實空間」（閨塾）與「異質空間」（後花園）的楚河漢界之感於焉產生。

三、從嘆春至傷春

在真實空間與異質空間無法達成融合的情況下，「斷井頹垣」之感反而成了最高的燃點，使杜麗娘的春思之火完全燎原，造成春情難遣的效應：

> 〔旦歎介〕默地遊春轉，小試宜春面。春呵，得和你兩留連。春去如何遣？咳！恁般天氣，好困人也。春香那裏？〔左右瞧介〕〔又低首沉吟介〕天呵，春色惱人，信有之乎？常觀詩詞樂府，古之女子，因春感情，遇秋成恨，誠不謬矣。吾今年已二八，未逢折桂之夫；忽慕春情，怎得蟾宮之客？昔日韓夫人得遇于郎，張生偶逢崔氏，曾有《題紅記》、《崔徽傳》二書。此佳人才子，前以密約偷期，後皆得成秦晉。〔長歎介〕吾生於宦族，長在名門。年已及笄，不得早成佳配，誠為虛度青春，光陰如過隙耳。〔淚介〕可惜妾身顏色如花，豈料命如一葉乎！〔註35〕

春色並不惱人，是動情的心惱人，春情果真難遣，因為那是自然天性，無法「兩留連」。這段曲辭中運用的典故完全都反映著杜麗娘的心理狀態。

〔註34〕 〔明〕湯顯祖：《牡丹亭·驚夢》，徐朔方箋校：《湯顯祖全集》（北京：北京古籍出版社，1999 年），頁 2096～2097。

〔註35〕 〔明〕湯顯祖：《牡丹亭·驚夢》，徐朔方箋校：《湯顯祖全集》（北京：北京古籍出版社，1999 年），頁 2097。

　　首先，「蟾宮折桂」之典出自《晉書‧郤詵傳》〔註36〕，寓有未逢佳配之嘆。其次，跨越時空以「昔日」韓、張之美事，對比出杜麗娘的怨懟與欣羨。她明明也是「生於宦族，長在名門」，可是命運卻無法與韓、張相比，而青春如花的年華是如流沙一般，如殘葉一樣是永逝不回了。因此，杜麗娘在韓、張的生命故事中映照了自己，也透過夢中情人柳夢梅尋找到了自己對愛情的渴盼。

　　是故，當杜麗娘發出「顏色如花」而「命如一葉」之嘆，呈現出杜麗娘內心的漂浮感，一種身在他處，沒有安全感的飄離之感。可以說這些無邊無際的空間助長了她的日夢，她陷溺在自己幻想的日夢空間裡，她那「沒亂裏春情難遣，驀地裏懷人幽怨」的傷感，可真是那個時代，那個環境，那個年紀的她真真切切的心聲了。

　　此外，一種慌張、無知的狀態也在她尋夢的過程中浮現，而這不僅是外在的行為表現，更是內在的心理顯現。杜麗娘開口是夢，腦海也是夢，行止之間全被那夢包圍。她憶夢又尋夢，夢尋不著，便生相思，思至極致，精神便難以堪受，嬌容已成憔悴枯槁帽。在「寫真」一齣，寫盡杜麗娘因傷春而消瘦，春香擔心的情致：

　　　　〔貼〕小姐，你自花園遊後，寢食悠悠，敢為春傷，頓成消瘦？〔註37〕

　　　　【朱奴兒犯】〔貼〕小姐，你熱性兒怎不冰著？冷淚兒幾曾乾燥？這
　　　　兩度春遊忒分曉，是禁不的燕抄鶯鬧。你自審約，敢夫人見焦？再
　　　　愁煩，十分容貌怕不上九分瞧。〔註38〕

這是為苦惱與憂傷糾纏的肉身，感性真正喚醒的其實不是極致的歡愉，而是深沉的憂鬱。欲望被喚醒後，也代表夢結束了。在杜麗娘身上，欲望的目標是發現，她發現了愛情存在於她的夢裡，她的真實渴望底。

〔註36〕　《晉書‧郤詵傳》：：「(詵) 累遷雍州刺史。武帝於東堂會送，問詵曰：『卿
　　　　自以為何如？』詵對曰：『臣舉賢良對策，為天下第一，猶桂林之一枝，昆山
　　　　之片玉。』帝笑。」

〔註37〕　〔明〕湯顯祖：《牡丹亭‧寫真》，徐朔方箋校：《湯顯祖全集》（北京：北京
　　　　古籍出版社，1999 年），頁 2111。

〔註38〕　〔明〕湯顯祖：《牡丹亭‧寫真》，徐朔方箋校：《湯顯祖全集》（北京：北京
　　　　古籍出版社，1999 年），頁 2111。

四、從傷春再至戀春

　　湯顯祖以杜麗娘爲「情至」的形象表徵，她因情而死，因情而生，在爲情生與爲情死的兩端之中，有個巨大的力量，那個力量是渾沌的。

　　愛情像照妖鏡，照射出我們許多過去察覺不到的情緒、性格、器度、氣質、價值觀、生命觀，它總是逼使我們現出原形，杜麗娘也不例外。從「鬧殤」一齣可見端倪：

> 【金瓏璁】〔貼上〕連宵風雨重，多嬌病愁中。仙少效，藥無功。顰有爲顰，笑有爲笑。不顰不笑，哀哉年少！春香侍奉小姐，傷春病到深秋。今夕中秋佳節，風雨蕭條，小姐病轉沈吟，待我扶他消遣。正是：從來雨打中秋月，更值風搖長命燈。〔下〕〔註39〕

> 【鵲橋仙】〔貼扶病旦上〕拜月堂空，行雲徑擁，骨冷怕成秋夢。世間何物似情濃？整一片斷魂心痛。〔旦〕枕函敲破漏聲殘，似醉如呆死不難。一段暗香迷夜雨，十分清瘦怯秋寒。春香，病境沈沈，不知今夕何夕？〔貼〕八月半了。〔旦〕哎也！是中秋佳節哩。老爺奶奶都爲我愁煩，不曾玩賞了。〔貼〕這都不在話下了。〔旦〕聽見陳師父替我推命，要過中秋。看看病勢轉沈，今宵欠好。你爲我開軒一望，月色如何？〔貼開窗〕〔旦望介〕〔註40〕

　　「世間何物似情濃？整一片斷魂心痛。」於此，表達著「失去」與「擔憂」的情緒與心理。此外對比著月圓人團圓的「中秋」，更顯淒涼無奈，心坎一陣自是必然：

> 【集賢賓】〔旦〕海天悠問冰蟾何處湧？玉杵秋空，憑誰竊藥把嫦娥奉？甚西風吹夢無蹤。人去難逢，須不是神挑鬼弄。在眉峯，心坎裏別是一般疼痛。〔悶介〕〔註41〕

> 【前腔】〔貼〕甚春歸無端廝和哄，霧和煙兩不玲瓏。算來人命關天重，會消詳、直恁忥忥。爲著誰儂，俏樣子等閒拋送？待我誑他，姐姐，月上了。月輪空，敢蘸破你一牀幽夢。〔旦望嘆介〕輪時盼節想

〔註39〕〔明〕湯顯祖：《牡丹亭‧鬧殤》，徐朔方箋校：《湯顯祖全集》（北京：北京古籍出版社，1999年），頁2130。

〔註40〕〔明〕湯顯祖：《牡丹亭‧鬧殤》，徐朔方箋校：《湯顯祖全集》（北京：北京古籍出版社，1999年），頁2130。

〔註41〕〔明〕湯顯祖：《牡丹亭‧鬧殤》，徐朔方箋校：《湯顯祖全集》（北京：北京古籍出版社，1999年），頁2130～2131。

中秋，人到中秋不自由。奴命不中孤月照，殘生今夜雨中休。〔註42〕

【前腔】〔旦〕你便好中秋月兒誰受用？翦西風淚雨梧桐。楞生瘦骨加沈重，趲程期是那天外哀鴻。草際寒螀，撒刺刺紙條窗縫。〔旦驚作昏介〕冷鬆鬆，軟兀剌四梢難動。〔貼驚介〕小姐冷厥了！夫人有請。〔老旦上〕百歲少憂夫主貴，一生多病女兒嬌。我的兒，病體怎生了？〔貼〕奶奶，欠好，欠好。〔老旦〕可怎了！〔註43〕

【前腔】不隄防你後花園閒夢銃，不分明再不惺忪，睡臨侵打不起頭梢重。〔泣介〕恨不呵早早乘龍。夜夜孤鴻，活害殺俺翠娟娟雛鳳。一場空，是這答裏把娘兒命送。〔註44〕

執鏡自語，眷戀春容，自畫像的存在，其實是伴隨著杜麗娘內心之恐懼所產生的，恐懼無法實現夢中的理想，這個恐懼的陰影投射出她內心的不安全感，因此，透過自畫像來說話，讓可見者（柳夢梅）透過它可產生交流，那便是筆者以為「自畫像」的意義了。

〔旦作驚介〕咳！聽春香言話，俺麗娘瘦到九分九了。俺且鏡前一照，委是如何？〔照，悲介〕哎也！俺往日豔冶輕盈，奈何一瘦至此！若不趁此時自行描畫，流在人間。一旦無常，誰知西蜀杜麗娘有如此之美貌乎？春香，取素絹丹青，看我描畫。〔貼下，取絹筆上〕三分春色描來易，一段傷心畫出難。絹幅丹青，俱已齊備。〔旦泣介〕杜麗娘二八春容，怎生便是杜麗娘自手生描也呵！〔註45〕

物象一旦與人物聯繫交織，它便成為了人物命運之間不可忽視的力量了，它本身的存在，即成為一種曾經存在的「現場」，也成為「在場的證據」，流入心上人柳夢梅的手中，得以牽起這段夢中情緣。

【囀林鶯】〔旦醒介〕甚飛絲繾的陽神動，弄悠揚風馬丁冬。〔泣介〕娘，兒拜謝你了！〔拜跌介〕從小來覷的千金重，不孝女孝順無終。

〔註42〕 〔明〕湯顯祖：《牡丹亭·鬧殤》，徐朔方箋校：《湯顯祖全集》（北京：北京古籍出版社，1999年），頁2131。
〔註43〕 〔明〕湯顯祖：《牡丹亭·鬧殤》，徐朔方箋校：《湯顯祖全集》（北京：北京古籍出版社，1999年），頁2131。
〔註44〕 〔明〕湯顯祖：《牡丹亭·鬧殤》，徐朔方箋校：《湯顯祖全集》（北京：北京古籍出版社，1999年），頁2131。
〔註45〕 〔明〕湯顯祖：《牡丹亭·寫真》，徐朔方箋校：《湯顯祖全集》（北京：北京古籍出版社，1999年），頁2111～2112。

娘呵，此乃天之數也。當今生花開一紅，願來生把萱椿再奉。〔眾泣
介〕〔合〕恨西風，一霎無端碎綠摧紅。〔註46〕

【玉鶯兒】〔旦泣介〕旅櫬夢魂中，盼家山千萬重。〔老旦〕便遠也去。
〔旦〕是不是，聽女孩兒一言。這後園中一株梅樹，兒心所愛。但葬
我梅樹之下可矣。〔老旦〕這是怎的來？〔旦〕做不的病嬋娟桂窟裏
長生，則分的粉骷髏向梅花古洞。〔老旦泣介〕看他強扶頭淚濛，冷
淋心汗傾，不如我先他一命無常用。〔合〕恨蒼穹，妒花風雨，偏在
月明中。〔老旦〕還去與爹講，廣做道場也。兒，「銀蟾謾搗君臣藥，
紙馬重燒子母錢。」（下）〔旦〕春香，咱可有迴生之日否？〔註47〕

心靈的痛，需要以肉身的痛來印證。深知命終歸西的杜麗娘，自畫春容別交
代春香善待春容一事，戀春之情盡在其中，而匣盒於此有其詩意的靈光：

【前腔】……〔旦〕春香，我記起一事來：我那春容，題詩在上，
外觀不雅。葬我之後，盛著紫檀匣兒，藏在太湖石底。〔註48〕

在敞開的匣盒裡看見白日的幻夢，在精緻的珠寶盒裡凝結著宇宙的廣袤。如
若匣盒裡有著珠玉與寶石，那即是過去，一段久遠的過去，穿越一代又一代，
成為詩人的小說題材。當然，寶石將會訴說著愛，但也訴說著力量，與命運。
最後，癡情慕色，一夢而亡成了杜麗娘的命運，春香的哭喚，揭示杜麗娘傷
春而死的事實：

【尾聲】……〔貼哭上〕我的小姐！我的小姐！天有不測之風雲，
人有無常之禍福。我小姐一病傷春死了，痛殺了我家老爺，我家奶
奶。列位看官們，怎了也！待我哭他一會。〔註49〕

正是情在險中求，為了完成內心的真情，相思而死，成其必然，而非偶然了：

【紅衲襖】小姐，再不叫咱把領頭香心字燒，再不叫咱把剔花燈紅
淚繳，再不叫咱拈花側眼調歌鳥，再不叫咱轉鏡移肩和你點絳桃。

〔註46〕 〔明〕湯顯祖：《牡丹亭‧鬧殤》，徐朔方箋校：《湯顯祖全集》（北京：北京古籍出版社，1999年），頁2131。

〔註47〕 〔明〕湯顯祖：《牡丹亭‧鬧殤》，徐朔方箋校：《湯顯祖全集》（北京：北京古籍出版社，1999年），頁2131～2132。

〔註48〕 〔明〕湯顯祖：《牡丹亭‧鬧殤》，徐朔方箋校：《湯顯祖全集》（北京：北京古籍出版社，1999年），頁2132。

〔註49〕 〔明〕湯顯祖：《牡丹亭‧鬧殤》，徐朔方箋校：《湯顯祖全集》（北京：北京古籍出版社，1999年），頁2133。

　　　想著你夜深深放翦刀，曉清清臨畫薰。〔註50〕

在春香反覆四次的「再不叫」中，那種沉甸甸的無以挽回的痛苦盡在方寸間。杜麗娘的死對她自己而言，是自然生命的結束，然而卻也是眞情復活的開始。杜麗娘初始戀慕春情，後以相思纏綿之，綑縛之，直至春容殞滅，爲情而喜，爲情而傷，爲情而死，以至往後入冥府後，念念不忘，以復生爲回聲，將戀春之情表徵到極致，而這也即是湯顯祖「情至」內涵的展現，念念不忘，必有回聲。而此刻消香玉殞的杜麗娘，也正是彰顯「情歸自我」的歷程。如果父母之理是一種戒條，是一種規範，是一種保護，那麼遊園的她便是嘗試破戒，走出規範，離開理性的保護，因此，遊園的行動，可說是杜麗娘在經歷閱讀之後，放棄原有的視界，展開的冒險。

　　湯顯祖在此讓杜麗娘死亡，眞的只是要標榜情至如此而已嗎？是否有特別的用意，可待追究。筆者以爲：湯顯祖於此，表達了一種生命的眞相，即是：儘管人生的劇本內容都不太相同，但是不管是甚麼樣的人生劇本，走到終點的時候，都會看到相似的點，而那些相似的點連接起來的線，便會穿透我們的內心，那條隱形卻充滿力量的線舊事：愛、孤獨與傷痛。透過杜麗娘的逃逸、尋找、死亡，湯顯祖無非透過這一人物展現情感的眞相，生存的處境：我們都會有愛，有孤獨，有傷痛，我們都在此中交叉點相會。愛其實甚麼都是，也甚麼都不是，因爲愛總是跟其他的情感相伴出現，愛會創造困境，帶來苦難。我們無法總是生活於其中，但我們也沒辦法離開它。無論是杜麗娘，還是杜母，甚至是杜寶或春香，都在《牡丹亭》一劇中經歷了這些。

　　此外，在「傳統道德」與「眞實情感」的矛盾衝突下，悲劇性的框架已隱然顯現，而「死亡」成爲一種出口，它成了人在情感糾纏難解的狀況下必然指向的出口，那象徵著一種停止，也是一種前進。在杜麗娘死亡之後，所有的事情都將停頓下來而得到一種沉澱，執著的理，此刻成了找不到繼續可以執著的合理理由。在停止之後，反思才開始，何謂情，何謂理，才眞正進入到眞正的思維底，而非代代相傳的傳統之理，是透過自身與環境，自身與他人產生關係之後而有的情與理。從這個點來看，這是一種前進。另外，杜麗娘爲愛消瘦，直至死亡，亦可視爲一種趨避衝突的心理表現，那是人性有可能會顯現的一面。筆者並不以爲，杜麗娘在那刻已知道最後會爲愛還魂，

〔註50〕〔明〕湯顯祖：《牡丹亭·鬧殤》，徐朔方箋校：《湯顯祖全集》（北京：北京古籍出版社，1999年），頁2133。

還魂是湯顯祖的安排。從人物當時的生存處境來看，那只是她選擇的方法，完完全全順由自己的情感而造就的命運。如果死去，便無須直視現實處境的衝突，也無須承擔衝突之後的痛苦，因此說，死亡作爲一個出口，一個趨避衝突的心理表現的原因在此。湯顯祖透過杜麗娘顯影的是情感歷程的某一個面貌，爲愛而死的面貌，世間只有情難訴的眞理。世界只有情難訴這樣的眞理，是否也是湯顯祖的抵抗，抵抗絕然判分「理」與「情」一種謬思？

第三節　「驚夢—尋夢」之遊夢意義

　　在「閨塾」與「後花園」這兩個空間的相互交涉之下，從後花園再次回到閨塾的杜麗娘，在詩書這個「虛構空間」實現的滿足，是第一次的覺醒。而「後花園」在此既是眞實空間，亦是「異質空間」，在兩個空間來去的杜麗娘，又創造了另一個「異質空間」——「夢」。因此，探析杜麗娘如何在異質空間創造一個幻想空間以揭露眞實空間的虛妄，進而與眞實世界作一對比，並詮釋異質空間如何扭轉現實，則是值得探究之處。以下，即從：一、釋情尋夢；二、覺情尋夢等兩方面分述之：

一、釋情尋夢

　　當眞實空間與虛擬空間出現斷裂時，「夢」則成了杜麗娘所創造出的「異質空間」，而人的幽微心思正是夢之所在：

> 身子困乏了，且自隱几而眠。〔睡介〕〔夢生介〕〔生持柳技上〕鶯逢日暖歌聲清，人遇風情笑口開。一徑落花隨水入，今朝阮肇到天台。小生順路兒跟著杜小姐回來，怎生不見？〔回看介〕呀！小姐，小姐。〔旦作驚起介，相見介〕〔生〕小生那一處不尋訪小姐來，卻在這裏。〔旦作斜視不語介〕〔生〕恰好花園內折取垂柳半枝，姐姐，你既淹通書史，可作詩以賞此柳枝乎？〔旦作驚喜，欲言又止介〕〔背云〕這生素昧平生，何因到此？（生笑介）小姐，咱愛殺你哩。
> 〔註51〕

關於人的意識，夢境影像是意識直接了解的媒介，而夢本身即是幽微狀態的存有，它直向奧秘空間。杜麗娘隱几而眠，所夢者乃一小生，折取垂柳，央

〔註51〕　〔明〕湯顯祖：《牡丹亭·驚夢》，徐朔方箋校：《湯顯祖全集》（北京：北京古籍出版社，1999 年），頁 2098。

請她爲她題詩，這是柳夢梅進行的第一步接觸；而從杜麗娘的反應來看，可以看見她在驚喜中欲言又止，這是她本身情感的自然流露，表達了情眞，但囿於家教，受於「男女授受不親」的禮教，她轉身背對，似乎又可以看見理的束縛，不過終歸情眞難抑，杜麗娘雖背對著柳夢梅，但仍與素昧平生的柳夢梅對話，一話出，便得回應，柳夢梅毫不遮掩地頭便道出：「小姐，咱愛殺你哩」的心意。

從杜、柳二人的動作舉止，便可對比出兩種不同的感情表情，這也揭示出現實社會生活中人的眞實「情感」與維護社會倫理綱常的「理教」之間的對立與矛盾。此外，柳夢梅直接道出的，也正是杜麗娘內心所渴盼的，年已及笄，不得早成佳配，如今眼前有爲良人，豈可虛度青春？杜麗娘願意開展話題，便也是延續內在情感的渴望。

> 【山桃紅】則爲你如花美眷，似水流年。是答兒閒尋遍，在幽閨自憐。小姐，和你那答兒講話去。〔旦作含笑不行〕〔生作牽衣介〕〔旦低問介〕那邊去？〔生〕轉過這芍藥欄前，緊靠著湖山石邊。〔旦低問〕秀才，去怎的？〔生低答〕和你把領扣鬆，衣帶寬，袖稍兒搵著牙兒苫也，則待你忍耐溫存一晌眠。〔旦作羞〕〔生前抱〕〔旦推介〕〔合〕是那處曾相見，相看儼然，早難道這好處相逢無一言。〔生強抱旦下〕〔註52〕

在「尊天理」與「抑人欲」的選擇中，在夢中完全可以順從人欲，而將天理拋諸腦後。因此，杜麗娘在夢中與柳夢梅偶然相遇，快速相戀，那樣看似不合理的夢的進程，實際上也象徵著杜麗娘內心對情感的渴切，因此可以沒有一步一步來的循序漸進的傳統禮法，完全是忠於感覺，順情之下的結果。此外，亦能視爲杜麗娘在情慾世界獨自摸索的面貌，因爲沒有人關心，沒有人理解，不，應該說是沒有人敢承認：

> 【前腔】恁恁憨生，一箇哇兒甚七情？則不過往來潮熱，大小傷寒，急慢風驚。則是你爲母的呵，眞珠不放在掌中擎，因此嬌花不奈這心頭病。〔註53〕

〔註52〕〔明〕湯顯祖：《牡丹亭‧驚夢》，徐朔方箋校：《湯顯祖全集》（北京：北京古籍出版社，1999年），頁2098。

〔註53〕〔明〕湯顯祖：《牡丹亭‧詰病》，徐朔方箋校：《湯顯祖全集》（北京：北京古籍出版社，1999年），頁2119。

【前腔】説起心疼，這病知他是怎生？看他長眠短起，似笑如啼，有影無形。原來女兒到後花園遊了。夢見一人，手執柳枝，悶了他去。〔作歎介〕怕腰身觸污了柳精靈，虛囂側犯了花神聖。老爺呵，急與禳星，怕流星趕月相刑迸。〔註54〕

與柳夢梅在夢裡愛戀的回憶對杜麗娘而言彷如空氣般釋放助燃，愈燃愈熾烈，夢境的回憶彷如永恆，她不斷地反芻回憶：

〔旦長歎介，看老旦下介〕哎也天那！今日杜麗娘有些僥倖也。偶到後花園中，百花開遍，觀景傷情，沒興而回。畫眠香閣，忽遇一生，年可弱冠，丰姿俊妍。於園中折得柳絲一枝，笑對奴家說：姐姐既淹通書史，何不將柳枝題賞一篇。那時待要應他一聲，心中自忖，素昧平生，不知名姓，何得輕與交言。正如此想間，只見那生向前，說了幾句傷心話兒，將奴摟抱去牡丹亭畔，芍藥闌邊，共成雲雨之歡。兩情和合，真個是千般愛惜，萬種溫存。歡畢之時，又送我睡眠，幾聲「將息」。正待自送那生出門，忽值母親來到，喚醒將來。我一身冷汗，乃是南柯一夢。忙身參禮母親，又被母親絮了許多閒話。奴家口雖無言答應，心內思想夢中之事，何曾放懷？行坐不寧，自覺如有所失。娘呵，你教我學堂看書去，知他看那一種書消悶也？〔作掩淚介〕〔註55〕

此刻，夢境是唯一的庇護所，是逃脫也是創生，在現實和虛構的界線模糊之後，杜麗娘的內心有了真正的自由。這樣的感覺好比在現實與精神間的游移，從來無法精準判斷，精神往往隨著現實脫序，當精神出走再次返回之時，雖是回歸至原來的框架裡，但那個框架已經不存在。精神性的「情」的力量已經足以跨越「理」的框架。於是「夢」成了一種對情理的思辯歷程，杜麗亮呼應情的渴求，尋夢之舉勢必成行：

【月兒高】〔旦上〕幾曲屏山展，殘眉黛深淺。為甚衾兒裏不住的柔腸轉？這憔悴非關愛月眠遲倦。可為惜花，朝起庭院？忽忽花間起夢情，女兒心性未分明。無眠一夜燈明滅，分煞梅香喚不醒。昨日

〔註54〕〔明〕湯顯祖：《牡丹亭·詰病》，徐朔方箋校：《湯顯祖全集》（北京：北京古籍出版社，1999年），頁2118。

〔註55〕〔明〕湯顯祖：《牡丹亭·驚夢》，徐朔方箋校：《湯顯祖全集》（北京：北京古籍出版社，1999年），頁2099～2100。

> 偶爾春遊，何人見夢？綢繆顧盼，如遇平生。獨坐思量，情殊悵怳。
> 真個可憐人也！〔悶介〕〔貼捧茶食上〕香飯盛來鸚鵡粒，清茶擎出
> 鷓鴣斑。小姐，早膳哩。〔旦〕咱有甚心情也？〔註56〕

惟有交會，才能讓彼此知道各自擁有的孤獨，而「夢」是讓孤獨得以交會的
媒介，在夢中，杜麗娘創造一個幻想空間以揭露真實空間的虛妄。她沉浸在
「兩情和合，真個是千般愛惜，萬種溫存」的永恆中，因爲短瞬，所以永恆，
因爲未曾擁有，所以擁有以後想要佔有。而湯顯祖直白地寫出「雲雨之歡」，
便是是將此中的「色」，代表著感性，杜麗娘遵從自己的感性，拋開父母以規
範來表現保護子女的理性之愛，周旋在「感性」與「理性」的杜麗娘，最終
仍是驅往本性之色，遵循感性之途，滿足了人性之情。

　　一夜無眠的杜麗娘只能在封閉的閨房中獨坐思量，看著燈明滅，憶春遊，
戀夢情。她熱切的春情，無人能解，因而在夜暗時分，起了悵怳之嘆，一聲
可憐人之嘆。

> 〔旦〕春香已去。天呵，昨日所夢，池亭儼然。只圖舊夢重來，其
> 奈新愁一段！尋思展轉，竟夜無眠。咱待乘此空閒，背卻春香，悄
> 向花園尋看。〔悲介〕哎也！似咱這般，正是：夢無綵鳳雙飛翼，心
> 有靈犀一點通。〔行介〕一逕行來，喜的園門洞開，守花的都不在，
> 則這殘紅滿地呵。〔註57〕

杜府中的「後花園」，它兼具扭轉現實位置的功能。杜麗娘在這個虛擬空間中
經歷了一場叩問，一趟追尋。在《生命的禮物——給心理治療師的 85 則備忘
錄》中提及：「夢，代表的案主深處問題的敏銳敘述，只是使用不同語言，一
種視覺意象的語言。〔註 58〕」因此，杜麗娘遊園後的夜夢，正是表達她內心
深處對於愛情的渴求，她嚮往著綵鳳雙飛，心有靈犀的理想愛情。她爲尋舊
夢，惹來新愁，然「舊」與「新」之間，其實都是爲「情」，因情而生夢，因
夢而生愁。因何而愁，乃是「真實空間」求不得之苦而生起的愁，只是經歷
過遊園後的杜麗娘，她似乎無法繼續在閨塾中等待春天，也無法再壓抑，於

〔註56〕　〔明〕湯顯祖：《牡丹亭·尋夢》，徐朔方箋校：《湯顯祖全集》（北京：北京
　　　　　古籍出版社，1999 年），頁 2103。
〔註57〕　〔明〕湯顯祖：《牡丹亭·尋夢》，徐朔方箋校：《湯顯祖全集》（北京：北京
　　　　　古籍出版社，1999 年），頁 2104。
〔註58〕　〔美〕歐文·亞隆（Irvin D., Yalom）：《生命的禮物——給心理治療師的 85
　　　　　則備忘錄》（臺北：心靈工坊，2002 年 12 月年），頁 3。

是「背向春香,悄向花園尋看」,再次回到後花園尋找夢境之重現。然而,迎來的結局只是「一逕行來,喜的園門洞開,守花的都不在,則這殘紅滿地」,尋得的是深深的落寞與悵然。

> 【懶畫眉】〔旦〕最撩人春色是今年,少甚麼低就高來粉畫垣,原來春心無處不飛懸。〔絆介〕哎,睡荼蘼抓住裙衩線,恰便是花似人心好處牽。〔註59〕

撩人的春色,撩起的是無處不飛懸的春心:

> 【前腔】爲甚呵玉眞重遡武陵源?也則爲水點花飛在眼前。是天公不費買花錢,則咱人心上有題紅怨。咳,孤負了春三二月天。〔貼上〕喫飯去,不見了小姐,則得一逕尋來。呀!小姐,你在這裏。〔註60〕

春香一句「呀,小姐,你在這裏」即可明白:杜麗娘又回到了後花園。再一次回到後花園乃因「夢境」中的柳夢梅,那個在異質空間出現的人,因爲他的出現,讓在眞實空間的杜麗娘有了期盼,有了追求自我的想望。而這也對比出在異質空間得到滿足,然在眞實空間相對的匱乏。

二、覺情尋夢

關於杜麗娘的夢,體現著哪些感受?而她夢中的核心情緒又是甚麼?即可透過她再次的遊園將夢境中幽微的存有顯現無遺:

> 【不是路】何意嬋娟,小立在垂垂花樹邊?纔朝饍,個人無伴怎遊園?〔旦〕畫廊前,深深驀見銜泥燕,隨步名園是偶然。〔貼〕娘回轉,幽閨窄地教人見,那些兒閒串?那些兒閒串?〔註61〕

「個人無伴怎遊園」,便是揭開「驚夢」之題的關鍵:驚覺自己無人爲伴,也驚醒到自己如此需要有伴的情感需要,因爲有了「驚夢」的自覺,才有了「尋夢」的行動:

> 【前腔】〔旦作惱介〕哇!偶爾來前,道的咱偷閒學少年。〔貼〕咳,不偷閒,偷淡。〔旦〕欺奴善,把護春臺都猜做謊桃源。〔貼〕敢胡

〔註59〕 〔明〕湯顯祖:《牡丹亭‧尋夢》,徐朔方箋校:《湯顯祖全集》(北京:北京古籍出版社,1999年),頁2104。

〔註60〕 〔明〕湯顯祖:《牡丹亭‧尋夢》,徐朔方箋校:《湯顯祖全集》(北京:北京古籍出版社,1999年),頁2104。

〔註61〕 〔明〕湯顯祖:《牡丹亭‧尋夢》,徐朔方箋校:《湯顯祖全集》(北京:北京古籍出版社,1999年),頁2104～2105。

言！這是夫人命，道春多刺繡宜添線，潤逼爐香好膩箋。〔旦〕還說
甚來？〔貼〕這荒園塹，怕花妖木客尋常見，去小庭深院，去小庭
深院！〔旦〕知道了，你好生答應夫人去，俺隨後便來。〔貼〕閒花
傍砌如依主，嬌鳥嫌籠會罵人。〔下〕〔旦〕丫頭去了，正好尋夢。
〔註62〕

因此「有伴遊園」才是「尋夢」最深的動機，甚麼「夫人之命」，杜麗娘已經
不再是當初未踏出閨塾的那個她了，口頭雖然應允隨後便去，但心嚮花園此
意已決，就算是「荒園塹」中有「花妖木客」，她也無法再回到「小庭深院」。
因爲夢境中擄掠芳心的那位書生，已成爲杜麗娘跳脫「眞實空間」的拘縛，
能夠使她春意滿懷的關鍵人。

　　在此刻，閨塾已不再是杜麗娘唯一可以行動的空間了，也不是她僅能生
存的空間了。她再次遊園的行動，便揭示了那是她開始自覺地界定生存的「內
部」與「外部」：

當場所和四周互動時，就產生了內部和外部的問題。於是這種現象
學的關係，就成了生存空間的基本觀點。「在內部」，顯然是跟在場
所觀念之後的最初意圖，那也就是說，在某處遠離內部的地方就是
「外部」。只有當一個人界定出何者內部何者外部時，我們才眞能說
他「住居」了。通過這種聯繫，人們界定了他的經驗和記憶，而空
間的內部就變成了個人「內部」的表示。如此，「自證（identity）與
場所的經驗密切連繫，特別是當人格被塑造成形的時候。〔註63〕

因此，當杜麗娘在後花園有了跟四周互動的經驗後，她也開始覺醒，而後花
園也成了她探索自我的內部空間，夢只是一個引子，一個開端：

【忒忒令】那一答可是湖山石邊？這一答似牡丹亭畔。嵌雕闌芍藥
芽兒淺，一絲絲垂楊線，一丟丟榆莢錢。線兒春甚金錢弔轉。呀！
昨日那書生，將柳枝要我題詠，強我歡會之時，好不話長。〔註64〕

回憶夜夢，書生之貌，無限回憶；靦腆之相，無邊沉浸；夢裡情事，無盡回

〔註62〕　〔明〕湯顯祖：《牡丹亭・尋夢》，徐朔方箋校：《湯顯祖全集》（北京：北京
　　　　　古籍出版社，1999 年），頁 2105。
〔註63〕　〔挪〕克里斯蒂安・諾伯格－舒爾茨（Christian Norberg-Schultz）著，王淳隆
　　　　　譯：《實存・空間・建築》（臺北：臺隆出版社，1984 年），頁 24～25。
〔註64〕　〔明〕湯顯祖：《牡丹亭・尋夢》，徐朔方箋校：《湯顯祖全集》（北京：北京
　　　　　古籍出版社，1999 年），頁 2105。

味，正是美滿幽香不可言，動人春意難遣懷：

> 【嘉慶子】是誰家少俊來近遠？敢迤逗這香閨去沁園？話到其間靦
> 覥，他捏這眼，奈煩也天，咱嗐這口，待酬言。〔註65〕

夢彷如豐富的織錦，由強烈而重要的往事記憶交織而成。杜麗娘遊園後所作的第一個夢成了最初的夢，而這個最初的夢其實幫助我們看見她的核心問題，即是：所有的改變都發生在內心深處的狀態中，遊園後的第一個夢，完成了她的春思之夢。

> 【尹令】那書生可意呵，咱不是前生愛眷，又素乏平生半面。則道
> 來生出現，乍便今生夢見。生就個書生，恰恰生生抱咱去眠。那些
> 好不動人春意也。〔註66〕

再一次的遊園，便是再一次體味夢裡的歡愉美好。只是一切的一切，都在夢醒之後，遍尋不著：

> 【品令】他倚太湖石，立著咱玉嬋娟。待把俺玉山推倒，便日暖玉
> 生煙。捱過雕闌，轉過鞦韆，揹著裙花展。敢席著地，怕天瞧見。
> 好一會分明，美滿幽香不可言。夢到正好時節，甚花片兒弔下來也。
>
> 〔註67〕
>
> 【豆葉黃】他興心兒緊嗛嗛，嗚著咱香肩；俺可也慢掂掂做意兒周
> 旋，等閒間把一個照人兒昏善。那般形現，那般軟綿。怎一片撒花
> 心的紅影兒，弔將來半天，敢是咱夢魂兒廝纏。咳，尋來尋去，都
> 不見了。牡丹亭，芍藥闌，怎生這般悽涼冷落，杳無人跡？好不傷
> 心也！〔淚介〕〔註68〕

夢到最好處，花兒卻殞落，預示尋夢之途，將如殞落的花兒般落空。昨日今朝，眼下心前，轉眼生變，夢裡的溫存，夢裡的柔情，煙消雲散，尋夢未竟，暗懸的淚，是為夢境消失而落，淒涼之情因而生：

〔註65〕〔明〕湯顯祖：《牡丹亭·尋夢》，徐朔方箋校：《湯顯祖全集》（北京：北京古籍出版社，1999年），頁2105。

〔註66〕〔明〕湯顯祖：《牡丹亭·尋夢》，徐朔方箋校：《湯顯祖全集》（北京：北京古籍出版社，1999年），頁2105。

〔註67〕〔明〕湯顯祖：《牡丹亭·尋夢》，徐朔方箋校：《湯顯祖全集》（北京：北京古籍出版社，1999年），頁2105～2106。

〔註68〕〔明〕湯顯祖：《牡丹亭·尋夢》，徐朔方箋校：《湯顯祖全集》（北京：北京古籍出版社，1999年），頁2106。

【玉交枝】是這等荒涼地面，沒多半亭臺靠邊，好是咱睃睒色眼尋難見。明放著白日青天，猛教人抓不到魂夢前。霎時間有如活現，打方旋再得俄延。呀，是這答兒壓黃金釧匾。要再見那書生呵。〔註69〕

「再見那書生」成了杜麗娘尋夢最大的動機，她想將詩書中那個「異質空間」所見的佳偶良緣也落實在自己的現實生活中。於是，再次回到後花園這個「異質空間」，這次不是因爲春香的探引，而是自發性的遊園，因爲她想追尋心靈意會的夢中人，只是她沒料到，那雨跡雲蹤，登時一變，後花園成了無人之處：

【月上海棠】怎賺騙？依稀想像人兒見。那來時荏苒，去也遷延。非遠，那雨跡雲蹤繞一轉，敢依花傍柳還重現。昨日今朝，眼下心前，陽臺一座登時變。再消停一番。〔望介〕呀，無人之處，忽然大梅樹一株，梅子磊磊可愛。〔註70〕

【二犯麼令】偏則他暗香清遠，傘兒般蓋的周全。他趁這，他趁這春三月紅綻雨肥天，葉兒青，偏逞著苦仁兒裏撒圓。愛殺這畫陰便，再得到羅浮夢邊。罷了，這梅樹依依可人，我杜麗娘若死後，得葬於此，幸矣。〔註71〕

於此，筆者以爲可進一步思考，何以尋夢未竟，便聯想到死後可葬於這依依可人的梅樹下？筆者以爲此處可以圖像式的觀看方式來作分析。因爲觀看者會精選一些特有的畫面，增強某些特定的訊息，觀看者的感染能力取決於他對圖像的解讀能力，一個影像代表一個心理暗示，每個暗示都是一個證據。若相較於於意識的傳達。從「暗香清遠」、「傘蓋周全」、「綻雨肥天」、「葉兒青」、「逞著苦仁兒裏撒圓」這些連續排列的圖像來看，表達了杜麗娘希冀的愛情當如傘蓋周全，但是再一次遊園尋夢，亭臺已成無人之處，只見磊磊可愛的梅樹。杜麗娘明白，夢終歸是夢，夢中人終歸只能留在夢中。欲結連理的夢是不可能了，一切僅能溫存在心裏，如清遠的暗香，青春如葉，可我杜

〔註69〕　〔明〕湯顯祖：《牡丹亭・尋夢》，徐朔方箋校：《湯顯祖全集》（北京：北京古籍出版社，1999年），頁2106。

〔註70〕　〔明〕湯顯祖：《牡丹亭・尋夢》，徐朔方箋校：《湯顯祖全集》（北京：北京古籍出版社，1999年），頁2106。

〔註71〕　〔明〕湯顯祖：《牡丹亭・尋夢》，徐朔方箋校：《湯顯祖全集》（北京：北京古籍出版社，1999年），頁2106～2107。

麗娘的心卻如苦仁兒，一聲「罷了」，明白了這些都是不可求的夢，正是夢幻泡影；而此刻唯一可求的便是：安葬在依依可人的梅樹下：

【江兒水】偶然間心似繾，梅樹邊。這般花花草草由人戀，生生死死隨人願，便酸酸楚楚無人怨。待打併香魂一片，陰雨梅天，守的個梅根相見。〔倦坐介〕〔貼上〕佳人拾翠春亭遠，侍女添香午院清。咳，小姐走乏了，梅樹下盹。〔註72〕

因為如此，便可在梅樹下等待與夢中人再相見。這樣的心願，於今看來，或許會覺得不夠理性，但這正是湯顯祖所謂的「情」，自然流露的「情」是不能加以抑制的。他在《牡丹亭·題辭》中便說：「人世之事，非人世所可盡。自非人，恒以理相格耳！第云理之所必無，安知情之所必有邪？」在「尊天理」而「抑人欲」的價值主流下，產生的侷限便是：凡事皆「以理相格」，但這是不合人性，也不合邏輯，不合自然的。「理」的存在，便是一種規範，規範的存在，便產生了框架；框架一旦產生，侷限也就出現，侷限一出現，誤解也就開始；誤解一開始，對立也就根深柢固，理解也就消失殆盡了。

【川撥棹】〔貼〕你遊花院，怎靠著梅樹偃？〔旦〕一時間望，一時間望眼連天，忽忽地傷心自憐。〔泣介〕〔合〕知怎生情悵然？知怎生淚暗懸？〔貼〕小姐甚意兒？〔註73〕

【前腔】〔旦〕春歸人面，整相看無一言。我待要折，我待要折的那柳枝兒問天，我如今悔不與題箋。〔貼〕這一句猜頭兒是怎言？〔合前〕〔貼〕去罷。〔旦作行又住介〕〔註74〕

【前腔】為我慢歸休，款留連，〔內鳥啼介〕聽，聽這不如歸春暮天，難道我再，難道我再到這亭園，則揀的簡長眠和短眠？〔合前〕〔貼〕到了，和小姐瞧奶奶去。〔旦〕罷了。〔註75〕

【意不盡】軟咍咍剛扶到畫闌偏，報堂上夫人穩便。咱杜麗娘呵，

〔註72〕 〔明〕湯顯祖：《牡丹亭·尋夢》，徐朔方箋校：《湯顯祖全集》（北京：北京古籍出版社，1999 年），頁 2107。

〔註73〕 〔明〕湯顯祖：《牡丹亭·尋夢》，徐朔方箋校：《湯顯祖全集》（北京：北京古籍出版社，1999 年），頁 2107。

〔註74〕 〔明〕湯顯祖：《牡丹亭·尋夢》，徐朔方箋校：《湯顯祖全集》（北京：北京古籍出版社，1999 年），頁 2107。

〔註75〕 〔明〕湯顯祖：《牡丹亭·尋夢》，徐朔方箋校：《湯顯祖全集》（北京：北京古籍出版社，1999 年），頁 2107。

少不得樓上花枝也則是照獨眠。〔註76〕

然而這一景一物，仿如羅蘭巴特攝影所謂的「刺點」，吸引杜麗娘的目光，讓她心靈的想望更加奔馳，也更加痛苦。

不想再被拘縛在「閨房」，因為在閨房的行動，不過只是可預期的生活往復不斷的週轉循環，不會有任何改變，不會產生任何生氣，只是自己用一種很熟悉的姿勢困在一個陰暗寂寞的角落裡。於是「遊園」作為一種「打破慣性時間」的行動，無非也表現杜麗娘急欲衝破由杜寶規劃好的人生，一種必須如此的「傳統之理」。筆者以為：「遊園」之所以精彩，之所以關鍵，正是「遊」一意所指稱的意義。遊戲，本是自由自在，無所框架，活活潑潑，可以任情而為，隨情而遊，於此中的情感是可以有所起伏，有所彈性的。在「遊園」一舉中，杜麗娘進入了從未見識的空間，並且藉由「後花園」這個第三空間，她在此中記憶、重思，恢復失落的空間。因此，「後花園」可謂是杜麗娘的「桃花源」，不得不這樣說，「後花園」獨立成一個時空型態，它代表著分隔或切割出活在由「理」所控管的空間下一個規律不可更易的時間，在後花園裡，杜麗娘的心理時鐘是自由的。後花園成了杜麗娘情生情轉的固定地點，一次又一次的遊園，一遍又一遍遊園的時光不斷迴環，直到自己的春情得到釋放，得到滿足為止。因此，後花園代表的是杜麗娘「情竇初開」的完成，而在那個時間循環裡，追求愛情，其實是在追尋自我，亦是不斷探索自己的開始，真正的愛情，才正式進入她的生命。

第四節　冥界的情理意義

「冥界」一處，乃是杜麗娘「穿越生死」，體驗為愛而死，為愛而生之情感歷程的異質空間。透過「冥界」這一場域，杜麗娘死而復生的歷程，在在體現「情至」精神之內涵：「情不知所起，一往而深。生者可以死，死者可以生。」此外，在冥界的行動已不同於在陽間的行動。在「陰間」和「陽間」之間，有一個模糊且巨大的空間，而杜麗娘正在此中進行「魂遊」與「還魂」之過程，這個空間的開闊性值得我們去探究，因為在「魂遊」與「還魂」的空間裡有無限複雜的內部動機，也有無限複雜的外部力量，所展示的其實是

〔註76〕　〔明〕湯顯祖：《牡丹亭·尋夢》，徐朔方箋校：《湯顯祖全集》（北京：北京古籍出版社，1999 年），頁 2107～2108。

杜麗娘「示愛」的過程，以及夢中人以由「虛」證「實」，從「實」體「虛」之理。另外，湯顯祖所謂：「生天生地生鬼生神，極人物之萬途，攢古今之千變。」盡變在杜麗娘己身。

　　以下分從：一、爲情捨生，情從欲生；二、爲情再生，理從情生等兩方面論述之。

一、爲情捨生，情從欲生

　　死亡意味著疆界或規範的泯除，因爲在冥界中一切有了不同的規則。杜麗娘因夢柳生，一往情深，因情而死，而有了魂遊與還魂的死生經歷：

> 前日爲柳郎而死，今日爲柳郎而生。夫婦分緣，去來明白。〔註77〕

正因這份對情感的執著，在「幽媾」一齣中，杜麗娘的鬼魂遇到柳夢梅，人鬼相戀的戲碼也即將展開：

> 【隔尾】敢人世上似這天眞多則假？〔內作風吹燈介〕〔生〕好一陣冷風襲人也，險些兒誤丹青風影落燈花。罷了，則索睡掩紗窗去夢他。〔生睡介〕〔魂旦上〕泉下長眠夢不成，一生餘得許多情。魂隨月下丹青引，人在風前歎息聲。妾身杜麗娘鬼魂是也。爲花園一夢，想念而終。當時自畫春容，埋於太湖石下。題有：他年得傍蟾宮客，不在梅邊在柳邊。誰想遊魂觀中幾晚，聽見東房之內，一個書生，高聲低叫：俺的姐姐，俺的美人。那聲音哀楚，動俺心魂。悄然蔫入他房中，則見高掛起一軸小畫。細玩之，便是奴家遺下春容。後面和詩一首，觀其名字，則嶺南柳夢梅也。梅邊柳邊，豈非前定乎？因而告過了冥府判君，趁此良宵，完其前夢。想起來好苦也！〔註78〕

> 【朝天懶】怕的是粉冷香銷泣絳紗，又到的高唐館，玩月華。猛回頭羞颯鬒兒茶鬢，自擎拿。呀，前面是他房頭了。怕桃源路徑行來詫，再得俄旋試認他。〔生睡中念詩介〕他年若傍蟾宮客，不是梅邊是柳邊。我的姐姐呵。〔旦聽，打悲介〕〔註79〕

〔註77〕〔明〕湯顯祖：《牡丹亭・鬧殤》，徐朔方箋校：《湯顯祖全集》（北京：北京古籍出版社，1999年），頁2133。

〔註78〕〔明〕湯顯祖：《牡丹亭・幽媾》，徐朔方箋校：《湯顯祖全集》（北京：北京古籍出版社，1999年），頁2167。

〔註79〕〔明〕湯顯祖：《牡丹亭・幽媾》，徐朔方箋校：《湯顯祖全集》（北京：北京古籍出版社，1999年），頁2167。

〔旦〕〔聽打悲介〕是他叫喚的傷情咱淚雨麻，把我殘詩句，沒爭差。
難道還未睡呵？〔瞧介〕〔生又叫介〕〔旦〕他原來睡屏中作念猛嗟
呀。省諳諢，我待敲彈翠竹窗櫳下，〔生作驚醒，叫姐姐介〕〔旦悲
介〕待展香魂去近他。〔註80〕

在黑夜中，對黑夜的凝視，對自己往情的凝視，從「追憶」這個點觀看杜麗
娘，此刻「俺的姐姐，俺的美人」激情的叫喚成了夜色中的色彩，在寂靜中
成爲相鳴的和聲，音聲哀楚的叫喚，更能動人心扉，勾人心魂。彷彿那在在
黑暗中發出的哀楚是一種深情的回聲，證明成爲亡魂以後的杜麗娘青春的追
求沒有墜落在夜空中，看著柳夢梅細玩著自己的畫像，那彷彿是在黑暗發出
的一道光，孤魂不再成孤，遊魂也有了安居之所。在天人永隔的兩界中，杜
麗娘深埋的情事，在透過如實的看見以後，更是上升激昂的。在後花園，她
只能藉由夢中虛影思念，如今，眞實的夢中人活生生的在眼前，虛影成實相，
夢已成眞。服從自己內心的意志，爲情而銷魂，爲情而死，此刻柳生迷戀杜
麗娘的行動，成了最珍貴的禮物，最美妙的回聲。心之靈犀，不囿於時空，
兩情相悅，才是陰陽兩隔之中永遠亮的著恆星。因此「趁此良宵，完其前夢」，
杜麗娘的夢中情事，在成爲鬼魂後，所有的期盼，所有的牽掛，所有的追尋，
並未隨著亡逝，反而在不受限的空間中，夢中願，得以完成。

在「超時空」相遇的兩人，杜麗娘想踐履的無非是不墜的愛，永恆的忠
貞：

【滴滴金】……〔旦〕妾有一言相懇，望郎恕責。〔生笑介〕賢卿有
話，但說無妨。〔旦〕妾千金之軀，一旦付與郎矣，勿負奴心。每夜
得共枕席，平生之願足矣。〔註81〕

「妾千金之軀，一旦付與郎矣，勿負奴心。每夜得共枕席，平生之願足矣」。
這樣的女子心願，其實仍是傳統經典《詩經》中上乘的愛，上乘的願：「死生
契濶，與子成說，執子之手，與子偕老。」這是《詩經·擊鼓》篇中的詩句。
杜麗娘平生之願，與君共枕，勿負奴心，勿負奴心；彷彿擊心之鼓，將自己
內心的鼓點敲給心上人聽。

〔註80〕　〔明〕湯顯祖：《牡丹亭·幽媾》，徐朔方箋校：《湯顯祖全集》（北京：北京
古籍出版社，1999 年），頁 2167。
〔註81〕　〔明〕湯顯祖：《牡丹亭·幽媾》，徐朔方箋校：《湯顯祖全集》（北京：北京
古籍出版社，1999 年），頁 2169。

　　當杜麗娘向真正的夢中情人柳夢梅示愛後，柳夢梅也動情生戀心：

　　【月雲高】〔生上〕暮雲金闕，風旛淡搖拽。但聽的鐘聲絕，早則是心兒篤。紙帳書生，有分氲蘭麝。喒時還早，蕩花陰單則把月痕遮。〔整燈介〕溜風光穩護著燈兒燁。〔笑介〕好書讀易盡，佳人期未來。前夕美人到此，並不隄防姑姑攪攘。今宵趁他未來之時，先到雲堂之上，攀話一回，免生疑惑。〔作掩門行介〕此處留人戶半斜，天呵，俺那有心期在那些？〔下〕〔註82〕

　　等了又等，待了又待，慌心盡見，為怕石道姑壞事，只好先行安「攀話一回，免生疑惑」，可見渴盼之情。

　　杜麗娘因夢生情，夢中與柳夢梅初有雲雨之歡，是由色生情，而柳夢梅見畫中美人，不覺傾心，日想夜念，亦是由色生情：

　　【夜行船】〔生上〕瞥下天仙何處也？影空濛似月籠沙。有恨徘徊，無言窨約，早是夕陽西下。一片紅雲下太清，如花巧笑玉娉婷。憑誰畫出生香面？對俺偏含不語情。小生自遇春容，日夜想念。這更闌時節，破些工夫，吟其珠玉，玩其精神。儻然夢裏相親，也當春風一度。〔展畫玩介〕呀，你看美人呵，神含欲語，眼注微波。真乃落霞與孤鶩齊飛，秋水共長天一色。〔註83〕

　　【香徧滿】晚風吹下，武陵溪邊一縷霞，出落個人兒風韻殺。淨無瑕，明窗新絳紗。丹青小畫叉，把一幅肝腸掛。小姐小姐，則被你想殺俺也。〔註84〕

　　【懶畫眉】輕輕怯怯一箇女嬌娃，楚楚臻臻像箇宰相衙。想他春心無那對菱花，含情自把春容畫，可想到有箇拾翠人兒也逗著他？〔註85〕

　　【玩仙燈】呀，何處一嬌娃，豔非常使人驚詫。〔旦作笑閃入〕〔生急掩門〕〔旦斂袵整容見介〕秀才萬福！〔生〕小娘子到來。敢問尊前

〔註82〕〔明〕湯顯祖：《牡丹亭・冥誓》，徐朔方箋校：《湯顯祖全集》（北京：北京古籍出版社，1999年），頁2180。

〔註83〕〔明〕湯顯祖：《牡丹亭・幽媾》，徐朔方箋校：《湯顯祖全集》（北京：北京古籍出版社，1999年），頁2165。

〔註84〕〔明〕湯顯祖：《牡丹亭・幽媾》，徐朔方箋校：《湯顯祖全集》（北京：北京古籍出版社，1999年），頁2165。

〔註85〕〔明〕湯顯祖：《牡丹亭・幽媾》，徐朔方箋校：《湯顯祖全集》（北京：北京古籍出版社，1999年），頁2165。

何處？因何黌夜至此？〔旦〕秀才，你猜來。……〔生背介〕奇哉！奇哉！人間有此艷色。夜半無故而遇明月之珠，怎生發付？〔註86〕

【前腔】他驚人豔，絕世佳，閃一笑風流銀蠟。月明如乍，問今夕何年星漢槎？金釵客寒夜來家，玉天仙人間下榻。〔背介〕知他，知他是甚宅眷的孩兒？這迎門調法。待小生再問他：〔回介〕小娘子黌夜下顧小生，敢是夢也？〔旦笑介〕不是夢，當真哩。還怕秀才未肯容納。〔生〕則怕未眞，果然美人見愛，小生喜出望外，何敢卻乎？

〔旦〕這等，眞個盼著你了。〔註87〕

湯顯祖從「人性情慾」的眞實角度去描繪人物，所形塑出來的人物是眞實，而非概念。因爲「人性」是深入人的內心所幻化成的思想與言行，充溢在人的整個內心世界與外在表現之中，唯有如此的觀察，才能寫出人性的共相與殊相，展現出生命的普遍性與獨特性。杜麗娘有情有慾，有樂有悲，有笑有淚，她歷經生之煩惱與死之恐懼，在經歷生命的過程中，面對境遇，她雖然沒有積極的對抗，但也算是以消極的不妥協作爲抵抗，她並非依循父母安排的路，害相思而死是她的抉擇，也是她人生的一個改變，最初或許是身不由己，但冥誓還魂這便是出於自覺得選擇。經過抉擇，有所改變，表現了人物情感的多層的面向，是一個眞人，眞正能表現眞實人性的人。湯顯祖塑造了杜麗娘，表現出一種自我覺醒的成長歷程，努力成爲自己靈魂的載體，然而她並不是採取對立的兩性抗衡，筆者以爲：這一切不過是「合情言性」之思想的具體展現而已。湯顯祖建構出戲曲人性論，情總顯影在理性之中，而理總隱晦於情之下，一種情之顯影、理之隱晦的人性觀。

此外，這也具體說明湯顯祖崇尚眞性情而反對假道學的背後信仰：「世之假人常爲眞人苦。」〔註88〕眞正的人性絕非以二分對立的方式觀看，如果無法明其理，所見之理，所感之理，所持之理，必將是偏執，蒙昧的。作爲一個藝術創作者，無法恪守此人性有著曲徑通幽之理，是無法眞正深刻作品，也無法成爲經典的。

〔註86〕〔明〕湯顯祖：《牡丹亭·幽媾》，徐朔方箋校：《湯顯祖全集》（北京：北京古籍出版社，1999年），頁2168～2169。

〔註87〕〔明〕湯顯祖：《牡丹亭·幽媾》，徐朔方箋校：《湯顯祖全集》（北京：北京古籍出版社，1999年），頁2169。

〔註88〕〔明〕湯顯祖〈答王宇泰太史〉，徐朔方箋校：《湯顯祖全集》（北京：北京古籍出版社，1999年），頁1305。

而所謂「道」：即陰陽相生、相推、相對、相涵，陰陽不可兩分，猶如生死不可兩判。在理解以「冥界」作爲「轉生」之空間不得不對湯顯祖對於「通人」的定義，在〈青雪樓賦_{有序}〉中說：「通人之遠旨，妙死生之一線，人生之去來，像潮音之出沒。」〔註89〕又說〈答徐聞鄉紳〉：「獨念『君子學道則愛人』，常見古人雖流寓一時，不肯儳焉如不終日，誠愛人也。」〔註90〕以動養氣，足以吐納性情，通極天下之變。

二、爲情求生，理從情生

湯顯祖在〈答李乃始〉一文中說道：「俗情之文必朽」〔註91〕，那麼自己一定也不會讓一生最得意的《牡丹亭》落入俗情之流。既然湯顯祖都如此明志，杜麗娘爲情而死，爲情而生，也絕非只是俗套的愛情之論而已，在那背後一定有更深的思想。看似爲情而死而生，是一種感性的作爲，但細密思之，杜麗娘所作的一切選擇都是出於自己的意志，儘管受到外在環境的影響，但她仍究可以有另一種選擇，因此，對於杜麗娘的抉擇，說是出自一種自覺也不爲過，而筆者以爲：杜麗娘爲情而死，爲情而生這完整的經歷，無非是湯顯祖表述情理本質有著錯綜的關係，無法二分，無法對立而觀。杜麗娘爲情而死，爲情而生，無非也是一種理性的顯現。試想：湯顯祖在面對廣袤無垠的時間與空間，是否有曾有此生茫然之感？此外，筆者並不以爲，湯顯祖是無法跳脫戲曲大圓滿的框架思維，而是寓有他的生死觀與輪迴觀。

肉身存在，尚且茫然，不知所以，那是否是一種死亡的狀態？然而，爲愛而死，明明白白爲何如此，自覺選擇爲愛而死，此刻肉身雖亡，然精神是自由的，而不正也是生的眞正意義？因此，杜麗娘的死是肉身的告別，她的復生，是肉身的新生，都是同一個肉身，肉身重新回到人間，是因爲眞正凝視死亡，經歷死亡，才充分了解生之意義。湯顯祖讓杜麗娘實踐佛經中所說的「流浪生死」，難道不能說，其實湯顯祖正形構著一種死亡美學。在冥界的杜麗娘徹底死過，然而對人世依舊纏繞眷戀，依舊貪嗔癡愛，冥界是一個「過

〔註89〕〔明〕湯顯祖〈青雪樓賦_{有序}〉，徐朔方箋校：《湯顯祖全集》（北京：北京古籍出版社，1999年），頁994。

〔註90〕〔明〕湯顯祖〈答徐聞鄉紳〉，徐朔方箋校：《湯顯祖全集》（北京：北京古籍出版社，1999年），頁1331。

〔註91〕〔明〕湯顯祖〈答李乃始〉，徐朔方箋校：《湯顯祖全集》（北京：北京古籍出版社，1999年），頁1411。

度」的存在，有著「擺渡」的象徵。沒有死亡美學，生命只是隨便活著，隨
便死去，讓肉身再一次回到人世學習。以赤裸裸的肉身體證「情」之內在本
質，正如湯顯祖的用世之情，幾番跌宕，世情仍深，未生退心，上疏〈論輔
臣科臣疏〉當算是以赤裸裸肉身抵抗龐大的國家體制之展現罷〔註92〕。

　　李澤厚《華夏美學》中曾道明清人對於個體感性血肉之軀的重視，正是
當時的思潮：

　　　　它表現了對個體感性血肉之軀的重視，亦即眞正突出了個體的存
　　　　在。個體不再只是五倫中之夫婦關係中的一個環節或宇宙系統中一
　　　　陰一陽之謂道的某個因素，而是那不可重複、不可替代、只有一次
　　　　的感性生命的自身。這自身也不再是泛泛的人生意義或一般的生命
　　　　感懷，而是實實在在的「我」的血肉、情欲和自然需要。〔註93〕

杜麗娘能成爲經典的戲曲人物，無非是湯顯祖形塑出一個完整的人，而非是
完美的人。完整的人接近人性的曖昧多樣與複雜深邃，正因爲如此，也才會
產生杜麗娘效應：

　　　　《牡丹亭》寫畢，有婁江女子俞二娘讀後，大爲感動，病而死。杭
　　　　州有馮小青，讀畢，鬱鬱難紓，有詩曰：冷雨幽窗不可聽，挑燈夜
　　　　讀《牡丹亭》。人間亦有癡於我，豈獨傷心是小青？〔註94〕

貼近人性的渴望，也溫暖人性的不圓滿，每個人都在成爲眞正的獨立的個體，
而這個獨立的個體必須具有深刻的自覺，而這個深刻的自覺來自於不斷的關
心自己獨立的存在爲何，並了解生之脆弱，以及可能的生之強大。而這一切
一切的都在如夢的人生一步一步產生自覺的力量，因就這份自覺，便會生出
獨立且勇敢的力量，而這些歷程所回應出的共鳴更可改變人世。湯顯祖正是
透過杜麗娘挖掘出人性渴望的「勇氣」，也正是「勇氣」，使她成爲整齣戲最
主要的張力來源。不完美卻完整的杜麗娘，也正是她可以流傳千古的原因。

　　此外，杜麗娘爲愛而死，爲愛而生的意義，是否這藏有湯顯祖面對體
制的思考：在渺小的個體面對龐大的體制時，唯有「勇氣」才能突破。而
爲愛而死，爲愛而生的杜麗娘，是否也代表四十九歲的湯顯祖棄官歸臨川

〔註92〕　關於此論，可見本文上篇第三章第三節之〈從湯顯祖〈論輔臣科臣疏〉析論
　　　　萬曆政壇之亂象〉可證其說。
〔註93〕　李澤厚：《華夏美學》（臺北：時報文化公司，1989 年），頁 227。
〔註94〕　毛效同：《湯顯祖研究資料彙編》（上海：上海古籍出版社，1986 年），下冊，
　　　　頁 418。

後，〔註95〕面對國家體制的思考？也截然斷分出自己面對政治生涯的心態轉變？此點或可在探究另外《南柯記》、《邯鄲記》中析理出一二。〔註96〕

　　傳統家庭倫理對於杜麗娘而言是一個龐大的體制，然而面對由父母所建構出來的體制，顯然她不是以肉身逃脫爲展現勇氣的方式，而是以肉身死亡來表現。而這種方式，其實也算是一種極端與暴力：體制時常生養極端與暴力，因此唯有「毀滅」，才可逃脫體制的極端與暴力。筆者以爲：杜麗娘爲愛而死，又爲愛而生的勇氣，面對死亡一切渺渺不可知的勇氣，必須承擔幽魂不得復生；柳夢梅嚇跑棄絕她的勇氣，而這些勇氣，也成了最眞誠的力量，最深情的表現。杜麗娘在自身之情與父母之理二者實則也進行著一場生命的辯證，而這場生命的辯證存在的意義即是：尊重自己的情感，也必須承擔起自己因情而展開的一切，揭示「情感獨立」的重要，而由己情辯證出的理，才是眞正的追尋，而非是在人云亦云的情況下過完此生。她爲情而死，爲情求生，諸理便從己身泉湧而出，這是「生命」與「知識」合一的過程，這是「眞」。「理」眞正能達到深入骨髓的效果，必須從內在油然而生才能根深柢固，因爲從外在得到的理終究是他人的，他人的理僅能停留在表層，唯有從內在而生的理，才能眞正明白湯顯祖所言的：「理」本身存在的限制性，以及不周全之處。而理的限制與不周延也正是因爲湯顯祖《牡丹亭・標目》中所言：「白日消磨腸斷句，世間只有情難訴。」〔註97〕

　　王思任〈批點玉茗堂牡丹亭敘〉中以「同」與「獨」說明湯顯祖創作杜麗娘此一人物展現的共相與殊相：

　　　　若士以爲情不可以論理，死不足以盡情。百千情事，一死而止，則情莫有深於阿麗者矣。況其感應相與，得《易》之感；從一而終，得《易》之恆。則不第情之深，而又爲情之至正者。今有形一接而即殉夫以死，骨香名永，用表千秋，安在其無知之性，不本於一時之情也？則杜麗娘之情，正所同也，而深所獨也，宜乎若士有取爾也。〔註98〕

〔註95〕　萬曆二十六年（1598），四十九歲的湯顯祖在離開遂昌回故里臨川前後，完成平生得意之作《牡丹亭》。

〔註96〕　爲不使本文思理混亂，此部分之疑問，暫擱置不論。

〔註97〕　〔明〕湯顯祖：《牡丹亭》，徐朔方箋校：《湯顯祖全集》（北京：北京古籍出版社，1999年），頁2067。

〔註98〕　〔明〕王思任〈批點玉茗堂牡丹亭敘〉毛效同：《湯顯祖研究資料彙編》（上海：上海古籍出版社，1986年），下冊，頁1125。

湯顯祖說：「不在者，不復也。不復，……而又奚辨焉。」「復」與「辯」，正是「認識」與「思考」兩者不斷反覆的進程。每一次認識，帶來一次思考，每一次思考，又帶來新的認識，每一次新的認識，必又產生新的思考，往復循環，不止不息。人生而自然。寫杜麗娘之情，正是寫盡普羅大眾之情，而杜麗娘之獨特，亦非普羅大眾皆有，而那獨特正是她的展現情深的方式——爲愛而死，爲愛而生，這是她的勇敢，既體現了個體特殊的存在境遇「情之深」，亦體現了群體共同存在的境遇「情之正」，揭示的正是「情」之兩面性。

反觀湯顯祖，面對整個龐大的朝廷體制，湯顯祖確實是用情於世的，在〈寄吳世行〉書簡中，不爲俗吏之志明矣：

　　丈夫涉世，亦貴善行其意，俗吏不足爲也。〔註99〕

然而，其情不見於世，不容於世，用世之心積極地展現在上疏〈論輔臣科臣疏〉，急欲改變體制，卻因此仕途滯困，自身淪落，雖有「蜚鳥之音」卻「下而不上」，只好「從容觀世，晦以待明」〔註100〕。〈青蓮閣記〉中有世才而蒙世難，正是湯顯祖在體制箝扼之下的喟嘆：

　　世有有情之天下，有有法之天下。唐人受陳、隋風流。君臣遊幸，
　　率以才情自勝，則可以共浴華清，從階升，娛廣寒。令白也生今之
　　世，滔蕩零落，尚不能得一中縣而治。彼誠遇有情之天下也。今天
　　下大致滅才情而尊吏法，故季宣低眉　而在此。假生白時，其才氣凌
　　屬一世，倒騎驢，就巾拭面，豈足道哉？」〔註101〕

湯顯祖當時所面對的時代是「滅才情而尊吏法」的「有法之天下」，完全規格化，統一化，失去彈性，缺乏個性的時代，相較於李白所處之「有情之天下」，可謂是真風流，存妙賞。馮友蘭在〈論風流〉一文中可將唐代之特性括之：

　　真風流底人，必須有妙賞，所謂妙賞就是對於美的深切底感覺。《世
　　說新語》中底名士，有些行爲，初看似乎是很奇怪，但從妙賞的觀
　　點看，這些行爲，亦是可以瞭解底。〔註102〕

〔註99〕　〔明〕湯顯祖：〈寄吳世行〉，徐朔方箋校：《湯顯祖全集》（北京：北京古籍
　　　　　出版社，1999 年），頁 1259。
〔註100〕　〔明〕湯顯祖：〈與李道甫〉，徐朔方箋校：《湯顯祖全集》（北京：北京古籍
　　　　　出版社，1999 年），頁 1283。
〔註101〕　〔明〕湯顯祖：〈青蓮閣記〉，徐朔方箋校：《湯顯祖全集》（北京：北京古籍
　　　　　出版社，1999 年），頁 1173～1174。
〔註102〕　馮友蘭：《選集》（天津：天津人民出版社，1994 年），頁 327。

湯顯祖心底渴盼當朝亦有如唐代之深情妙賞的審美態度對待有才之士，如此亦能凌厲一世，毋須困守世難之局，成了國家體制的犧牲品。

第五節　情深則智生的情理觀

　　程朱理學的要義之一，是把世俗的情欲與純粹的天理分開，在對世俗欲望和感情的克制中，使人漸漸提升到天理的高度。朱熹「存天理，滅人欲」之說，突出「理」和「欲」兩者對立的衝突關係，因此主張「理」必克「欲」，才不會導致崩壞。朱熹強調「理」的客觀性，是為了保證它的「分殊」（即各種具體的社會倫常秩序）的普遍性和實在性。〔註103〕然而，「理」真能克「欲」？顯然湯顯祖並不以為是。他曾說：「守道於今，能逆世而立者，必大人。」是故，逆世而立的大人必須直視現象，才能剝開真實；必須辯證觀看，才能理清真相。

　　以下則從：一、理的解構，情的重構；二、夢覺為情，情覺為智等兩方面分述之。

一、理的解構，情的重構

　　情與理裁衡的背後無非就是人性，為了簡化，為了規範，為了單純，為了辨別，情與理成了規矩分門別類，無非就是分判對錯，截分善惡，裁別好壞，斷分生死，判別情理，完全從二元的角度來思考，只有一和二可以選擇，對立的情況便出現了，情與理，無非也就是這樣。然而，本文卻不以為湯顯祖是以情理相對的觀點來看，反而覺得他想要在一和二之中闢創出三的可能，或者四、五、六……，那是一個思辯的開始，因此《牡丹亭·題辭》稱：「人生之世，非人世所可盡。自非通人，恒以理相隔耳。第云理之所必無，安知情之所必有。」〔註104〕因此，筆者以為：〈題辭〉尾段之文，才是湯顯祖創作《牡丹亭》的思想根源。

　　首先，從「人世的無限與人的有限性」談起，再者，從「人非通人」論述起。正因為「人世的無限與人的有限性」，此中隱藏著許多不可或難以計量

〔註103〕趙傳：《晚明狂禪思想與文學思想研究》（成都：巴蜀書社，2007年11月），頁329。

〔註104〕〔明〕湯顯祖：〈牡丹題記題詞〉，徐朔方箋校：《湯顯祖全集》（北京：北京古籍出版社，1999年），頁1153。

的價值與眞理，所以人更不可能擁有裁定分判的權力，更不是非通人的我們制定後然後一直用這個去規範別人。湯顯祖說：「凡天下從大而視小不精，從小而視大不盡」又有〈讀《錦帆集》嘆卓老〉詩云：「世事玲瓏說不周，慧心人遠碧湘流。都將舌上青蓮子，摘與公安袁六休。」〔註105〕即爲此證。如此便也能明白，湯顯祖何以說：「情致所極，可以事道，可以忘言」之理，乃是「至情」具有「超越性」，非世俗之人可得，非塵俗之心可致。

其次，若能明白這樣的理路進程以後，情與理，自然不是對立，反而是在追尋過後，體驗過後，才能復歸眞正的平衡，確定安身立命的眞理。正如杜麗娘：在十六歲以前，她在「閨塾」中接受「他人之理」，由「他人之理」規範自身的行動，但人終歸有心靈活動，這並不是「他人之理」可以控制管理的，這說明情的流動性，情的無限性，情的不可控管性，因此，在「後花園」她開始擺脫「他人之理」，聽從「自身之情」的呼喚，經歷了一場遊園驚夢，經歷了從生至死的歷程。而後，從「冥界」中滿足了「自身之情」後，她才甘願回到「理」的規範，因爲那個時候的「理」已非「他人之理」，而是經過自己追尋後所甘願服膺的「理」。而這一趟的生死之旅，絕非外人眼中所見之「理」所能盡釋的，因爲眞正經歷這些是必須背負承擔的情感起伏，唯有杜麗娘才知箇中滋味。因此，筆者以爲，這一歷程的情理經歷，才是《牡丹亭》眞正的思想根據，也才是湯顯祖自己經歷的人生之世後所反芻的思考。

舊者不知通，新者不知本。一個在舊有的傳統或框架中新立不同，當典範一形成，就會有固定的框架，當大家都依循著這個框架，就會產生食古不化，不知變通，毫無新意，故步自封的流弊，這樣的思考，其實像是將歷史上對於時代生降的鐵律：「分久必合，合久必分」的自然律，或者詩文盛極必衰，衰極而漸盛的觀點去看，更簡單而言，是從《易經》的陰陽角度去看，陰陽在圓中無線迴圈，層轉之中，時時不同，他不是二分去看，若是從這個點去思考，《牡丹亭》不會僅停留在爲愛而死，爲愛而生的愛情觀裡了，而是在那背後更高的人性論。每個角色都有他們自己脆弱的一面，也有他們珍惜與害怕的事物，這才是能打破國界能被理解接受的「人性」。而杜麗娘由外而內，由內而外不斷地「尋找」與「解決」達到內外合一已完成愛的旅程，自畫了一生的圖貌。

〔註105〕〔明〕湯顯祖：〈讀《錦帆集》嘆卓老〉，徐朔方箋校：《湯顯祖全集》（北京：北京古籍出版社，1999 年），頁 825。

　　沒有經驗，不代表沒有思想過，沒有感受過，沒有幻想過，有經驗與沒有經驗，差別在於「實踐」。杜麗娘為愛而死，為愛而生，這一歷程她徹底實踐了，她以「實踐」去試圖「思維」真理，而湯顯祖所欲揭示的真理便是一種「無言而無不言」的境界：「人生之世，非人世所可盡。自非通人，恒以理相隔耳。第云理之所必無，安知情之所必有。」〔註106〕「從人心流出」的，都是情。而情總是複雜細膩深邃地難以言傳。《牡丹亭》中處處可見湯顯祖描情之樣，繪情之態：「白日消磨斷腸句，世間只有情難訴」〔註107〕、「世間何物似情濃？整一片斷魂心痛」〔註108〕、「生生死死為情多。奈情何！」〔註109〕身為劇作家的湯顯祖，無非是想呈現生命的真實，人性的真實，這些從人心流出的，都是真實，唯有如此，人物才不至流於扁平。而且也唯有真切，才能動人，動人之處，即在於將人所欲隱或無以言語的描寫出來，像是素描，一筆一畫地將人性層疊的形象表現出來。從人心流出來的真切，此是筆者以為湯顯祖創作人物以情為核的內蘊。而那個接近真理的管道，湯顯祖用得是戲劇，塑造了杜麗娘這一人物所展開的愛情旅程體現他生命觀。

　　於此，可以進一步推敲：湯顯祖再三強調人的情感需要，肯定人的個體欲求，這正是對於當時程朱理學無視人性本具的情感慾望的回應，湯顯祖透過杜麗娘這個角色想要探討的其實是「個人」與「一體」的關係：兩者不該是以對立面的狀況相抵相制，而是應該相輔相成。當群體的主流力量龐大到壓制個體，使個體失去原本該有的自由與面貌的情況下，就是一種失衡狀態了，不過，當個體完成追求以後，也不必視群體為對立面，因此最終杜麗娘還魂以後，她並不是選擇私奔，而是依實禮完成終身大世。湯顯祖創造杜麗娘這一人物來追尋自由精神與自我解放，在完成「個體」的意願志向後，終歸還是回到「群體」，一種安其身，立其命的圓滿，即「家」的所在，完成人一輩子追求的「歸宿」，亦完成「和順積中」的精神理想。

　　明代中葉以後，文人以「個人存在」為價值核心之「主體意識」，逐步深

〔註106〕　〔明〕湯顯祖：〈牡丹題記題詞〉，徐朔方箋校：《湯顯祖全集》（北京：北京古籍出版社，1999年），頁1153。

〔註107〕　〔明〕湯顯祖：《牡丹亭‧標目》，徐朔方箋校：《湯顯祖全集》（北京：北京古籍出版社，1999年），頁2067。

〔註108〕　〔明〕湯顯祖：《牡丹亭‧鬧殤》，徐朔方箋校：《湯顯祖全集》（北京：北京古籍出版社，1999年），頁2130。

〔註109〕　〔明〕湯顯祖：《牡丹亭‧魂遊》，徐朔方箋校：《湯顯祖全集》（北京：北京古籍出版社，1999年），頁2162。

化。這股新思潮影響及於文藝領域，因而產生了以「情」爲核心的「主情」觀，將個人主觀之「存在意識」與個體性的「眞實情感」，視爲文學創作之根源與作品模擬的內容〔註110〕。夏咸淳在《情與理的碰撞──明代士林心史》的〈引論〉提到：明代士人心理結構經過三大調整，其一，情與理的調整；其二，雅與俗的調整；其三，一與二的調整。就其文章敘述實可看出，其「雅與俗」、「一與二」的調整，實際上皆指涉「情與理」，於是出現雅俗合流的趨勢，對士大夫的人生觀、價值觀、審美觀、情理觀均產生深刻影響。入俗則要求滿足人欲，順乎人情，因而對尊情思想起了催生助長作用。〔註111〕又說：

> 明中後期思想文化丕變，士心放逸自由，學者文人越來越不守宋儒矩蠖繩墨了，乃至不拘一切舊格套老框框……明代士階層心理結構情與理、雅與俗、一與二的調整和轉換，基本上是共時同步的，初期是「舊貌」，後期是「新顏」，中期是新舊轉化的過渡階段。……由崇理變爲尊情，反映了人性的覺醒，從這個意義上說，情理演化史即是人性發展史。〔註112〕

因此，是否可以這樣論言：杜麗娘這個人物形象象徵著湯顯祖受過的思想痕跡，湯顯祖眞正想要做的是：聽從人眞實的內在自由，去發現，去經歷，而得到眞正的解放，得到眞正的自覺。

二、夢覺爲情，情覺爲智

夢，是爲了覺知才夢的。情，是要人回歸本性才情眞的。張繼儒在《牡丹亭題詞》對於湯顯祖的「夢覺」有此一論：

> 張新建相國嘗語湯臨川云：「以君之辯才，握塵而登臯比，何渠出濂、洛、關、閩下？而逗漏於碧簫紅牙隊間，將無爲青青子衿所笑。」
> 臨川曰：「某與吾師終日共講學，而人不解也。師講性，某講情。」
> 張公無以應。夫乾坤首載乎《易》，鄭衛不刪於《詩》，非情也乎哉！
> 不若臨川老人，括男女之思而托之於夢。夢覺索夢，夢不可得，則

〔註110〕陳竹：《明清言情劇作學史稿》（武昌：華中師範大學出版社，1991 年），頁 5～40。

〔註111〕夏咸淳：《情與理的碰撞──明代士林心史》（保定：河北大學出版社，2001 年 11 月），頁 22～26。

〔註112〕夏咸淳：《情與理的碰撞──明代士林心史》（保定：河北大學出版社，2001 年 11 月），頁 27～28。

至人與愚人同矣；情覺索情，情不可得，則太上與吾輩同矣。化夢

還覺，化情歸性，雖善談明理者，其孰能與於斯？〔註113〕

陳繼儒此處將《牡丹亭》中所謂的「情」解釋爲「男女之思」，而又以《易》論「乾坤」、《詩》不刪「鄭衛」爲由，證明「男女之思」的合理性。這個觀點正是體得湯顯祖理解人性，鋪展眞實的創作精神，更能說是一種高度。筆者以爲：書夢傳情，情了爲覺。湯顯祖所寄寓的是：一切道，由心生，內化而成，不假外求。「從二人相偶之道」的男女之思，通過一場情愛，道之層次因而生起，切身眞實的經歷而所悟成的道，比起侈談名理的道，來得眞實，來得有力量。如此，才是「道」的眞義。道具獨特性，也具共同性，不可類比，不可規格化。夢，亦眞亦幻，幻中有眞，眞中有幻，夢不可索，夢之存在是爲覺，若爲夢而索，落入虛幻，只是在幻滅中執著，並非從幻滅中夢覺；情亦不得所，一抓取，便失之，至愚之間，差別在「覺」，而「覺」之歷程因人而異，仿如杜麗娘在夢中與夢醒之後產生的現實感是完全不同的，筆者以爲湯顯祖所謂：「因情成夢，因夢成戲」的創作觀，無非承載著他「道心智骨」，他以戲度化，實踐有情，以一種深入庶民的方式傳道，展現的正是「道情」。因此若從「藉戲說法」的角度思考，是否更能窺得堂奧？據此，便爬梳此一思路，以證其論，以下從：1.以戲導情，解情傳道；2.情深生智，智深生道兩方面分述之：

1. 以戲導情，解情傳道

首先，湯顯祖以《牡丹亭》之劇重新入世，而他試圖從「人的缺席」出發，將空缺的「人」重新回到該有的位置，以「情」爲核心，以「肉身」爲實踐的載體，思考「人」存在的價值。因此，在湯顯祖的尺牘中，總能見得他述說「情」之特性與力量：

情至所極，可以事道，可以忘言。而終有所不可忘者，存乎詩歌、序記、詞辨之間。固聖賢之所不能遺，而英雄之所不能晦也。〔註114〕

世總爲情，情生詩歌，而行於神。天下之聲音笑貌大小生死，不出乎是。因以憺蕩人意，歡樂舞蹈，悲壯哀感鬼神風雨鳥獸，搖動草

〔註113〕〔明〕陳繼儒：《晚香堂小品》卷 22，見毛效同：《湯顯祖研究資料彙編》，下冊，（上海：上海古籍出版社，1986 年），頁 855～856。

〔註114〕〔明〕湯顯祖：〈調象菴集序〉，徐朔方箋校：《湯顯祖全集》（北京：北京古籍出版社，1999 年），頁 1098～1099。

木，洞裂金石。其詩之傳者，神情合至，或一至焉；一無所至，而
必曰傳者，亦世所不許也。〔註115〕

人生而有情。思歡怒愁，感於幽微，流乎嘯歌，形諸動搖。或一往
而盡，或積日而不能自休。蓋自鳳凰鳥獸以至巴、渝夷鬼，無不能
舞能歌，以靈機自相轉活，而況吾人。〔註116〕

萬物之情，各有其志。凡存在自然萬物之一切，必定有情，人情世態之可觀、
可愛、可哀、可駭、可愕、可慨、可慶，皆寓之於戲曲。情爲萬物之本，也
是創作之本，情之巨大力量，無可衡量，因爲人皆爲「情使」，這是人性的眞
實面，傳道，必先體解人性，必須先要滿足人的需求，理解人性，投其所好，
可謂「合情而言性」之理。爲文傳道，由情轉戲，何嘗不是一種隨緣度化方
式？追根究柢，晚明的社會風尚，奢侈華靡，以歡宴放飲爲豁達，以珍味豔
色爲盛禮。人們不再恪守傳統的禮儀規範，許多既定的社會秩序也面臨瓦解，
僭禮逾分，時常有之。高漲如潮的欲望是無法再用高高在上的「理學之理」
來管束，如果無法體認到這點，還執意以理規之，就好比拿砂包擋洪水一樣，
徒勞無功。既然規之不成，束之不成，何不就順之導之？以戲劇作爲媒介，
拉出美感距離，則「可以合君臣之節，可以浹父子之恩，可以增長幼之睦，
可以動夫婦之歡，可以發賓友之儀，可以釋怨毒之結，可以已愁憒之疾，可
以渾庸鄙之好。」〔註117〕而這正也是湯顯祖在〈宜黃縣戲神清源師廟記〉一
文即道戲之神妙之用：

奇哉清源師，演古先神聖八能千唱之節，而爲此道。初止爨弄參鶻，
後稍爲末泥三姑旦等雜劇傳奇。長者折至半百，短者折才四耳。生
天生地生鬼生神，極人物之萬途，攢古今之千變。一勾欄之上，幾
色目之中，無不紆徐煥眩，頓挫徘徊。恍然如見千秋之人，發夢中
之事。使天下之人無故而喜，無故而悲。或語或嘿，或鼓或疲，或
端冕而聽，或側弁而咍，或闚觀而笑，或市湧而排。乃至貴倨弛傲，
貧嗇爭施。瞽者欲玩，聾者欲聽，啞者欲歎，跛者欲起。無情者可

〔註115〕〔明〕湯顯祖：〈耳伯麻姑游詩序〉，徐朔方箋校：《湯顯祖全集》（北京：北
　　　　京古籍出版社，1999 年），頁 1110～1111。

〔註116〕〔明〕湯顯祖：〈宜黃縣戲神清源師廟記〉，徐朔方箋校：《湯顯祖全集》（北
　　　　京：北京古籍出版社，1999 年），頁 1188。

〔註117〕〔明〕湯顯祖：〈宜黃縣戲神清源師廟記〉，徐朔方箋校：《湯顯祖全集》（北
　　　　京：北京古籍出版社，1999 年），頁 1188。

使有情，無聲者可使有聲。寂可使喧，喧可使寂，饑可使飽，醉可
使醒，行可以留，臥可以興。鄙者欲豔，頑者欲靈。可以合君臣之
節，可以浹父子之恩，可以增長幼之睦，可以動夫婦之歡，可以發
賓友之儀，可以釋怨毒之結，可以已愁憤之疾，可以渾庸鄙之好。
然則斯道也，孝子以事其親，敬長而娛死；仁人以此奉其尊，享帝
而事鬼；老者以此終，少者以此長。外戶可以不閉，嗜欲可以少營。
人有此聲，家有此道，疫癘不作，天下和平。豈非以人情之大寶，
為名教之至樂也哉。〔註118〕

人生如戲，戲如人生，正是閻浮世界一大戲場。湯顯祖以為梨園小天地展現
人生大舞臺，以為戲曲承載著親民的本質，也因此將戲曲之功用推舉到一個
甚深高遠的地位，他藉由戲臺（院）並列出兩個世界：前一個世界是戲臺之
前的觀眾，後一個世界是戲臺上的演員，而在戲臺上面又有兩個世界，一個
是幕前的世界，一個是幕後的世界。在戲臺上演的既是現實又是超現實的，
既是近距離的貼近人生，又是遠距離的抽離人生，形成一種相互迴環的力量。
而連結戲臺之前的觀眾與戲臺之上的演員使之產生相互迴環的力量便是
「情」。簡言之，戲曲抓得住人心，而人心之本繫乎「情」，從不同層面的情
引導到另一個層面的情，這便是戲曲本身所產生的導情作用，而這樣的能量
是從個體內心生發，因為是緣於內，便能生根，也才能真正達到所欲傳之「道
情」。而這是否也正是湯顯祖對於「百姓日用即道」的一種身體力形？智僧在
〈戲劇融通〉一文中「以戲為道」之論或可互為補充：

吾以為戲劇即道，第世人習焉而不覺耳。即今思之，父母妻子親朋
眷屬，豈不是同夥戲人，富貴功名即是粧點的服色，田園屋宇即是
搬演的戲場，至于榮枯得失，聚散存亡，即是一場中悲歡離合，其
中凶頑善類，君子小人，互相酬酢，即是一班生旦淨丑，纏離母腹，
即是開場之期，蓋棺事定，便是散場之局，然則閻浮世界有一而非
戲乎？〔註119〕

而「生天生地生鬼生神，極人物之萬途，攢古今之千變。」道盡湯顯祖在創

〔註118〕 〔明〕湯顯祖：〈宜黃縣戲神清源師廟記〉，徐朔方箋校：《湯顯祖全集》（北
京：北京古籍出版社，1999 年），頁 1188。
〔註119〕 〔清〕智達：〈戲劇融通〉，《歸元鏡》（臺中：臺中蓮社出版，1990 年，光緒
23 年揚州藏經院存版影印），頁 221。

作時極盡變化，能天上地下、虛實正奇縱橫運用的創作本心。因此，筆者以
爲：湯顯祖只是沒在髮上隨達觀出家，於心，以繼達觀之願。湯顯祖何嘗不
是「以戲爲佛事」？以另一種形式的修行，另一種體會佛法的方式。佛法深
奧廣妙，然而佛法從不離世間，世間之人，皆爲情使，戲曲能通其民俗，契
眾之需，只要隨順其欲便能達其潛導之能，正是：「往而解，解而入，入而省
改。」這何嘗不是抓住人性的眞實？若只是一味否定世俗價值而無法建構新
的價值意義，終究落入虛無。

　　解人性「情」，搬演人性之「眞」，因此戲劇即成最佳的解情傳道的方式。
湯顯祖以情寫戲，以戲表情，這何嘗不是通情達理的表現？是湯顯祖洞察世
情的眼光：將人之情與劇之理相融，達其相合，情與理並非對立，而是「情」
蘊涵著無限之「理」，「理」涵蘊著無限之「情」，如此相生相息的關係。

　　2. 情深生智，智深生道

　　從一個藝術家的眼光，湯顯祖看見時代的危機點：以理相格的背後，並
非帶著愛與見識，而是薄弱的信條與制度，而這樣的信條與制度便也形成體
制，在一定的程度上必定會造成「理盲」。因爲信條會導人以「盲目的思想」，
制度會僵化人的思考，沉溺信條，服膺體制幾乎是舉世皆然的現象，如此的
無可避免，因爲我們的養成制度是建立在想甚麼，而不是怎麼想」的基礎上。
因此，湯顯祖所要反對的，所要抵制的其實是在龐大的體制下衍生造就的「盲
目的思想」。其實從湯顯祖在〈睡菴文集序〉一文中即帶有這樣的思想論辯：

> 「欲殺眾何意，千秋某在斯。」此非霍林前時過江之句乎。去予數
> 千里，不見其人，而壯其心。時有所不怡，亦復吟此自壯。故歲，
> 則其門人旌德劉生敦復、崇仁王生士烺後從予遊。問霍林容貌言笑，
> 在長安安否，皆言吾師清顏美髭，與諸生談，常極夜旦。遊日益廣，
> 而貌故加肥。予喟然而止之，曰：以予所聞，霍林，道心人也。道
> 心之人，必具智骨，具智骨者，必有深情。所與子墨流連，相爲綽
> 約耳。雖然，亦非世人之所欲得也。……逾年春，而霍林復爲世人
> 所疑，罷官矣。于是天下有識之士起爲不平，而予特甚。何也，霍
> 林者，道心人也。孝友廉貞，足世師表，而當何疑於世乎。〔註120〕

筆者以爲：此文正是理解他情理觀最好的註腳。湯顯祖透過湯賓尹論述道心

〔註120〕〔明〕湯顯祖：〈睡菴文集序〉，徐朔方箋校：《湯顯祖全集》（北京：北京古
　　　　籍出版社，1999 年），頁 1074。

與智骨及深情三者的關係，而這三者之間的關係正也是探討湯顯祖論情理時最重要的根基思維。道心能有所成就，必須具備深情，有深情者，能感受，受之深時，便能有所悟，悟性一出，智慧也生，智慧一生，便不也只是全面依賴感情行事了。當湯顯祖問湯賓尹之門人：「霍林容貌言笑，在長安安否」，不料其門人竟答：「吾師清顏美髭，與諸生談，常極夜旦。遊日益廣，而貌故加肥」，湯顯祖「喟然止之」的舉止，無非是深長的嘆息，談起自己的老師，竟以貌論，此舉無非是一種諷刺，完全沒有掌握「容貌言笑」之深意。隨後，湯顯祖便以「道心」為主談起湯賓尹，並申論其內涵：道心之人，必具智骨，具智骨者，必有深情。湯顯祖所謂的「情」是必須體認人生宇宙紛雜多面的情，而非只是以己之情所產生的「理」去評判別人的「情」，因為若是僅以被奉為真理的「己情」批判違背真理的他人之情，那個情，是霸道的，是暴力的，真理不會完全重複，既然沒有一定的標準，又怎能以此為規矩？因此一切皆「以理相隔」的思想與做法，那本身的行動就是一種謬誤了。「真理」從來就不絕對的存在，真正的理，必須自己親力親為，親自經歷其堂奧，而後親自從中了悟。有深刻的情感，必能產生深層的自覺，內在的深層的自覺，才是讓理不會綁架人唯一可以遁逃的方法。克里希那穆提在《最初與最後的自由》一書中提道的這段話或可補充筆者所欲闡釋的關於自覺的重要力量：

> 想要了解存在於我們之間以及這世上的不幸和困惑，首先必須找出在我們體內的清澈，這可以透過正確的思考也不是開發智能後的結果，更不是對某種無論多有價值、多麼高貴的形式的服從，正確的思考來自於自覺，要是你不了解自己，就沒有思想的基礎；沒有自覺，你所想的一切都不真實。〔註121〕

情深之時，識察世事的智慧也生，智慧一生，便能趨近道之真理。所謂「慧極成聖，情極成佛」便是這個道理。而湯顯祖所謂的「情」是一種「至情」，只是要達到這個「至情」是有層次的，並非只是一味推崇私情而已。吳梅〈四夢跋〉一文，即可以明白湯顯祖論情的層次：

> 明之中葉，士大夫好談性理，而多矯飾，科第利祿之見，深入骨髓。若士一切鄙棄，故假曼倩詼諧，東坡笑罵，為色莊中熱者下一針砭。其自信曰：「他人言性，我言情。」又曰：「理之所必無，安知情之

〔註121〕基度‧克里希那穆提（J.Krishnamuti）著，胡洲賢譯：《克里希那穆提：最初與最後的自由》（新北市：立緒文化事業有限公司，2012 年 10 月），頁 30。

> 所必有？」又曰：「人問何處說相思，我輩鍾情似此。」蓋惟有至
> 情，可以超生死，忘物我，通真幻，而永無消滅；否則形骸且虛，
> 何論勳業，仙佛皆妄，況在富貴？世之持買櫝之見者，徒賞其節目
> 之奇，詞藻之麗；而鼠目寸光者，至訶為綺語，詛以泥犁，尤為可
> 笑。〔註122〕

他人言性，湯顯祖道情，在面對當代好談性理，流於空談的偏頗，落於矯飾的偽善之風，湯顯祖重視「真情」，言「至情」，而這無非也是一種知識分子回應時代的態度。筆者以為湯顯祖所反者並非「性」之一事，而是表裡不一的「言性者」。言性者矯飾一行，虛偽一事，在湯顯祖看來，無此真氣，何有言性談理之格。

再者，以夢寫情，無非是實踐老子所謂：「正言若反」，從幻滅之中領悟，揭示生命如夢亦如電，在相中求得無非是假象，在短暫的出離之中，進行一趟「夢覺」之旅，積極發揮主體存在的價值。屠龍有段論戲之言，倒能補充筆者所言：

> 世間萬緣皆假，戲又假中之假也。從假中之假而悟諸緣皆假，則戲
> 有益無損。認諸緣之假為真，而坐生塵勞則損；認假中之假為真，
> 而慾之導而悲之增則又損。且子不知閻浮世界一大戲場也！世人之
> 生老病死，一戲場中離合悲歡也。如來豈能舍此戲場而度人作佛事
> 乎？〔註123〕

萬緣聚滅離合所成即是真實世間，世間寄居之萬緣為假，人生如夢，夢如人生，戲中之夢，夢中之戲，是真亦是假，是假亦是真。屠龍以為戲是「假中之假」，在戲曲之中表現「諸緣皆假」的道理，可使人體悟。在情與戲，虛與實之中，湯顯祖採用「循環往復，周行不殆」的思想，將人生之情與劇中之理密切結合，使人收虛中見實，實中體虛之效。

青春是甚麼？是一場夢。愛情是甚麼？是那場夢的內容，是一場從「情至之情」直到「遇而後辨」的道情。本文既已析探《牡丹亭》之「空間」意義，爰綜結幾項要點如次：

〔註122〕〔明〕吳梅：〈四夢跋〉，收入毛效同編：《湯顯祖研究資料彙編》，下冊（上海：上海古籍出版社，1986年），頁221。
〔註123〕〔明〕屠隆：《曇花記‧序》，《全明傳奇》（臺北：天一出版社，1983年），頁2。

　　一、《牡丹亭》之所以能打動人心，不至淪爲「才子佳人」的愛情劇，正是湯顯祖以一部《牡丹亭》道出青春如花開花謝的本質，以及愛情之生滅不息如陰陽之道，將此上升到哲理的高度。本文透過「閨塾」、「後花園」、「冥界」三處空間的意義探究，不僅形構出擁有眞實人性的杜麗娘在不同空間所呈現的內心轉變，更進一步深探出人經過「驚覺」後的「覺醒」。而這樣的眞實歷程，才能眞正體會道，接近道，實踐道。而這展現透過杜麗娘這一物人彰顯：指的是在懷疑和否定舊有傳統標準和信仰價值的條件下，人對自己生命、意義、命運的重新發現、思索、把握和追求。湯顯祖並不只是描繪出杜麗娘之共性特質，更提舉出她的殊相特質，兼顧形上界與形下界兩個世界。

　　二、《牡丹亭》之「情理」關係複雜多元的意義。從平實的現實人生，從人生而自然的角度思考：既爲人，人之千變，正如菩薩千百億化身，爲因應這如千百億之人身，八萬四千法門便因運而生。此一理路揭示的是：人無法被單一化，情無法被規格化，理亦是。情理是相生相輔的，天理寓於人欲中，不該懸空論理，是人經歷體悟後的眞實之理，而非架空的虛談之理。

　　最後，則是筆者處理此文之後留下的餘思。湯顯祖曾自謂：「一生《四夢》，得意處唯在《牡丹》。」〔註124〕然而面對層層積累的文學歷史，在前代千千百百之家數、時體緊密圍困的存在位置上，如何突圍並有所創變？湯顯祖是否也曾有過「創作焦慮」？會有如此疑惑源自於湯顯祖在〈答李乃始〉一文中所謂：「詞家四種，里巷兒童之技，人知其樂，不知其悲。大者不傳，或傳其小者」〔註125〕之啓發。所謂「人知其樂，不知其悲。大者不傳，或傳其小者」，是否意味著四夢的深意未眞正被讀出？此疑惑則有待日後深入探究。

〔註124〕〔明〕沈際飛：〈題《南柯夢》〉，徐朔方箋校：《湯顯祖全集》，第四冊，（北京：北京古籍出版社，1999 年），頁 2570。

〔註125〕〔明〕湯顯祖：〈答李乃始〉，徐朔方箋校：《湯顯祖全集》詩文卷四十六，（北京：北京古籍出版社，1999 年），頁 1411。

結　論

　　關於本論文研究成果之呈現，以及研究展望之前瞻，茲論述如下。

第一節　研究成果之呈現

　　關於研究成果，以下分從：一、個體化歷程之建構；二、「臨川四夢」之立言神旨等兩方面呈現之。

一、個體化歷程之建構

　　湯顯祖，其名諧其「險阻」之音。縱觀其生，果如其名，險阻有之。其性剛毅耿直，明知有險，明知不可爲，但然行之，造成其阻，礙了宦途。然而，也正因其「險阻」之路，成就「顯祖」之道。在變化遊移之時，仍固其眞，在進退之際，以眞爲念，前後半生雖都遭險阻之歷，然而，卻也在險中體道，於阻中生智，通曉世情的湯顯祖，其豐富多元的藝術生命，可謂拜「險阻之歷」所賜。

　　據筆者研讀《湯顯祖全集》之後，所預期研究成果如下：將湯顯祖一生的歷程分成六期，從儒家三不朽的角度劃分出「立德」、「立功」、「立言」三個生命階段，並由此建構出他每個階段所建構出的核心思想。如：

　　在「啓蒙」與「建構」的生命階段中，他建構了以「主人之才」爲核心的思想；在「過渡」與「實踐」的生命階段，他建構了以「貴生」爲核心的思想；在「寄繭」與「化蝶」的階段，則建構了以「以戲爲道」爲核心的思想，而這些思想正是經營砌造出他從「主人之才」臻至「大人之道」的理論

體系。即為「上篇——湯顯祖文藝生命的轉化之旅」。高攀龍的真知灼見，對於本論文而言，有了畫龍點睛之妙。其實筆者並非一開始以此作為切入點，而是閱讀過湯顯祖一生的轉化歷程後，才恍然於此論之深意。換言之，並非一開始就知道拼圖的全貌，而是一塊一塊拼出全貌後而發現「某一隅」的全貌。所得之結論即是：為了「邃於理」，湯顯祖研究的路徑，則從「情」的樣貌探究起，其〈宜黃縣戲神清源師廟記〉即為例證。此文較為完整表達「情」的定義與特質：紛繁多變，不可以理詮盡，由此延伸出：「人生之世，非人世所可盡。自非通人，恒以理相隔耳。第云理之所必無，安知情之所必有。」〔註1〕之思想，而湯顯祖將他落實於戲曲，完成於《牡丹亭》，而此論即是《牡丹亭·題辭》最後的結論。由此，自能以湯顯祖證明湯顯祖。正因為要通盤掌握，所以必須巨幅呈現，建構其本論文的論述後，益發肯定湯氏亦具備理學家身分之論。縱觀湯顯祖的前半生及後半生，前者完成了「雄心剛力，一誓無傾」的少年階段，後者則經歷「從容觀世，晦以待明」的中年階段，漸進邁向深度智慧的心理歷程，步入「夢覺為情，情覺為智」的老年階段。而在這個階段的他更超越了家庭與文化層次而承擔更深的向度，在殊象之內展現普世價值。

是故，本論文上篇即以「啟蒙」、「建構」、「過渡」、「實踐」、「作繭」、「化蝶」為期，用此六期貫串起湯顯祖一生遭遇的重要事件如何影響豐富其思想，亦可窺探出在生命轉變之際又是如何展開他的「轉化之旅」。而「啟蒙」與「建構」兩期正是他「志在立德」的階段，而「過渡」與「實踐」兩期則是他「志在立功」的階段，最後「作繭」與「化蝶」則為他「志在立言」的階段，湯顯祖的一生可謂完成「人生三不朽」矣。

湯顯祖依其道經而行，何以生荊棘？對於湯氏而言，乃為「天問」一樁。原該遵道而行，卻落得左無道，右無途，險阻的遊宦之途，讓他陷入了困惑，茫然地走向大自然，惶惑地自我懷疑：「由來妾薄命，那得怨秦嘉？」〔註2〕湯氏發出的不遇之音隱藏宦途的倦意，起了歸隱之思。文人出仕，為了迎合帝王，維持自己的官位，難免會曲學阿世，於是文人轉而成為政客甚或以他

〔註1〕〔明〕湯顯祖：〈牡丹題記題詞〉，徐朔方箋校：《湯顯祖全集》（北京：北京古籍出版社，1999），頁1153。

〔註2〕〔明〕湯顯祖：〈長別離〉，徐朔方箋校：《湯顯祖全集》（北京：北京古籍出版社，1999年），頁97。

的知識、文化去討取皇帝的歡心，爲皇帝取樂，一如倡優無異。「假令予依附起，不以依附敗乎？」〔註3〕一直是湯氏入仕的衡準。無論入仕不入仕，內向本心，依循本性，保有內在精神世界的完整性以及恪守實踐「士志於道」的信念，是湯顯祖欲在青年時期企圖完成的德性之道。追求眞實的內在德性先於追求仕宦的成就的走向是無庸置疑的。在政治環境的困窘與個人仕途的利害之間，他以「立德」作爲建構他「主人之才」之首要途徑。此外，也藉此觀看出湯顯祖觀世之歷程：

　　　　入世─────▶閱世────▶棄世────▶觀世────▶論世

　　「悟」，乃「心」與「吾」兩字合一而成，吾之心合而爲一所產生的思想即是：「悟」的初始經驗。這種內心的直覺體驗，是一種特殊的心理活動過程，以「悟」爲根柢，歷經物質經驗的遭遇，因而產生「聞道而知」──「知道而行」──「體道而證」的進學歷程，此種「頓悟而生，漸修而成」的學道觀，正是湯顯祖其文藝思想中關於「貴生」思想中的兩個重要內涵，即是：「進學重悟」與「悟道在修」的「學習主體」觀。由此，進而有了「夢覺」之思想。是故，在朝廷無所用，然而卻能依道而行，看似爲俗所擯，卻爲道所容。故「有用無用，乃適其分」〔註4〕，無須爲能有如此的體悟，正是經歷「毀瘠沉頓，匍匐莫逮」〔註5〕的仕宦遭遇，故對於門下之教，常以內恕孔悲，以仁存心勉勵，對於世俗之得，顯然在爲俗所棄之後，湯顯祖亦已棄俗，而在徐聞、遂昌體悟的貴生在於學道愛人後，完成貴生之道後，亦已夢覺世如夢，一切不過黃粱南柯。故轉而向性命之道，洞澈生死，達成自性之覺，完成轉化之意義。

　　在過渡時期歷經轉化的湯顯祖抵抗舉世滔滔，而贏得名聲，然而，深情於道卻也孤絕於世的湯氏，「知」，成了知命之年的他對理解人生最深情的表示了。悠悠天下，誰能知己？「知」，成了行暮之年的湯顯祖最徹底的實踐了，他以深心取其適，以「知」爲核，其思想的淵源正是《牡丹亭》中所謂：「人生之世，非人世所可盡。自非通人，恒以理相隔耳。第云理之所必無，安知

〔註3〕　〔明〕鄒迪光：〈湯義仍先生傳〉，毛效同編：《湯顯祖研究資料匯編》（上海：上海古籍出版社，1986年9月），頁81。
〔註4〕　〔明〕湯顯祖：〈答吳徹如大參‧又〉，徐朔方箋校：《湯顯祖全集》（北京：北京古籍出版社，1999年），頁1514。
〔註5〕　〔明〕湯顯祖：〈與蔡質凡郡伯〉，徐朔方箋校：《湯顯祖全集》（北京：北京古籍出版社，1999年），頁1515。

情之所必有。」即使已至遲暮之年，湯顯祖仍是秉持「伉壯不阿」之本性，仍是強調靈心洞托之可貴，遵時養晦，其目的都在於存眞保眞。

湯氏一生從「嘆肝血以明志」、「傾知己以表性」之論述窺探出他「明志表性」的內在脈絡：「寄情於人」──→「寄人表志」──→「寄志顯道」。獨具個人特色是湯顯祖最顯赫的招牌，只是太有個人特色的人格特質，成為他生命中一體兩面的關鍵。從生命超越面來看，這是他名留青史的關鍵；然從現實成就面而觀，這卻也是他宦途坎坷的關鍵。正是：險阻之途乃為顯祖自造，這是潛意識的自性安排：為了讓他得以完成人生之三不朽，成其「大人之道」，達到轉化之效，完成個體化歷程之建構。

二、「臨川四夢」之立言神旨

「情理問題」是湯顯祖思想的集中體現，是湯氏哲學觀、人生觀、文藝觀的核心問題。而對於情理的思考遂有了夢覺思想。湯顯祖曾與達觀禪師兩人曾針對情、理問題展開過一場探討。在〈與湯義仍〉在信中云：「眞心本妙，情生即癡，癡則近死，近死而不覺，心幾頑矣。」兩人皆以眞心為生命的關鍵核心，然而在那個時期，湯氏對情的理解卻與達觀禪師相異。然而，不可忽略的是，思想會隨著際遇而改變，也會隨著年齡而改變，因此，《邯鄲記》與《南柯記》或可作為他與達觀禪師於思想上的交鋒後的思辨歷程，他無法接受達觀禪師的引渡，就在於兩者在思想上仍存在著差異，因此無法如盧生夢醒之後立刻就轉向仙道之路。

此外，湯顯祖是否「主情」？以「主情說」代表湯顯祖的文藝思想，並以此詮釋其戲劇作品，則失衡準。若說他是「主情」，必當不限於《牡丹亭》之杜麗娘之情。湯氏曾謂：「道心之人，必具智骨；具智骨者，必有深情。」〔註6〕所言之「情」重在其「深」，其「深」之意義在於能夠「極人物之萬途，攢古今之千變。」覺「之大寶」，知「千秋之人」之情態。如此，「情」便與「仁」相為互文。

是故，此「情」非所限於的「愛情」，而是「可以事道，可以忘言」的「至情」。「可以事道」則可聞道而死，「可以忘言」則是棄文為道。因此，湯顯祖所謂的「情至」，即是可以達到事道且忘言的，而這種情至發揮在大人之道上

〔註 6〕〔明〕湯顯祖：〈睡庵文集序〉，徐朔方箋校：《湯顯祖全集》（北京：北京古籍出版社，1999 年），頁 1074。

必涵蘊「忠孝仁義」。若此，此「情」非男女之情而已。以杜麗娘為主角的《牡丹亭》，是以戲引渡百姓之情的方便法門。「情」與「時」與「勢」關係甚深，情會隨時勢而有所變化，故在此中所生之「理」必當也是隨「時」，「勢」而變化，不當「執情一理」。如此之情遂有了深度與廣度，也即為「道情」。有此道情，便有了「定觀」世事之能，超脫人世之限，而生慧生智，其智骨之意，莫不如此。一個具道心者，必具仁、智，具仁、智者則具天機，具天機者，則達中庸，完成個體化之歷程，實踐「以道覺世」的「大人之道」。沒有事實，祇有詮釋。然而可以確定的是：「最偉大的眞理每每是最平凡的眞理」——即為「百姓日用之為道」，終其一生，湯顯祖無不以此努力方向。

湯顯祖自覺「宦淺無足與遊」，故以「小詞自遣而已」〔註7〕。自道詞家四種乃「妄意」〔註8〕而作，而所欲傳者必非此四夢，四夢在他自己的認定中乃屬「小者」〔註9〕，僅是里巷兒童之技不足為傲，而這也正是他所「悲」之處。故云：「大者不傳，或傳其小者。制舉義雖傳，不可以久，皆無足為乃始道。」〔註10〕在所欲傳者而不盡己意之時，有人為之作傳，湯顯祖始而欣然，後之哽泣，其因正是他亦能如韓愈、柳宗元一樣，因人作傳，繼而張之，為世著教，完成「他日代而張我」之願。在以小詞自遣，只能為「民間小作」的時光裡，其實是退而求其次的隨遇而安，實有大志未伸，無以完成他自詡的「史氏之觀」的感嘆。最後「棄小儒之文」轉以「領大乘之教」，直至善終。

第一節　研究成果之前瞻

功夫是什麼？就是時間。然而，在時間的推磨下，有所領悟而有所收穫，卻也有的不是一時半刻，一年半載可完整寫就的。在尚未修成正果的情況下，倒也聽見風可能吹過以後，果實可以再待時甜美的企盼。以下分從：一、主

〔註7〕　〔明〕湯顯祖：〈復瞿睿夫〉，徐朔方箋校：《湯顯祖全集》（北京：北京古籍出版社，1999年），頁1510。

〔註8〕　〔明〕湯顯祖：〈答李乃始〉，徐朔方箋校：《湯顯祖全集》（北京：北京古籍出版社，1999年），頁1411。

〔註9〕　〔明〕湯顯祖：〈答李乃始〉，徐朔方箋校：《湯顯祖全集》（北京：北京古籍出版社，1999年），頁1411。

〔註10〕　〔明〕湯顯祖：〈答李乃始〉，徐朔方箋校：《湯顯祖全集》（北京：北京古籍出版社，1999年），頁1411。

情說再探；二、夢覺理論之建構等兩方面論述之。

一、主情說再探

「情」所以成爲中晚明的文化焦點，其實不僅關乎文化內部的歷史事實，也牽涉研究者所處身的學術風尚。「近時學術界熱烈關注明末崇尚情欲的思潮，其中一個研究動機不可否認地是出於對現代性的本土資源的探究。必須知道，特殊性的凸顯、個體性的承認以及由此造成主體性自由的出現，正是現代性的一大特色。於是，明末社會高揚情欲的風氣遂很易被視爲一種個性的解放，一種對個人自由的肯定。並且，當這些學術思想的分析一旦與明清社會經濟史的考察，及過往曾流行一時的資本主義萌芽說結合起來，就更儼然教人有言之成理的感覺」〔註11〕。然而這不免也忽略了從文本內部探究作品本身的更爲接近真實意旨的可能。以外部環境影響創作者的內面空間雖然無法避免這樣的影響，然而這也會造成失之偏頗的情況發生：

> 不管作爲某種言論的例證，或倚賴某種背景來突顯，「情」之內容與呈現方式往往都遭到簡化。因此，對先行研究中的「例證」或「背景」，不得不抱持審慎的觀察距離。甚至愈習見的「例證」，愈應細讀各別文本的差異；愈熟知的「背景」，愈當深入瞭解其構成之來歷。並且，思想界順手捻來的文藝例證往往流於裝飾論點，文學界又常蹈入脆弱的歷史敘述而不自覺。倘使認爲哲學家的術語比較獨特艱深，那麼以劇作垂名的湯顯祖，或者較能表現語文使用的「文化成規」（cultural conventions）吧。也正由於他在啓蒙論述或更寬泛之情欲譜系裏居於要位，反而更值得我們進入文脈仔細閱讀。〔註12〕

換言之，忽略了創作者活在那個時代自身所創造出的獨立空間。余英時嘗謂魏晉之後「『情』便成爲中國反傳統思想中的一個中心觀念」〔註13〕，華瑋〈世間只有情難訴——試論湯顯祖的情觀與他劇作的關係〉一文中指出，湯氏對

〔註11〕 鄭宗義：〈性情與情性：論明末泰州學派的情欲觀〉，收錄於張壽安、熊秉真合編，《情欲明清——達情篇》（臺北：麥田出版社，2004年9月），頁23。

〔註12〕 黃莘瑜：〈論中晚明情觀於社會經濟視野下的所見與偏限〉，《清華學報》，2008年6月，頁21。以陳竹《明清言情劇作學史稿》（武昌：華中師範大學，1991）爲例，其介紹的第一位劇作家便是湯顯祖。（李贄列名湯氏之前，但李氏只評點並無劇作。且嚴格說來，和「言情」無甚相關）。

〔註13〕 余英時：〈曹雪芹的反傳統思想〉，《紅樓夢的兩個世界》（臺北：聯經出版公司，1978年1月），頁255。

情的看法，亦顯出複雜、矛盾和多面向的情形，因而將湯氏之「情」定位，以爲湯氏之情必須放在「情－理－慾」這個關係中才成。〔註14〕確實點出了湯氏所言之「情」之內涵定義的問題。然而，筆者以爲以「主情說」作爲湯顯祖的標誌似乎仍待商榷。湯氏之劇作雖然皆「言情」，然並不代表他一定「主情」，從其〈南柯夢記題詞〉、〈邯鄲夢記題詞〉、〈牡丹亭題詞〉觀之，說他「主情」倒不如說他：「辨情」。他企圖展開情的本質，讓人明白情的力量，進而覺情之可能，進而昇華情的內涵。不過過，若一定要說他「主情」，就筆者研究其作品後的理解，他所主張之情乃爲「合道之情」。何謂「合道之情」？在〈睡庵文集序〉中曾道：

> 道心之人，必具智骨；具智骨者，必有深情。〔註15〕

對於「深情」，他的論斷標準正是以「深情於道」爲衡準，故云：

> 至其沉冥病中詩，猶有可舉似者。「平生事倉卒，黑白不成校。一死終無辭，安得朝聞道。」夫以欲聞道而傷其平生，此予所謂有深情，又非世人所能得者也。……以山川爲氣質，以煙霞爲想似，以玄釋爲飲食，以笑嘆爲事業，縱橫俛仰，概不由人。道與文新，文隨道眞。情智所發，磅礡獨絕，肆入微妙，有永廢而常存者。〔註16〕

湯氏以湯賓尹爲道心者之代表，以他「篤於功名世法之外，……羞富貴而尊賤貧，悅臯壤而愁觀闕。此其人胸懷喉吻中，殊有巨物。豈區區待一黃閣而後能與世吐咽者與。」〔註17〕強調不爲名取，行之可遠的創作心態，亦肯定他道心堅固，深心於道的精神實踐，故能於「道」、於「文」，皆能互爲發功。

換言之，「道」與「文」兩者關係密切，其「道與文新」、「文隨道眞」皆凸顯了「道」正是作爲生命的「核心意識」，而凝鍊到極致的定見正是「道」的顯現，是「深情」、「智骨」互爲發功的成果。對於創作者而言，「道」正是永不潰決的能量，而湯氏之文藝生命所欲成就的正是「合道之情」。

〔註14〕　華瑋：〈世世間只有情難訴——試論湯顯祖的情觀與他劇作的關係〉，《大陸雜誌》，第六期，1983 年 6 月，頁 1～9。

〔註15〕　〔明〕湯顯祖：〈睡庵文集序〉，徐朔方箋校：《湯顯祖全集》（北京：北京古籍出版社，1999 年），頁 1074。

〔註16〕　〔明〕湯顯祖：〈睡庵文集序〉，徐朔方箋校：《湯顯祖全集》（北京：北京古籍出版社，1999 年），頁 1075。

〔註17〕　〔明〕湯顯祖：〈睡庵文集序〉，徐朔方箋校：《湯顯祖全集》（北京：北京古籍出版社，1999 年），頁 1075。

【合道之情】

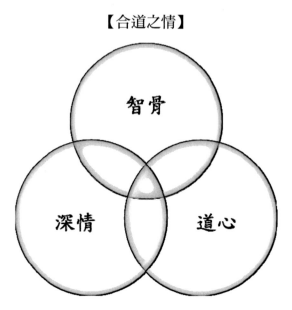

是故，筆者以爲「道心之人，必具智骨；具智骨者，必有深情。」〔註 18〕可作爲探析湯氏「辨情」論之線索，亦是大人之道之情的具體內涵。

首先，湯顯祖有意凸顯「人不可盡情」的侷限性。他著眼的角度在「情」的紛繁，人不盡能知道理解。故云：「理之所必無，安知情之所有必有邪」〔註 19〕，正揭示出「情」本具錯綜複雜之面目，與日變化的程度並非「人間之理」可駕馭，若能探情之多面目，理解情之本性，必是具有「情至之懷」者才得以如此探索。又何以爲「情至之懷」？正是一往而深，「非世人所能得者」之「深情」。若此，則能探得情之奧妙義，知道情之不可詮盡。如此，才可謂臻至「深情」的境界。

再者，從「適之」與「制之」的角度理情。湯氏伸張的是「情的本質」，並非對情欲的放縱，甚至可以說，他反對「情之陷溺」，反對心性失去自主，而淪爲「物控者」，故云：「物欲之感人無盡，而人生之用物有涯」。他所強調的是一種調和自然之命的「平和之情」。他以「適」、「制」談人對於「欲」的應有的清明態度。以爲欲有可「適」及必「制」的平衡之理。何以言此，則是爲佚性屈命者而發。直指不明性命之深旨者，濫用「性」之名爲自己無盡

〔註 18〕〔明〕湯顯祖：〈睡庵文集序〉，徐朔方箋校：《湯顯祖全集》（北京：北京古籍出版社，1999 年），頁 1074。
〔註 19〕〔明〕湯顯祖：〈牡丹亭記題詞〉，徐朔方箋校：《湯顯祖全集》（北京：北京古籍出版社，1999 年），頁 1153。

的物欲開脫，此乃「淫」，非侈言「性」也。湯顯祖揭示出人必須思考「人為物用」抑或「物為人用」此種「想要」與「需要」的關係，分判了「人之物欲」與「人之用物」兩者的關係。人生之用物有涯，然物欲之感無窮，若非需要而是想要，則當「制」之。在此必須注意的，湯顯祖思考的是如何「欲」如何平衡的問題，他提出的「適」與「制」兩種面對「欲」的態度，而其背後根源在於人是否明白「自然之命」與「固然之命」：

> 惟調之以自然之命，則可以養和於恬；委之以固然之命，則可以平情於淡。〔註20〕

然而，究竟如何在「人為用物」與「物為人用」之間達到平衡？又如何在「適」與「制」中拿捏得宜？正是大人之道實踐時的關鍵功夫。湯氏以為能在「適」與「制」之間調融得宜者，正是能夠明白「物之所限」，而能「均之」，自然就能合命於天，能夠安於固然之命，不受物欲之感而嗜欲無盡，由此，亦可窺見大人者對於「情理」之間的調融。此外，以為「形氣通於物，而嗜欲開焉。誠皆有以適之也，而亦有以制之也。」肯定嗜欲本為人性，然而必須不忘「適量」與「節制」人之本欲，強調調和人欲之情。然而此能力從何而來？必須明其性之所何有？精其性之所何來？然而此能力從何而來，無非是「主人之才」而已：

> 惟明於性之所自有，則不以人而限己。精於性之所從來，則必以己而合天。〔註21〕

湯氏再一次強調「主人之才」的重要。不以人而限己，必於己而合天如何可能？湯氏謂：「虛其集道之心，極其無欲之體。」〔註22〕

　　具備深情之性後，便能從情的執著中解脫，不再陷溺，能如化執為覺的原因正是在於能夠洞觀「情」的變化性，以其觀「情」之視角不再拘泥一格，自能辨情。在「知」而後能「解」，在「解」而後能「覺」，在「覺」而後能「察」，歷經此過程後，此時，「情」已從「被動式感知」化為「主動式理解」。便也是「智慧」生起之處。當智慧華生，便入骨髓，絕非只是膚觸而已，故

〔註20〕　〔明〕湯顯祖：〈口之於味全章〉，徐朔方箋校：《湯顯祖全集》（北京：北京古籍出版社，1999年），頁1615。
〔註21〕　〔明〕湯顯祖：〈口之於味也全章〉，徐朔方箋校：《湯顯祖全集》（北京：北京古籍出版社，1999年），頁1615。
〔註22〕　〔明〕湯顯祖：〈口之於味也全章〉，徐朔方箋校：《湯顯祖全集》（北京：北京古籍出版社，1999年），頁1616。

以「智骨」比之。在兼具「深情」與「智骨」後，其「心」之質，已不同往昔，而具「眞誠」，便合「道心」。即能明白生生之謂易，所強調的正是陰陽轉易，以成化生的自然之辨。是故，若欲說湯顯祖「主情」，其所主張之情該是已然昇華的「合道之情」。

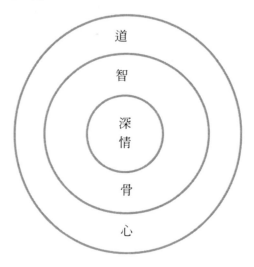

是故，針對文本內部徹底的建構出全貌以後，再從整體的架構中釐析出個別的小架構後才可進一步建構「主情」之內涵。是故，僅以他與達觀禪師的「情理之辯」而有了主情說之根據，實有太過簡化之嫌。此外，以爲創作「二夢」的湯顯祖已有濃厚的出世之情，〔註23〕此論筆者以爲尚有論析空間，而華瑋所提出的論點確實是較爲公允的。只是如何探究出湯顯祖不同的思想層面，這才是至爲關鍵的問題。此外，是否以「和」爲依歸，是仍待論證的。

　　據黃莘瑜：〈論中晚明情觀於社會經濟視野下的所見與侷限〉一文中指出，視文學觀念爲社會思想之尾閭，似乎也成了相當普遍的敘述（亦即思考）套式，然而卻也犯了化約之嫌：

〔註23〕　華瑋：〈世間只有情難訴——試論湯顯祖的情觀與他劇作的關係〉：「有些人斷湯顯祖晚年思想由入世變爲出世，作者認爲也難以成立。無疑在「二夢」中出世之情是濃了，但這只是「量」的加增，「質」並沒有改變。爲甚麼呢？因爲在湯顯祖的早年他曾寫《紫簫記》，當中早已寫到「遊仙」和「皈依」，已然提及佛道的思想。湯顯祖所追求的，是「和」的境界，把不同的，甚至是矛盾的理論和價值，融合在一起。他對救世、藝術和出世三者都有思考，從不同的思想層面出發，以「情」爲中心，以「和」爲依歸，建構他完整的戲劇世界。」，《大陸雜誌》，第六期，1983年6月，頁1～9。

簡單地引用文學現象或觀點，作為社會史、經濟史或思想史中論點
的旁證，或者附帶一提的陪襯，就算有化約之嫌，作者和讀者間，
也往往達成無須深究的默契；但，倘使連文學史的撰寫也不加省察，
更可見成說沿用的穩定性，或者說，敘述不過是重述拍板定案的「事
實」。〔註24〕

是故，關於湯顯祖「主情」之「情」之內涵，筆者以為此論尚有探究的空間。
〔註25〕據前文所論，《南柯記》、《邯鄲記》、《牡丹亭》三者確實皆以「情」為
主，只是立情之焦點不同。然而不可忽略的正是以戲劇作為形式，而對象正
是一般庶民這個關鍵點上。以「情」為引，是最貼近，也最能觸動的主題，
如此，便能明白湯氏之戲論：

長者折至半百，短者折才四耳。生天生地生鬼生神，極人物之萬途，
攢古今之千變。一勾欄之上，幾色目之中，無不紆徐煥眩，頓挫徘
徊。恍然如見千秋之人，發夢中之事。使天下之人無故而喜，無故
而悲。或語或嘿，或鼓或疲，或端冕而聽，或側弁而咍，或闚觀而
笑，或市湧而排。乃至貴倨弛傲，貧嗇爭施。聾者欲玩，聵者欲聽，
啞者欲歎，跛者欲起。無情者可使有情，無聲者可使有聲。寂可使
喧，喧可使寂，饑可使飽，醉可使醒，行可以留，臥可以興。鄙者
欲豔，頑者欲靈。可以合君臣之節，可以浹父子之恩，可以增長幼
之睦，可以動夫婦之歡，可以發賓友之儀，可以釋怨毒之結，可以
已愁憒之疾，可以渾庸鄙之好。然則斯道也，孝子以事其親，敬長
而娛死；仁人以此奉其尊，享帝而事鬼；老者以此終，少者以此長。
外戶可以不閉，嗜欲可以少營。人有此聲，家有此道，疫癘不作，
天下和平。豈非以人情之大竇，為名教之至樂也哉。〔註26〕

〔註24〕 黃莘瑜：〈論中晚明情觀於社會經濟視野下的所見與侷限〉，《清華學報》，2008
年6月，頁12。
〔註25〕 筆者以為：《牡丹亭》之機在其「遊」，遊園而「驚夢」。何以驚訝如此，正是
「夢」並不如影，所夢之人——柳夢梅，如活生生的真實之人。一反《南柯
記》與《邯鄲記》以夢為虛而寫實。此外，《南柯記》與《邯鄲記》二齣之以
「夢」為形式之手法卻和《牡丹亭》不同。前二者之夢，都是夢醒之後，即
成虛幻；而後者則是夢中所見，醒來之後成真。這是否尚寄寓著湯顯祖其他
之創作意旨，亦是可留情而思，佇心而論的。
〔註26〕 〔明〕湯顯祖：〈宜黃縣戲神清源師廟記〉，徐朔方箋校：《湯顯祖全集》（北
京：北京古籍出版社，1999年），頁1188。

是故，湯顯祖何以「爲情作使」？正是他第二階段的「覺民行道」，只是退出官場以後的他，以「戲劇」作爲媒介，而「以人情之大竇，爲名教之至樂」之說正是他的自我砥礪，也是他在轉化階段中的另一個歷程，以戲劇作爲「覺民行道」之證。然而，此論是否可以成立，需要更縝密的論述以證此思。

二、夢覺理論之建構

　　湯顯祖詩文尺牘中常言及「夢」，究竟這些「夢」代表著甚麼義涵？筆者已試從其作品〈夢覺篇_{有序}〉析論其內涵。然而，這仍是未竟之途。〈夢覺篇_{有序}〉僅能視爲發端，並非完成。只能說是由達觀禪師開啓此因緣，對於夢覺之論仍是停留在「知識」層面，故有：「骷髏半百歲，猶自不知死。頂禮雙足尊，回旋寸虛子」〔註 27〕之回應，正因尚不知死，故婉拒了達觀禪師從「寸虛」至「廣虛」的引渡。然而，自從萬曆廿八年（1600），湯士蘧離世，肝腸寸斷的死別之痛，讓湯顯祖對於佛法的體受便從「知識」層面落實到「實踐」層面。

　　自從湯士蘧離世後，湯氏之詩便時常言夢，他如此關注「夢境」，正是因爲夢境後皆成眞。正因喪子的切深之痛，在歷經斷腸之情傷，讓他不得不信因緣，讓他不得不發出「有夢魂驚」〔註 28〕之懼，故而有了「道途傷淺蒂，匍匐見深慈」〔註 29〕之觸受，「厭逢人世懶生天，直爲新參紫柏禪」〔註 30〕之轉變，更說：「應須絕想人間，澄情覺路，非西方蓮社莫吾與歸矣。」〔註 31〕由此觀之，湯氏對於佛法的理解已從膚觸的因緣進入到骨髓的因緣。換言之，此時湯顯祖與佛法的關係有了轉變，從「骷髏半百歲，猶自不知死。頂禮雙足尊，回旋寸虛子」〔註 32〕到「香聞隨近遠，甜至失中邊。慚愧愚生晚，參

〔註 27〕　〔明〕湯顯祖：〈夢覺篇_{有序}〉，徐朔方箋校：《湯顯祖全集》（北京：北京古籍出版社，1999 年），頁 564。

〔註 28〕　〔明〕湯顯祖：〈送葉梧從嶺海歸獨山〉，徐朔方箋校：《湯顯祖全集》（北京：北京古籍出版社，1999 年），頁 597。

〔註 29〕　〔明〕湯顯祖：〈達公來自從姑過西山〉，徐朔方箋校：〈寄呂麟趾三十韻_{有序}〉，《湯顯祖全集》（北京：北京古籍出版社，1999 年），頁 603。

〔註 30〕　〔明〕湯顯祖：〈達公來自從姑過西山〉，徐朔方箋校：《湯顯祖全集》（北京：北京古籍出版社，1999 年），頁 563。

〔註 31〕　〔明〕湯顯祖：〈續棲賢蓮社求友文〉，徐朔方箋校：《湯顯祖全集》（北京：北京古籍出版社，1999 年），頁 1221。

〔註 32〕　〔明〕湯顯祖著，徐朔方箋校：〈夢覺篇_{有序}〉，《湯顯祖全集》（北京：北京古籍出版社，1999 年），頁 564。

承達老禪」〔註 33〕，不難看出湯氏漸已信入佛海。然而，講究合道之情的湯氏，終究無法悖離本心，無法欺騙自己。他明白「出世之難」，前賢如淵明、康樂者皆無能超拔，〔註 34〕何況「自惟素尚淺於淵明，雜心廣於康樂」，豈敢「擅嗣盟以滓前哲」〔註 35〕？自知眞實如此，自然就不能勉強，違背本性。「非有同心，安能久處」〔註 36〕，樂愚所言，正是澄情覺路之語。是故，既知出世之難，便坦然接受自己的塵緣甚深，因而不能故作清高，淪爲道貌岸然之人。是故，繼此之後，其夢覺思想應該亦有所轉化，自成一個夢覺思想的另一個階段。如此，便可進一步建構夢覺觀的理論體系。

　　萬曆二十六（1598 年）湯顯祖辭官歸隱臨川後，兩人有較多的書信往返，此時正值湯顯祖戲曲創作高峰期，而達觀禪師也多次表達欲度化湯顯祖之意，不過並不順利；而不順利的事實凸顯的正是兩人思想拉扯的過程，而在思想摩擦中所成就的火花正是精彩之處，是故，探究湯顯祖與達觀禪師兩人思想如何交鋒，則是論析湯顯祖在接受佛教思想時歷經的思辨與衝突最關鍵的線索。由此亦能進一步論析湯顯祖與達觀禪師兩人的密契，乃因兩人皆爲「道心人」，他所珍惜的是那份難得的「道情」。至於入不入佛門，出不出家，這就另當別論。是故，無法順利引渡湯顯祖的事實正可作爲探討棄官家居後至湯顯祖離世的這段時間，其思想是否又有了其他轉向？至於程芸認爲：「湯顯祖浸潤於佛教，受知於達觀，但他在接受佛教義理時，似乎並沒有這樣一種自覺的融會、貫通意識，主要是視之爲人生困境中的精神慰藉。」〔註 37〕筆者以爲此論點尚有討論空間。其因在於如果湯氏沒有自覺的融會、貫通意識，其實達觀禪師的引渡便能非常順利，正因他太有自覺，自覺認清「出世

〔註 33〕　〔明〕湯顯祖：〈送謝曰可吳越遊〉，徐朔方箋校：《湯顯祖全集》（北京：北京古籍出版社，1999 年），頁 605。

〔註 34〕　〔明〕湯顯祖：〈續棲賢蓮社求友文〉：「昔遠公之契劉遺民等，十八賢爲上首。而康樂高才，求與不許；淵明嗜酒，而更邀上。名跡既遠，勝事遂遠。至趙宋省常昭慶之社，虛有向、王二相國名，隱跡不著，亦足致慨於出世之難矣。」徐朔方箋校：《湯顯祖全集》（北京：北京古籍出版社，1999 年），頁 1221。

〔註 35〕　〔明〕湯顯祖：〈續棲賢蓮社求友文〉，徐朔方箋校：〈續棲賢蓮社求友文〉，《湯顯祖全集》（北京：北京古籍出版社，1999 年），頁 1222。

〔註 36〕　〔明〕湯顯祖：〈續棲賢蓮社求友文〉，徐朔方箋校：《湯顯祖全集》（北京：北京古籍出版社，1999 年），頁 1222。

〔註 37〕　程芸，《湯顯祖與晚明戲曲的嬗變》（北京：中華書局，2006 年 8 月），頁 85。

之難」〔註38〕、「遇天之難」〔註39〕，故不混沌跟隨。至於是否視達觀禪師或佛教義理爲人生困境中的精神慰藉，這大概沒甚麼可爭議，不過，不能忽略的是，在成爲精神安慰以後，沉澱下來的湯氏，是否已不再停留於精神安慰的逃避層次，而是有了深入佛法之念，這點不可不重視。其「因情成夢，因夢成戲」之戲論才能逐步建構而出。

　　據以上所論，便能將湯氏的「夢覺」思想一步步建構，對於湯氏之文藝思想的「夢覺理論」的建構則能有所裨益。

〔註38〕　〔明〕湯顯祖：〈續棲賢蓮社求友文〉：「昔遠公之契劉遺民等，十八賢爲上首。而康樂高才，求與不許；淵明嗜酒，而更邀上。名跡既遠，勝事邈遠。至趙宋省常昭慶之社，盧有向、王二相國名，隱跡不著，亦足致慨於出世之難矣。」徐朔方箋校：《湯顯祖全集》（北京：北京古籍出版社，1999年），頁1221。

〔註39〕　〔明〕湯顯祖：〈達公忽至〉：「偶然舟楫到漁灘，慚愧吾生涕淚瀾。世外欲無行地易，人間惟有遇天難。初知供葉隨心喜，得似拈花一笑春。珍重別情長憶否，隨時香飯勸加餐。」《湯顯祖全集》（北京：北京古籍出版社，1999年），頁605。

重要參考書目

（清代以前古籍依作者朝代排序，民國以後著作依出版時間排序）

壹、中文專書部分

一、湯顯祖引用版本

1. 〔明〕湯顯祖著；徐朔方箋校：《湯顯祖全集》（一）（二）（三）（四）（北京：北京古籍出版社，1999 年）

二、湯顯祖研究著作與資料彙編

1. 毛效同編：《湯顯祖研究資料彙編》（上海：上海古籍出版社，1986 年）
2. 龔重謨、羅傳奇、周悅文：《湯顯祖傳》（江西：人民出版社，1986 年）
3. 黃文錫：《湯顯祖傳》（北京：中國戲劇出版，1986 年）
4. 周育德：《湯顯祖論稿》（北京：文化藝術，1991 年）
5. 黃芝岡：《湯顯祖編年評傳》（北京：中國戲劇出版，1992 年）
6. 徐朔方：《湯顯祖年譜》（南京：南京大學出版社，1993 年）
7. 徐朔方：《湯顯祖評傳》（南京：南京大學出版社，1993 年）
8. 徐朔方：《湯顯祖評論集》（南京：南京大學出版社，1993 年）
9. 徐扶明：《湯顯祖與牡丹亭》（上海：上海古籍出版社，1993 年）
10. 鄭培凱：《湯顯祖與晚明文化》（台北：允晨文化實業股份有限公司，1995 年）
11. 陳美雪：《湯顯祖研究文獻目錄》（台北：臺灣學生書局，1996 年）
12. 陳美雪：《湯顯祖的戲曲藝術》（台北：台灣學生書局，1997 年）
13. 鄒自振：《湯顯祖綜論》（成都：巴蜀書社，2001 年）
14. 鄒元江：《湯顯祖新論》（台北：國家出版社，2005 年 6 月）

三、古代典籍

1. 〔漢〕鄭玄注，〔唐〕孔穎達等正義：《禮記正義》，收入《十三經注疏》（臺北：藝文印書館，1985 年）

2. 〔漢〕司馬遷撰、瀧川龜太郎考證：《史記會注考證》（臺北：萬卷樓圖書有限公司，1996 年）

3. 〔魏〕王弼、韓康伯注，〔唐〕孔穎達等正義：《周易正義》，《十三經注疏本》（臺北：藝文印書館，1979 年）

4. 〔周〕左丘明撰、〔晉〕杜預注、〔唐〕孔穎達疏：《左傳》，《十三經注疏本》第 6 冊，（臺北：藝文印書館，1989 年）

5. 〔東晉〕釋慧遠：〈沙門不敬王者論・求宗不順化〉，嚴可均輯校：《全上古三代秦漢三國六朝文》（北京：中華書局，1991 年）

6. 〔南朝宋〕劉義慶著，余嘉錫箋注：《世說新語箋疏・棲逸》（臺北：華正書局，2007 年）

7. 〔南朝梁〕沈約：《宋書・隱逸傳論》（北京：中華書局，1974 年）

8. 〔南朝梁〕蕭統編、〔唐〕李善注，《文選》（臺北：華正書局，1982 年）

9. 〔南朝〕劉勰撰、范文瀾註：《文心雕龍註》，臺北：明倫出版社，1971 年）

10. 〔唐〕孔穎達等：《禮記注疏》，《十三經注疏本》（臺北：藝文印書館，1997 年）

11. 〔唐〕孔穎達等：《孟子注疏・滕文公下》，《十三經注疏本》（臺北：藝文印書館，1997 年）

12. 〔唐〕房玄齡等撰：《晉書》（北京：中華書局，1974 年）

13. 〔唐〕封演：《封氏聞見記・嶧山》趙貞信校注：《封氏聞見記》（北京：中華書局，2012 年）

14. 〔宋〕邵博《邵氏聞見後錄》（北京：中華書局，1997 年）

15. 〔宋〕朱熹著，郭齊、尹波點校：《朱熹集》（成都：四川教育出版，1996 年）

16. 〔宋〕釋慧林：《一切經音義》：《頻伽大藏經》（北京：九洲圖書，1998 年）

17. 〔宋〕李璆、張致原輯，〔元〕釋繼洪修：《嶺南衛生醫藥方》，日本 1841 年重刻萬曆四年復刻本，（北京：中醫古籍出版社 1983 年影印本）

18. 〔明〕茅坤：張太芝、張夢新點校：《茅坤集》（浙江：浙江古籍出版社，1993 年）

19. 〔明〕臧懋循著，趙紅娟點校：《臧懋循集》（杭州：浙江古籍出版社，2012 年）

20. 〔明〕馮時可:《雨航雜錄》(臺北:藝文印書館,1987 年)

21. 〔明〕屠隆:《曇花記》(臺北:天一出版社,1983 年)

22. 〔明〕黃宗羲:《南雷文定·前集》(上海:上海古籍出版社,2010 年)

23. 〔明〕黃宗羲著,沈之盈點校:《明儒學案》(北京:中華書局,2008 年)

24. 〔明〕沈德潛著,黎新點校:《萬曆野獲編》(北京:文化藝術出版社,1998 年)

25. 〔明〕呂坤:《去偽齋集》卷五,(北京:北京古籍出版社,1999 年)

26. 〔明〕劉若愚:《酌中志》,卷十六,(北京:北京古籍出版社,1994 年)

27. 〔明〕張鼐著、王士騏輯:《寶日堂雜抄》,《北京圖書館古籍珍本叢刊·史部·雜史類》(北京市:書目文獻出版社,1988 年)

28. 〔明〕馮孟龍編著,欒保群校點.:《古今譚概》(北京:中華書局,2007 年)

29. 〔明〕談遷著,張宗祥校點:《國榷》,北京:中華書局,1988 年)

30. 〔明〕錢謙益:《列朝詩集小傳》,上下冊,上海:上海古籍出版社,1983 年)

31. 〔清〕張廷玉等傳:《明史》,(臺北:中華書局,2010 年)

32. 〔清〕王國維著,王幼安校訂:《人間詞話》(臺北:河洛文庫,1980 年)

33. 〔清〕王國維:《王國維遺書》(上海:上海書店出版社,1983 年)

34. 〔清〕:趙士吉輯《寄園寄所寄》(上海:上海古籍出版社,2010 年)

35. 〔清〕吳敬梓撰,徐少知新注:《儒林外史·第十五回》(臺北:里仁書局,2010 年)

四、今人著作

1. 唐君毅:《中國哲學原論》:(臺北:臺灣學生書局,1973 年)

2. 牟宗三:《才性與玄理》(臺北:學生書局,1975 年)

3. 威爾·杜蘭(Will Durant)著、幼獅文化編譯中心編譯,《世界文明史十四至十七:文藝復興》共四冊(臺北:幼獅文化出版公司,1975 年)

4. 余英時:《中國知識階層史論》(臺北:聯經出版公司,1980 年)

5. 劉若愚著,杜國清譯:《中國文學理論》(Chinese Theories of Literature)(臺北:聯經出版事業股份有限公司,1981 年)

6. 逯欽立編:《先秦漢魏晉南北朝詩》(臺北:木鐸出版社,1983 年)

7. 張光直:《中國青銅時代》(臺北:聯經出版事業股份有限公司,1983 年)

8. 蔡英俊:《文心雕龍綜論》(臺北:臺灣學生書局,1988 年)

9. 陳怡良:〈楚辭橘頌試析〉,《屈原文學論集》(臺北:文津出版,1992 年)

10. 余英時：《中國歷史轉型時期的知識份子》，台北市：聯經出版社，1992年）

11. 唐君毅：《人生之體驗續編》（臺北：台灣學生書局，1993年）

12. 何懷宏：《選舉社會及其終結──秦漢至晚清歷史的一種社會學闡釋》（北京：三聯書局，1998年）

13. 葉太平：《中國文學之美學精神》（臺北：水牛圖書出版事業有限公司，1998年）

14. 萬金川：《龍樹的語言概念》（南投：正觀出版社，1995年）

15. 張仲謀：《兼濟與獨善：古代士大夫處世心理剖析》（臺北：東方出版社，1998年）

16. 王文進：《仕隱與中國文學──六朝篇》（臺北：台灣書局，1999年）

17. 左東嶺：《王學與中晚明士人心態》（北京：人民文學出版社，2000年）

18. 岑仲勉：《隋唐史》（石家莊：河北教育，2002年）

19. 牟宗三：《牟宗三先生全集》（臺北：聯經出版公司，2003年）

20. 林鎮國：《空性與現代性》（臺北：立緒文化事業有限公司，2004年）

21. 劉志琴：《張居正評傳》（南京：南京大學出版社，2006年）

22. 房龍著、吳奚眞譯：《人類的故事》（臺北：協志工業出版社，2006年）

23. 熊召政：《看了明朝不明白》（香港：三聯書店有限公司，2007年）

24. 熊十力：《韓非子評論》（上海：上海書店出版社，2007年）

25. 忠天：《周易程傳》（高雄：復文書局，2007年）

26. 嵇文甫：《晚明思想史論》（開封：河南大學出版社，2008年）

27. 張顯清：《明代後期社會轉型研究》（北京：中國社會科學出版社，2008年）

28. 趙白生：《傳記文學理論》（北京：北京大學出版社，2010年）

29. 王瑤：《中古文學史論》（北京：商務印書館，2011年）

30. 徐泓：《二十世紀中國的明史研究》（臺北：國立臺灣大學出版中心，2011年）

31. 余英時：《中國史新論（思想史分冊）》（臺北：聯經出版事業股份有限公司，2012年）

32. 葉基固：《李安電影的鏡語表達：從文本文化到跨文化》（臺北：新銳文創，2012年）

33. 陳弱水主編：《中國史新論──思想史分冊》（臺北：聯經出版事業股份有限公司，2012年）

34. 蔡瑜：《陶淵明的人境詩學》（臺北：聯經出版事業股份有限公司，2012年）

35. 何炳棣著，徐泓譯注：《明清社會史論》（臺北：聯經出版有限公司，2013年）

36. 黃仁宇：《萬曆十五年》（臺北：臺灣食貨出版社，2014年）

貳、外文翻譯著作

1. 〔美〕韋勒克（René Wellek）、〔美〕沃倫（Austin Warren）著，劉象愚等譯：《文學理論》（北京：生活·讀書·新知三聯書店，1984年）。

2. 伊格斯（Georg G.Iggers）主編，陳海宏等譯：《歷史研究國際手冊》（北京：華夏出版社，1989年）

3. 〔德〕莫芝宜佳（Monika Motsch）著，馬樹德譯：《〈管錐編〉與杜甫新解》（石家莊：河北教育出版社，1997年）

4. 〔日〕川合康三著，蔡毅譯：《中國的自傳文學》（北京：中央編譯出版社，1999年）。

5. 〔美〕安妮·迪勒（Annie Dillard）：《汀克溪畔的朝聖者》（臺北：天下文化出版有限公司，2000年）

6. 〔法〕勒熱訥（Philippe Lejeune）著，楊國政譯：《自傳契約》（北京：生活·讀書·新知三聯書店，2001年）

7. 〔日〕川合康三：〈杜甫詩中的自我認識與自我表述〉，收入陳文華主編，《杜甫與唐宋詩學：杜甫誕生一千二百九十年國際學術研討會論文集》（臺北：里仁書局，2003年）

8. 〔英〕艾德華·薩依德（Edward W.）著，單德興譯：《知識份子論》（臺北：麥田出版，2004年）

9. 〔加〕卜正民（Timothy Brook）著，方駿、王秀麗、羅天佑和譯，：《縱樂的困惑——明朝的商業與文化》，（臺北：聯經出版社，2004年）。

10. 〔英〕菲奧多·鮑伊（Fiona Bowie），金澤、何其敏譯：《宗教人類學導論》（The Anthropology of Religion：An Introdution）（北京：中國人民大學出版社，2006年）

11. 〔美〕倪豪士（William H. Nienhauser, Jr.）：《傳記與小說——唐代文學比較論集》（北京：中華書局，2007年）。

12. 〔日〕山本常朝口述，田代陣基筆錄，李冬君譯：《葉隱聞書》（臺北：遠流出版事業股份有限公司，2007年）

13. 羅布·普瑞斯（Rob Preece）著，廖世德譯：《榮格與密宗的29個「覺」》（The wisdom of imperfection）（臺北：人本自然文化出版社，2008年）

14. 〔美〕麗茲·格林（Liz Greene）著，胡因夢譯：《土星——從新觀點看老惡魔》（Saturn A New Look at an Old Devil）（臺北：心靈工坊文化事業股份有限公司，2011年）

15. 〔美〕約瑟夫・坎伯瑞（Joseph Cambray），魏宏晉等譯：《共時性：自然與心靈合一的宇宙》（臺北：心靈工坊文化事業股份有限公司，2012 年）

16. 〔美〕莫瑞・史丹（Murray Stein），黃璧譯：《英雄之旅——個體化原則概論》（臺北：心靈工坊文化事業股份有限公司，2012 年）

17. 〔瑞士〕卡爾・榮格（Jung, C.G.）著，龔卓軍譯：《人及其象徵：榮格思想精華》（新北：立緒文化事業有限公司，2013 年）

18. 〔瑞士〕卡爾・榮格（Jung, C.G.）著，劉國彬・楊德友譯，蔡榮格審閱：《榮格自傳——回憶・夢・省思・術語詮釋》（新北：立緒文化事業有限公司，2013 年）

19. 〔美〕威廉・布瑞奇（William Bridges）著，林旭英譯：《轉變之書》（臺北：早安財經文化有限公司，2013 年）

20. 〔美〕史蒂芬・阿若優（Stephen Arroyo），胡因夢譯：《占星・心理學與四元素》（臺北：心靈工坊文化事業股份有限公司，2013 年）

21. 〔美〕莫瑞・史丹（Murray Stein, Ph.D.），魏宏晉譯：《中年之旅——自性的轉機（In Midlife: A Jungian Perspective）》（臺北：心靈工坊文化事業股份有限公司，2013 年）

22. 〔瑞士〕卡爾・榮格（Jung, C.G.）著，馮川蘇譯：《心理學與文學》（南京：譯林出版社，2014 年）

23. 〔德〕弗里德里希・威廉・尼采（Friedrich Wilhelm Nietzsche），錢春綺譯：《查拉圖斯特拉如是說》（Also Sprach Zarathustra）（臺北：大家出版社，2014 年）

參、論文

一、學位論文

1. 張得歆：《干將莫邪故事研究》（臺灣：國立中央大學碩士論文，1996 年）

2. 張韶珏：《湯顯祖文學理論研究》（臺灣：輔仁大學中國文學系碩士論文，2001 年）

3. 黃莘瑜：《網繭與飛躍之間——論湯顯祖之心態發展歷程及其創作思維》（臺灣：國立台灣大學博士論文，2008 年）

4. 陳孟妘：《湯顯祖詩研究——思想歷程的建構與「家」的探討》（臺灣：國立清華大學碩士論文，2012 年）

二、期刊論文

1. 許麗芳：〈重組與對話——晚明小品真自我書寫〉，《國文學誌》，1990 年 12 月，頁 55～73。

2. 郭英德：〈明代文人結社說略〉，《北京師範大學學報社會科學版》，第四

期，1992 年，頁 28～34。

3. 孫中曾：〈明末禪宗在浙東興盛之緣由探討〉，《國際佛學研究》，第二期，1992 年 12 月，頁 141～176。

4. 洪橋：〈吃喝妙詞〉，《讀書》，第一期，1993 年，頁 88。

5. 華瑋：〈世間只有情難訴──試論湯顯祖的情觀與他劇作的關係〉，《大陸雜誌》，1993 年 6 月，頁 32～40。

6. 黃卓越：〈晚明性靈說之佛學淵源〉，《文學評論》，1995 年 4 月，頁 118～129。

7. 李惠綿：〈明清戲劇批評中的虛實論〉，《臺大中文學報》，第九期，1997 年 6 月，頁 145～186。

8. 呂妙芬：〈聖學教化的弔詭：對晚明陽明講學的一些觀察〉，《中央研究院近代史研究所集刊》，第卅期，1998 年 12 月，頁 29～64。

9. 樂黛雲：〈文化多元和人類話語尋求──兼論文學界人類學與中國文化破譯〉，《淮陰師專學報》，第一期，1999 年，頁 1～12。

10. 陳建勤：〈論「游道」──明清文士旅遊觀研究之一〉，《旅遊月刊》，第四期，2000 年 8 月，頁 64～68。

11. 陳文新：〈真詩在民間──明代詩學對同一命題的多重闡釋〉，《杭州師範學院學報》，第五期，2001 年，頁 78～82。

12. 劉曉東：〈晚明士人生計與士風〉，《東北師大學報》，第一期，2001 年，頁 17～22。

13. 劉曉東：〈科舉危機與晚明士人社會的分化〉，《山東大學學報》，2002 年 2 月，頁 103～108。

14. 陳文新：〈信心論與信古論在晚明融合的學理依據及其歷程〉，《山東社會科學學報》，2002 年 2 月，頁 108～111。

15. 陳寶良：〈晚明生員的棄巾之風及其山人化〉，《史學集刊》，第二期，2002 年 2 月，頁 34～39。

16. 吳儀鳳：〈騷體賦、散體賦分類概念評析〉，《東華人文學報》，第五期，2003 年 7 月，頁 209～234。

17. 徐林：〈明代中後期隱士與山人之文化透析〉，《西南師範大學學報》，第四期，2004 年 7 月，頁 137～141。

18. 陳寶良：〈明代文人辨析〉，《漢學研究》，第一期，2006 年 2 月，頁 187～218。

19. 陳靜容：〈「觀看自我」的藝術──試論魏晉時人「身體思維」的釋放與轉向〉，《東華人文學報》，第九期，2006 年 7 月，頁 1～40。

20. 黃莘瑜：〈論湯顯祖《南柯記》之佛教觀點的展現〉，《國際學術研討會》，

2008 年，頁 292〜314。

21. 張伯偉：〈域外漢籍與中國文學研究〉，《東亞漢籍研究論集》（臺北：國立臺灣大學出版中心，2007 年 7 月，頁 23〜50。

22. 李健：〈論中國新時期傳記文學的「史傳合一」與西方傳記的「史傳分離」〉，《當代文壇》，第四期，2007 年，頁 84〜87。

23. 黃莘瑜：〈論中晚明情觀於社會經濟視野下的所見與侷限〉，《清華學報》，第二期，2008 年 6 月，頁 175〜207。

24. 林建德：〈龍樹語言策略之哲學詮解——從漢譯《中論》之「說」字作線索〉，《法鼓佛學學報》，第二期，2008 年 11 月，頁 41〜78。

25. 彭一平：〈論張潮《幽夢影》創作的內向性視角〉，《中國古代文學研究》，2008 年 8 月，頁 39〜40。

26. 林建德：《《中論》有無觀之哲學詮解〉，《玄奘佛學研究》，第十期，2008 年 11 月，頁 41〜78。

27. 張鴻愷〈嚴遵《道德指歸》思想述評〉，《第四屆文學與資訊學術研討會會前論文集》，2008 年 10 月，頁 279〜301。

28. 章立明：〈中國文學人類學研究概述〉，《民族文學研究》，第三期，2010 年，頁 59〜67。

29. 許又方，〈閱讀與認同：讀《史記・屈原賈生列傳》〉，《成大中文學報》，第廿九期，2010 年 7 月，頁 1〜18。

30. 劉千美：〈日常與閒適：小品散文書寫的美學意涵〉，《哲學與文化》，第九期，2010 年 9 月，頁 119〜134。

31. 李幸玲：〈語默之間：戲論 卮言以及默然〉，《東亞漢學研究》，創刊號，2011 年 5 月，頁 54〜64。

32. 鄒元江：〈「臨川四夢」的文化書寫與湯顯祖文人形象的虛擬塑造〉，《戲劇研究》，第九期，2012 年 1 月，頁 1〜39。

33. 儲著炎：〈論湯顯祖「為情作使，劬於伎劇」思想的成因〉，《中南大學學報（社會科學版）》，第四期，2013 年 8 月，頁 187〜190。

34. 黃自鴻：〈重組杜甫的面孔：從現代傳記到「心史」的回溯式閱讀〉，《國文學報》，第五十五期，2014 年 6 月，頁 67〜98。

35. 顏學誠：〈教育與社會秩序：解析升學主義〉，《教育實踐與研究》，第一期，2014 年 6 月，頁 127〜128。